Arthur Escroyne
Mit Schirm, Charme und Kanone

PIPER

Zu diesem Buch

Wieder einmal geht es auf Schloss Sutherly um Leben und Tod – doch diesmal kämpfen Arthur und Rosemary Escroyne nicht gegen Verbrecher, sondern gegen Rosys zu früh einsetzende Wehen. In der verzweifelten Überzeugung, dass das Beste für Mutter und Kind gerade gut genug sei, bringt Arthur Rosy in die Klinik des Spezialisten Dr. Brendergast nach Stratford-upon-Avon. In Shakespeares Geburtsstadt geht es Rosy dank Dr. Brendergasts Hilfe bald besser, doch dafür steckt der Doktor selbst in Schwierigkeiten, denn er steht unter Mordverdacht. Und obwohl Rosemary sich schonen soll, beginnt sie zu ermitteln …

Harold Philipp Arthur Escroyne ist der 36. Earl of Sutherly. Nach seinem Kunststudium arbeitete er als Werbegrafiker für einen bekannten englischen Shortbread-Hersteller. Lord Escroyne ist für seine Nacktstängel-Schwertlilienzucht (Iris aphylla) über die Grenzen der Grafschaft hinaus bekannt. Der passionierte Gärtner gewann zahlreiche Preise.

Arthur Escroyne

Mit Schirm, Charme und Kanone

Kriminalroman

Aus dem Englischen
von Rudolf Katzer

PIPER

Mehr über unsere Autoren und Bücher:
www.piper.de
Aktuelle Neuigkeiten finden Sie auch auf Facebook, Twitter und YouTube.

Von Arthur Escroyne liegen im Piper Verlag vor:
Der Killer im Lorbeer
Aufschrei in Ascot
Schüsse im Shortbread
Mit Schirm, Charme und Kanone
Die Kirschen in Nachbars Garten

FSC
www.fsc.org
MIX
Papier aus verantwortungsvollen Quellen
FSC® C083411

Ungekürzte Taschenbuchausgabe
Juli 2017

erschienen im Verlagsprogramm Pendo
Umschlaggestaltung: U1 berlin/Patrizia Di Stefano
Umschlagabbildung: FlamingPumpkin/Getty Images (Rahmen mit Ornamenten); Apichat Naweewong/123rf.com (Erdbeerstrauch); Encyclopaedia Britannica/UIG/Bridgeman Images (Pflanzen) und Private Collection/The Stapleton Collection
Satz: Uhl + Massopust, Aalen
Gesetzt aus der Stone Serif
Druck und Bindung: CPI books GmbH, Leck
Printed in Germany ISBN 978-3-492-31095-6

1

Die Koryphäe

Was ist ein Mann ohne seine Frau? Was geschieht, wenn sich größte Freude in nebelige Angst verwandelt? Was wäre ein Leben ohne Rosy für mich? Auf keine dieser Fragen kenne ich die Antwort, nur dumme, Unheil bringende Befürchtungen halten mich in Schach. Seit achtundvierzig Stunden habe ich nicht geschlafen, mich weder umgezogen noch rasiert. Ob ich etwas gegessen habe, weiß ich nicht, ich bin unfähig, etwas zu tun, und außerstande, etwas zu verändern. Die einzige Tätigkeit, die mir aufgezwungen wird, ist das Warten. Doch mit jeder Stunde verliert das Warten mehr und mehr an Sinn. Es ist ungewiss, ob man die Kindesmutter retten wird, ungewiss, ob das Kind überlebt.

Dabei hatten Rosy und ich durchaus Grund zur Hoffnung. Nach unserem stürmischen Heimflug aus Schottland, nach einem ambulanten Eingriff in einer Maschine der Royal Airforce, hatten wir, wenn auch nicht gesund, so doch einigermaßen munter, unsere Heimatgrafschaft Gloucestershire erreicht. Doch statt nach Sutherly Castle hochzufahren, wo

Rosy und ich zu Hause sind, brachte man meine Frau in das Krankenhaus unserer Heimatstadt, das den glanzvollen Namen Gloucestershire Royal Hospital trägt, wo Dr. Rogers, ihr behandelnder Gynäkologe, sie bereits erwartete.

Rosy war zu diesem Zeitpunkt im siebten Monat schwanger. Dank Dr. Rogers' Hilfe stabilisierte sich ihr Zustand bald. Alles schien seinen regulären Gang zu nehmen, damit unser Sohn, Philipp John, der 37. Earl von Sutherly, im Herbst das Licht der Welt erblicken würde. Nach zwei Wochen gestattete Dr. Rogers Rosy sogar, das Krankenhaus zu verlassen, da eine vertraute Umgebung bei einer Risikoschwangerschaft von großer Bedeutung sei, wie er meint.

Alles ging gut, bis zu dem Tag, an dem Rosemary Besuch von Sergeant Ralph Bellamy erhielt, ihrem langjährigen Freund und Assistenten. Trotz ihres geschwächten Zustands liegen der schwangeren Leiterin der Mordkommission die Angelegenheiten ihrer Abteilung natürlich am Herzen, daher hörte sie sich Ralphs Bericht über die laufenden Ermittlungen geduldig an.

Mein Leben lang werde ich mir nicht verzeihen, dass ich an diesem Nachmittag nicht zu Hause war. Hätte ich das Gespräch nach einer halben Stunde unterbrochen, Rosy einen Kräutertee gemacht und darauf geachtet, dass sie ihre Medikamente nimmt, wäre es nicht zum Äußersten gekommen. So aber brachte Rosy ihren kriminalistischen Geist viel zu hitzig in Schwung, weshalb ihr Körper schließlich seine Mitwirkung verweigerte, Rosy einen Schwächeanfall erlitt und das Bewusstsein verlor.

Das Stammschloss meiner Familie liegt auf der Spitze eines Felsmassivs, von wo aus man einen wunderbaren Blick auf unser Städtchen und in die umliegende Grafschaft hat. Um diesen Ausblick zu genießen, muss man allerdings einhundertsechs steile und teilweise wackelige Stufen bis zu unserem Falkenhorst emporklimmen. Minuten nach Rosys Schwächeanfall schwebte darum ein Rettungshubschrauber mit Getöse über Sutherly Castle ein, die Sträucher meiner Lorbeerhecke bebten im Rotorsturm, während die Libelle hinter dem Rosengarten aufsetzte. Ralph, zwei Polizeibeamte und ich trugen die Bewusstlose in den Garten, sie wurde ins Krankenhaus geflogen, wo man sie umgehend auf die Intensivstation brachte.

Die Komplikation bei Rosys Schwangerschaft trägt den Fachausdruck Placenta praevia. Am ersten Tag des Wartens versicherte mir Dr. Rogers, dass sich das Plazentagewebe glücklicherweise noch nicht von der Gebärmutter abgelöst hätte. Am zweiten Tag meinte er, der Muttermund werde mittlerweile bedauerlicherweise überlagert, was einen Kaiserschnitt unumgänglich mache. Seit dem dritten Tag erklärt Dr. Rogers gar nichts mehr und sieht bei jeder Begegnung besorgter aus.

Stundenlang wandere ich auf den grell erleuchteten Korridoren des Krankenhauses umher, trinke literweise Wasser aus dem Spender im Warteraum, nicke manchmal auf einer Metallbank ein und erwache augenblicklich, wenn ich Schritte höre. Ich halte mich grundsätzlich für einen optimistischen Menschen, doch in diesen quälend verrinnenden Stunden packte mich namenlose Angst, die mich ungewohnte Dinge tun ließ. Ich suchte zum Beispiel die Krankenhauskapelle auf und flehte Gott, zu dem ich sonst nur eine lockere Bekanntschaft unterhalte, um Hilfe an, er möge Rosy bei mir lassen, möge unserem Jungen einen gesunden Eintritt in diese Welt ermöglichen. Gott schwieg erwartungsgemäß und das Warten ging weiter.

Natürlich hatte ich Rosys Eltern verständigt, sie befinden sich auf einer Kreuzfahrt durch die Ägäis. Rosys Geschwister waren bereits im Krankenhaus gewesen und unverrichteter Dinge wieder abgezogen. Sergeant Bellamy tauchte auf, entschuldigte sich zum wiederholten Mal dafür, dass er für Rosys Zustand mitverantwortlich sei, und verschwand mit hängendem Kopf wieder.

Ich bin allein. Ich bin so schrecklich einsam in diesem grell ausgeleuchteten Raum, dass das Gespenst der Vorahnung, wie es sein mag, von nun an für immer allein zu bleiben, sich nicht permanent vertreiben lässt. Mein wunderbares Leben mit Rosy auf dem verfallenden Schloss, unser heiteres Glück, das durch die Liebe zu unserem Kind noch gekrönt werden würde, soll es unwiederbringlich zu Ende sein?

Als ich diesen besonders mutlosen Zustand erreicht habe, erscheint plötzlich Dr. Rogers im Türrahmen.

»Was gibt es Neues?« Ich springe auf und laufe ihm entgegen.

»Leider nichts Gutes, Sir.« Der Doktor hat nur wenige Haare auf dem Kopf, seine fahle Haut ist von Leberflecken gesprenkelt. Dem Aussehen nach haftet ihm etwas von einer Ware an, deren Verfallsdatum abgelaufen ist. »Darf ich aus gegebenem Anlass einen Vorschlag machen, Mister Escroyne?« Umsonst schiebt er seine Brille hoch, sie rutscht sofort wieder auf die Nasenspitze zurück. »Es gibt einen Kollegen von mir, der auf Problemfälle wie den Ihrer Frau spezialisiert ist.«

Bis zu diesem Zeitpunkt hatte ich geglaubt, Dr. Rogers sei der beste Mann für Rosys Komplikationen. Abwartend sehe ich ihn an.

»Es handelt sich um den geschätzten Kollegen Doktor Theodore Brendergast«, fährt er fort. »Allerdings liegt seine Privatklinik nicht in Gloucestershire, sondern in Stratford-upon-Avon.«

»Das ist doch nur eine Stunde von hier entfernt. Wieso erzählen Sie mir erst jetzt von diesem Mann?«

»Weil sich die Lage Ihrer Frau erst in den letzten Stunden derart verändert hat, dass ich diesen Schritt erwäge.«

»*Verändert?* Verschlechtert, wollten Sie sagen.«

»Ihre Blutdruckschwankungen machen mir Sorgen«, antwortet er ausweichend.

»Rosys Blutdruck veranstaltet seit Tagen eine Achterbahnfahrt. Wieso haben Sie diesen Brendergast nicht schon längst herzitiert?«

»Ein Mann wie er lässt sich nicht *herbeizitieren*. Er ist eine Koryphäe in seinem Fach.«

»Trotzdem könnte die Koryphäe längst in einem Polizeiauto sitzen und mit Blaulicht hierhergekarrt werden.«

»Es gibt da leider ein Problem.« Rogers mustert mich aus ernsten Augen. »Doktor Brendergast praktiziert in einer – wie soll ich sagen? –, einer ungewöhnlichen Einstufung des NHS.«

»Was bedeutet das?«

»Weder Ihre noch die Versicherung Ihrer Frau würden die Kosten einer Konsultation abdecken.«

Ich bin Philipp Arthur Escroyne, der 36. Earl von Sutherly, Mitglied der Peers von England und ein treuer Gefolgsmann unserer Krone. Versicherungstechnisch bin ich allerdings eine Niete, befinde ich mich doch in der untersten Kategorie, die der National Health Service anbietet. Im Krankheitsfall würde mir nicht mehr als die Basisversorgung zustehen. Rosys Polizistenversicherung bietet einen umfassenderen Schutz, große Sprünge kann sie damit aber auch nicht machen. Trotz dieser Tatsache fällt meine Antwort an Dr. Rogers markig aus. »Soll ich etwa zusehen, wie Rosy stirbt, nur weil unsere Versicherung den Zauberdoktor nicht bezahlt?«

»Von *Sterben* war bisher nicht die Rede.«

»Gesund machen können Sie Rosy aber auch nicht«, entgegne ich unbeherrscht. »Unser Kind können Sie nicht auf natürlichem Weg auf die Welt bringen.«

»Beruhigen Sie sich, Mister Escroyne.« Rogers zieht sein Mobiltelefon aus der Tasche und sucht nach einer Nummer.

»Gemessen am Ernst der Lage bin ich erstaunlich ruhig!«

Rogers hebt das Handy ans Ohr. »Hier spricht Doktor William Rogers vom Gloucestershire Royal Hospital. Könnte ich bitte Doktor Brendergast sprechen?« Er nickt mit einer kleinen Verbeugung. »Verstehe. Wann, denken Sie, wird seine Sitzung beendet sein?«

2

Die Uhr tickt

»Ihre Frau ist Erstgebärende. Sie ist über vierzig Jahre alt und hat Übergewicht. Sie leidet unter Hypertonie und Proteinurie.«

Theodore Brendergast ist ein drahtiger Mann, dem ich zutraue, dass er jeden Morgen vor dem Frühstück eine Runde golft. Man hat dem angesehenen Spezialisten das Chefbüro des Gloucestershire Royal Hospital überlassen. Er thront auf einem Drehsessel, während ich wie ein Pennäler vor ihm stehe.

»Wir haben bei Ihrer Frau das klassische Schulbeispiel einer Präeklampsie«, setzt er seine Negativliste fort und überschlägt die Beine in der perfekt geschnittenen Anzughose. »Ihre gute Rosy hat Raubbau mit ihrer Gesundheit getrieben, ihr Körper ist ausgelaugt. Daher ist sie nicht besonders gut darauf vorbereitet, ein Kind zu gebären.«

Nur wenige Menschen dürfen meine Schwertlilie, meine Rosemary, bei ihrem Kosenamen nennen, vertraute Menschen, sympathische Menschen. Dr. Brendergast ist weder das eine noch das andere. Der Spezialist ist ein sich aufplusterndes Ego-Männchen, ein Pfau im Ärztekittel. Sein Alter ist schwer zu schätzen, er hat schlohweißes Haar und ist unnatürlich tief gebräunt. Er spricht mit hoher, näselnder Stimme und obwohl er sich um die Aussprache eines Engländers bemüht, verfällt er häufig in den Slang eines US-Südstaatlers. Koryphäe oder nicht, es missfällt mir, dass ausgerechnet dieses Ekel der Retter meiner Rosy sein soll.

»Ich hatte angenommen, dass man Rosemarys Zustand etwas hoffnungsvoller schildern könnte«, gebe ich kühl zurück.

»Wenn Sie die Wahrheit durch eine rosa Brille sehen wollen, steht es Ihnen frei, Mr Escroyne. Von mir werden Sie die aber nicht geliefert bekommen. Der Blutverlust Ihrer Frau ist akut. Meine vordringlichste Aufgabe wird es sein, eine Fruchtwasserembolie zu verhindern.«

Brendergast hat es geschafft, mich durch sein Gewitter aus Fachausdrücken einzuschüchtern. »Bitte sagen Sie mir offen, wie Rosys Chancen stehen«, frage ich verzagt. »Wie sehen Sie die Chancen des Kindes?«

Der Weißkopfadler legt die Fingerspitzen aufeinander. »Die fetale Letalität liegt in einem Fall wie diesem bei zwanzig Prozent.« Auf meinen verständnislosen Blick erklärt er: »Die Kindersterblichkeit. Die Letalität der Mutter beläuft sich auf sechzig Prozent.«

»Sechzig Prozent Wahrscheinlichkeit, dass Rosy stirbt?« Der Satz ist in der Welt, ich habe ihn ausgesprochen. Sein Inhalt erschüttert mich so sehr, dass ich mich auf den nächstbesten Stuhl setzen muss.

»Das bezieht sich auf den statistischen Durchschnitt im Vereinigten Königreich.« Plötzlich überfliegt ein jugendlicher Glanz Brendergasts Miene. »Aber nicht bei mir, Mr Escroyne. Ich bringe meine Patientinnen durch. Was glauben Sie denn, weshalb ich so ein internationales Renommee habe und zwischen Sydney und Washington Vorträge halte?« Er breitet die Arme aus. »Weil ich der Beste bin.«

»Sie werden Rosy also wieder gesund machen?«

»Ich habe es fest vor. Allerdings nicht hier.« Ein Blick auf seine elegante Armbanduhr. »Selbstverständlich kann ich nicht ständig zwischen Gloucester und Stratford pendeln. Meine dortigen Patientinnen brauchen meine ungeteilte Aufmerksamkeit.«

»Was schlagen Sie vor?«

»Rosy kommt zu mir in die Klinik.«

»Aber ist das nicht eine … Privatklinik?«

»Dafür sollten Sie Gott danken. Wollen Sie, dass Ihre Frau wie eine Nullachtfünfzehn-Patientin versorgt wird oder dass sie eine Behandlung erfährt, wie man sie auch der Queen angedeihen lassen würde?« Er schickt seinem Scherz ein eitles Lächeln hinterher.

»Rosy ist eine Queen«, antworte ich felsenfest.

»Dann sind wir uns ja einig.« Brendergast macht eine Geste, als ob er mich segnen wollte. »Mit Doktor Rogers habe ich bereits alles geregelt. Der Helikopter wartet nur noch auf meinen Einsatzbefehl.«

»Sie meinen … jetzt sofort?«

»Die Uhr Ihrer Frau tickt, Mr Escroyne. Wir sollten keine unnötige Zeit verlieren.«

Während ich ihm mein Einverständnis zusichere, führe ich mir gleichzeitig meinen aktuellen Kontostand vor Augen. »Was die Kosten betrifft, können Sie mir da eine ungefähre Prognose geben?«

»Die Kosten werden beträchtlich sein, Sir. Schließlich wird Rosy Wochen, wenn nicht sogar Monate bei mir zubringen.« Brendergast steht auf und legt mir väterlich die Hand auf die Schulter. »Keine Sorge, Lord Escroyne, meine Assistentin wird Ihnen die Tagessätze meiner Klinik plus die zu erwartenden Nebenkosten zumailen.«

Sein saloppes *keine Sorge* steigert meine Befürchtungen noch. Brendergast schließt offenbar fälschlicherweise von meinem Adelstitel auf das Vermögen eines Earls. Die materielle Habe der Escroynes war zu keiner Zeit besonders nennenswert, doch seit dem Tod meines Vaters ist der Rest erstaunlich schnell dahingeschmolzen. An irdischen Gütern besitze ich kaum mehr als das Stammschloss meiner Ahnen. Leider hat Sutherly Castle bereits neunhundert Jahre auf dem Buckel und ist mehr oder weniger eine Ruine. Wie soll ein verarmter Earl die astronomischen Honorare aufbringen, die ein Star wie Dr. Brendergast kostet?

Mit schwungvollem Schritt rauscht das Ekel, das meine Frau retten könnte, aus dem Büro und lässt mich ratlos zurück.

3

Miss Hoffman

»Hallo, meine Liebe, wie geht es dir denn?« Nach Tagen des Bangens und Wartens lässt man mich endlich an Rosys Seite, allerdings erst, als sie aus der Intensivstation entlassen und für den Transport nach Stratford vorbereitet wird. Ich bemühe mich, mit der fahrenden Bahre Schritt zu halten. »Jetzt wird alles gut, du wirst schon sehen.«

Rosy ist nicht nur zum Sprechen zu schwach, sie hat außerdem eine Sauerstoffmaske auf dem Gesicht. Mehr, als mir die Augen zuzuwenden, ist ihr nicht möglich. Während ich neben der Bahre herlaufe, halte ich ihre Hand so fest, dass es mich selbst schmerzt.

»Ich komme gleich mit, weißt du? Ich habe mir in Stratford ein Zimmer gemietet, gar nicht weit von Dr. Brendergasts Klinik entfernt. Wir werden ständig zusammen sein, meine Schwertlilie, während du allmählich wieder gesund wirst. Und unser Junge natürlich auch.«

Ich rede und rede, während wir Korridore durcheilen, mit dem Fahrstuhl nach unten gebracht und ins Freie gefahren werden. Ich rede mir meine eigene Angst vom Leib. Ich rede gegen die Sorge an, die mich durchflutet. Als wir die gepflasterte Auffahrt erreichen, wird mein Geplapper von den Rotorblättern des Rettungshubschraubers überdröhnt, die sich langsam zu drehen beginnen. Rosy werden Kopfhörer aufgesetzt, man hebt sie in den Helikopter, ich stolpere hinterher. Nur Augenblicke später heben wir ab.

Ich betrachte Rosys Gesicht unter der Maske; erschreckend, wie schmal es geworden ist. Von Anfang an liebte ich ihr selbstbewusst vorgeschobenes Kinn, ihre kräftigen Wangen, die sich bei Anzeichen von Ärger röten, die leuchtend blauvioletten Augen, die ihr den Kosenamen Schwertlilie eingebracht haben. Wohin ist diese Rosemary verschwunden, die stolzeste Blume in meinem Garten? Die Schwertlilie ist krank. Damit sie nicht vollends verwelkt, bringt man sie an einen Ort, der die Rettung für sie bedeuten könnte. Doch was soll aus uns werden, wenn Brendergasts Künste versagen?

Ich reiße den Kopf hoch. Es kommt nicht infrage, solchen Gedanken Tür und Tor zu öffnen. Die lichten und glücklichen Zeiten mit Rosy will ich dagegensetzen, den stürmischen Tag zum Beispiel, als wir uns am Strand von Weymouth zum ersten Mal begegneten. Rosy war beim Muschelsuchen und hatte ein Baby im Tragegurt dabei. Es war das Kind ihrer Schwester, doch auf diese Weise sah ich Rosemary schon damals in einer sinnbildlich mütterlichen

Situation. Danach hat es fünf Jahre gedauert, bis wir tatsächlich die frohe Botschaft hören durften, dass auch uns ein Kind geschenkt werden würde. Der Beginn von Rosys Schwangerschaft war die schönste Zeit meines Lebens. Die ruhigen Abende vor dem Kamin im Schloss, den ich allerdings nicht anheizen konnte, da der Schornstein nicht mehr betriebstauglich ist. Die lustigen Situationen, als Rosy allmählich nicht mehr in ihre bevorzugte Kluft passte, helle Cordhose und Lederjacke, und sich stattdessen weitere Sachen zulegen musste. Selbst die groteske Umbuchung unserer Flitterwochen von Südfrankreich nach Schottland hätte in meiner Erinnerung etwas Amüsantes bekommen, wären die Folgen nicht so dramatisch gewesen. Rosy war einer befreundeten Kommissarin zu Hilfe geeilt und hatte einen vierfachen Mord aufgeklärt. Sie bezahlte diesen Erfolg mit ihrer Gesundheit, auch die Geburt unseres Kindes wurde dadurch aufs Spiel gesetzt.

Rosy ist für ihren Beruf geboren. Ihr kriminalistischer Blick dringt tief, sie besitzt die Fähigkeit, Zusammenhänge aufzuspüren, die den meisten von uns verborgen bleiben. Doch wie es aussieht, wird Rosy lernen müssen, ohne diesen Beruf weiterzuleben, denn selbst im Fall einer Besserung wird sie den Job als Chief Inspector wohl an den Nagel hängen müssen. Während ich das geliebte Gesicht unter der Sauerstoffmaske betrachte, wird mir klar, welch ein Opfer das für sie bedeuten würde.

Fünfzehn Minuten nachdem wir abgehoben

haben, landen wir bereits vor der Privatklinik. Unweit von Shakespeares Geburtsort hat Brendergast eine Villa am Ufer des Flusses Avon erstanden und nach seinen Vorstellungen umgebaut. Dort erwartet den Besucher nicht die sterile Kühle eines staatlichen Krankenhauses, sondern die Wohlfühlatmosphäre einer Wellnessklinik. Im Inneren des viktorianischen Gebäudekomplexes scheint alles auf die Bedürfnisse und den Geschmack von Frauen ausgerichtet zu sein. Die Farben der Wandvertäfelungen spielen in sanften Erdtönen, frische Blumen erfreuen in ornamentreichen Vasen den Blick.

Kaum dort angekommen, bedeutet Rosys Einlieferung auf die Intensivstation schon wieder Abschiednehmen für uns, ein Goodbye, das die dahindämmernde Kommissarin kaum mitbekommt. Mir aber treibt es die Tränen in die Augen. Verwirrt und überfordert sehe ich Rosy entschwinden, hinter ihr schließen sich die Automatiktüren.

Der Empfangsbereich von Brendergasts Domizil erinnert an den Tempel eines Hohepriesters. Eine stuckgeschmückte Kuppel erhebt sich über dem ovalen Raum, von dem mehrere Zugänge wie die Tore eines Geheimbundes zu den Abteilungen führen. Steinerne Karyatiden bewachen diesen Ort. Kopfschüttelnd über die überladene Pracht wende ich mich zum Ausgang, um mich in meinem bescheidenen B&B einzuquartieren.

»Lord Escroyne?«, höre ich eine dunkle Frauenstimme.

»Ja, bitte?« Wer kennt an diesem Ort meinen Namen?

»Kann ich Sie einen Augenblick sprechen?«, fragt die Frau hinter dem Empfangsschalter, die dort eigentlich nichts verloren hat. Ich meine nicht ihre fachliche Qualifizierung, sondern ihre äußere Erscheinung. Keira Hoffman, wie es auf ihrem Namensschild steht, überragt mich um einen halben Kopf. Sie ist schlank, sie ist vielleicht Ende zwanzig, glatt und schwer fällt brünettes Haar über ihre Schultern. »Es gäbe da noch einige Formalitäten zu erledigen, Mylord.«

»Lassen Sie den Lord bitte weg und nennen Sie mich Mister Escroyne.« Ich trete an den Tresen aus poliertem rosafarbenem Marmor.

»Zunächst möchte ich Ihnen das künftige Apartment Ihrer Frau zeigen, wenn Sie gestatten, Sir.« Miss Hoffman nimmt sich die Zeit für einen reizenden Augenaufschlag. »Wir haben ihr das Apricot reserviert, es ist eine unserer schönsten Einheiten.«

»Apartment?« Ich schaue in Augen, die von Graugrün ins Türkise spielen. »Kommt Rosy denn auf kein Krankenzimmer?«

»Krankenzimmer gibt es bei uns nicht, Mylord… Verzeihung, Mr Escroyne. Unsere Oasen vermitteln den Patientinnen ein Gefühl, das sie an zu Hause erinnern soll oder an einen Urlaub, keinesfalls an einen Krankenhausaufenthalt. Wenn Sie mir bitte folgen wollen?«

In ihrem malvenfarbenen Kostüm schreitet Miss

Hoffman voraus und führt mich an einen Ort, den man als *zu schön, um wahr zu sein* bezeichnen müsste, hätte seine luxuriöse Atmosphäre nicht etwas unangenehm Protziges. Anders als in Kliniken für Normalsterbliche haben die Zimmer bei Brendergast keine Nummern, sondern tragen die Namen von Farben. Crimson, Cerulean, Roseate lese ich auf den Korridoren. Für Rosemary soll es also die Aprikose sein. Der Innendekorateur hat diesem Motto alles untergeordnet, man wird hier gleichsam umspült von der samtigen, freundlichen Frühlingsfarbe. Das Außergewöhnliche an diesen Räumen ist jedoch die Aussicht. Mein Blick schweift über den gemächlich dahinfließenden Avon, dahinter wird das Weideland von einem Laubwäldchen eingefasst. In der Ferne entdecke ich eine steinerne Bogenbrücke aus elisabethanischer Zeit.

»Ist Ihre Frau nicht die Leiterin der Mordkommission von Gloucester?«, fragt Miss Hoffman unvermittelt, nachdem sie mir Gelegenheit gegeben hat, mich umzusehen.

»Das war sie, bis zum Eintritt in den Mutterschutz«, antworte ich, überrascht, woher Miss Hoffman nach unserer überstürzten Anreise diese Information haben könnte.

»Es heißt, Lady Escroyne hätte, als sie bereits schwanger war, einen vierfachen Mord aufgeklärt.« Die Empfangsdame schenkt mir ein sylphidenhaftes Lächeln.

»Das stimmt leider. Meine Frau hat den Fehler

begangen, sich in die Mordsache einer Kollegin einzuschalten«, erwidere ich bedrückt. »Die Folge ist, dass sie heute zwischen Tod und Leben schwebt.«

»Nicht mehr lange, Sir.« Miss Hoffman tritt ebenfalls ans Fenster. Der Duft ihres herben Parfums weht mich an. »Doktor Brendergast ist ein begnadeter Arzt. Wenn irgendjemand Ihrer Frau helfen kann, dann er.«

»Ich bin so froh…« Nachdenklich schüttle ich den Kopf.

»Worüber, Mr Escroyne?«

»Ich bin so froh, dass Rosy in diesen Mauern vor der Beschäftigung mit Mord und Totschlag bewahrt bleiben wird. Sie darf sich nicht mehr mit Verbrechen und Verbrechern abgeben, auf gar keinen Fall.« Ich drehe mich zu der Empfangsdame um. »Verstehen Sie das, Miss Hoffman?«

»Ja, Sir, ich kann Sie voll und ganz verstehen.«

Gemeinsam widmen wir uns der Aussicht vor Rosemarys Apartment. Apricot, denke ich, ja, vielleicht ist diese friedliche Farbe genau das Richtige für die kranke Schwertlilie.

4

Willys Heimat

»Was gibt es Neues in Ihrem Fall?«, will Rosemary Escroyne wissen, die kranke Kommissarin. Sie fragt von ihrem Bett auf der Intensivstation aus, während sie per Knopfdruck ihre Rückenstütze hochfährt. Aufrecht sitzt Rosy in einem von Technik umzingelten Bett, wo ihre vitalen Werte in elektronische Signale umgewandelt werden.

Zehn Tage sind vergangen und Dr. Brendergast hat sein Versprechen eingelöst: Rosemary fühlt sich besser, erheblich besser sogar. Ihre Werte sind stabilisiert, dem Fötus geht es den Umständen entsprechend gut, ihrer baldigen Verlegung von der Intensivstation ins Apricot steht nichts mehr im Wege. Doch statt diese wunderbaren Neuigkeiten zu genießen und sich voll und ganz auf ihre Schwangerschaft zu konzentrieren, was tut Rosemary, was tut die notorisch unverbesserliche Detektivin? Ihr Geist sucht Nahrung und findet sie in der Person von Dr. Brendergast.

Im Inneren seiner Burg scheint der Doktor weniger unter dem Drang zu leiden, seine Bedeutung hervorzukehren. Hier tritt er entspannter, man könnte fast sagen, bescheidener auf. Brendergast dreht sich vor dem Ultraschallmonitor um. »Woher wissen Sie von der Angelegenheit, Mrs Escroyne?«

»Die Sensationswellen, die Ihr Fall auslöste, haben sich bis nach Gloucester ausgebreitet.«

»Es ist nicht *mein Fall,* sondern ein kriminalistischer Irrtum, den die Medien aufgrund meiner Position weidlich ausschlachten«, erwidert er, doch selbst in seinem Bedauern schwingt Eitelkeit mit. »Sie haben also auch davon gehört?«

»Ich habe mich sogar ein wenig damit beschäftigt.«

Rosy spricht langsamer als gewohnt, bei jedem Satz scheint sie in sich hineinzuhorchen, ob das Gespräch ihr schaden könnte. Die Erinnerung an ihren Breakdown ist noch frisch, sie will jede krank machende Erregung vermeiden und dennoch: Rosemary spielt mit dem Feuer.

Mit einer Rolle Haushaltspapier tritt Brendergast an ihr Bett und säubert Rosys Bauch vom Ultraschallgel. »Beschäftigt? Inwiefern?«

»Vor Jahren hatte ich einen ähnlichen Fall. Ein Ehemann wurde verdächtigt, den Liebhaber seiner Frau umgebracht zu haben, weil dieser die Ehefrau sexuell von sich abhängig gemacht und dazu gebracht hatte, als Prostituierte für ihn zu arbeiten. Man nahm als Motiv Mord aus Rache an. Mein Chef und der Staatsanwalt waren von dieser Lösung überzeugt.«

»Sie aber nicht?« Bedächtig wischt der Weißhaarige über den vorgewölbten Bauch seiner Patientin.

»Nein, ich blieb misstrauisch.«

»Sie sind eine grundsätzlich misstrauische Person, habe ich recht?«

»Ich würde es wirklich vorziehen, den Menschen zu vertrauen. Leider machen sie es mir in meinem Beruf so schrecklich schwer.« Sie betrachtet die auf- und abgleitende Hand des Arztes. »Die Menschen lügen, Doktor Brendergast. Sie sagen bedauerlich selten die Wahrheit.«

»Wie ging der Fall des Ehemannes aus?«

»Ein Rivale jenes Zuhälters hatte ihn erstochen und den Verdacht auf den Ehemann gelenkt.« Rosy hüstelt. Seit ihrer Einlieferung hat sie noch nie so viel gesprochen.

»Überanstrengen Sie sich nicht.« Brendergasts Hand bleibt sanft auf Rosys Bauch liegen. »Im Übrigen nehme ich Ihre Geschichte als gutes Omen. Auch in meinem Fall wird der *Ehemann* frei ausgehen.« Behutsam steht er auf.

»Nur dass bei Ihnen nicht die Gattin betroffen war, sondern Angelina, Ihre Tochter.« Rosy zieht den blütenweißen Kittel über ihren Bauch.

»Sie war mein einziges Kind, Mrs Escroyne.« Am Fußende des Bettes richtet Brendergast sich auf. »Angie war … Sie ist in die Fänge eines Teufels geraten. Sie war ihm hilflos ausgeliefert, dieser skrupellosen, menschenverachtenden Bestie. Was sollte ich tun?« Seine Stimme klingt heiser, seine pfauenhafte

Eleganz ist verschwunden. »Was sollte ich Ihrer Meinung nach denn tun?«

»Sie hätten die Polizei ihre Arbeit machen lassen sollen. Stattdessen haben Sie die Sache selbst in die Hand genommen. Ihre Tochter war verschwunden und Sie haben sie …«

»Ich habe sie gesucht.« Da Brendergast vor der Wandbeleuchtung steht, ist er für Rosy nur als Silhouette erkennbar. »Weil ich sie retten wollte. Niemand sonst hätte sich darum gekümmert, auch die Polizei nicht.«

In diesem Moment begreift Rosy, dass die eitle Attitüde von Brendergast bloß eine Fassade ist, die er aufrechterhält, um bei den Patientinnen die Überzeugung seiner Unfehlbarkeit zu bewahren. Doch im Augenblick steht nicht mehr ein Herr über Leben und Tod vor Rosemary, keine gynäkologische Koryphäe, sondern ein alternder Mann, der Hilfe braucht.

Sanfter fährt sie fort: »Trotz Ihrer Anstrengungen konnten Sie nicht verhindern, dass Ihr Kind …« Eine winzige Pause. »… sich das Leben genommen hat.«

»Dass sie in den Tod getrieben wurde«, entgegnet er metallisch scharf.

»Dafür gibt es keine Beweise, Sir.«

»Gerade diese Beweise wollte ich erbringen. Ich wollte mit dem Mann sprechen, der für das Leid meiner Tochter verantwortlich ist.«

»Und haben Sie mit ihm gesprochen?«

Rosy beobachtet, wie der Arzt ins Licht tritt. »Nein.

LeMarque wurde wenige Tage nach dem Tod meiner Tochter ermordet.«

»Ist er nicht mit einem Hackebeil erschlagen worden?«

»Es war eine Machete, Mrs Escroyne.«

»Und das wissen Sie so genau, weil Sie seine Leiche gefunden haben.«

»Und zwar an dem Abend, als ich ihn aufgesucht habe, um mit ihm zu sprechen.«

»Die Polizei und der Staatsanwalt nehmen an, dass Sie die Tat selbst begangen haben.«

Brendergast mustert seine Patientin aufmerksam. »Verhören Sie mich etwa, Mrs Escroyne?«

»Das würde ich in meinem Zustand nicht wagen«, antwortet sie ernsthaft. »Sie selbst würden es mir verbieten.«

»Das tue ich tatsächlich.« Er streift die Latexhandschuhe ab und lässt sie in den Abfalleimer fallen. »Ihre gesamte Energie muss sich jetzt auf Ihre Genesung und die Gesundheit Ihres Kindes konzentrieren.«

***

Ich könnte Dr. Brendergast dafür umarmen, wie er mit Rosy umspringt. Ich würde mich persönlich bei ihm bedanken, wäre ich nicht anderweitig unterwegs. Während Rosemary sich, kaum dass es ihr besser geht, allen guten Vorsätzen zum Trotz mit einem Mordfall beschäftigt, bin ich ahnungslos in der Umgebung des Städtchens unterwegs, das von einem einzigen Namen beherrscht, überwuchert und ernährt wird, dem des Barden William Shakespeare. Stratford könnte ein wunderbarer Ort voll Ruhe und Schönheit sein, eine Perle der Cotswolds, wäre er nicht zugleich Shakespeares Geburtsort und würde er aus diesem Grund nicht aufs Unerträglichste vermarktet werden. Bei der allgegenwärtigen touristischen Präsenz Shakespeares in Bild und Skulptur verwundert es, dass nicht auch noch die Pflastersteine sein Konterfei tragen. Alles hier ist shakespearisiert, Willy ziert die Servietten in den Teestuben, die Blumenbeete der Parks und gäbe es die sprichwörtliche britische Zurückhaltung nicht, sicherlich würde man sogar auf dem Klopapier noch Shakespearesonette finden.

Ich verdanke diesem Mann wunderbare Theaterabende und so manche Einsicht in das Wesen des Menschen und genau darum finde ich: Das hat Willy nicht verdient. Er mag ein leichtlebiger, dabei geschäftstüchtiger Bursche gewesen sein, trotzdem war er keine Comicikone, die man als Massenware entstellen und ausstellen darf.

Daher bleibe ich der Shakespearestadt lieber fern und konzentriere mich in den Stunden, wenn ich nicht bei Rosy bin, auf die Natur. Ähnlich wie in Stratford mutet auch in der Landschaft manches bilderbuchhaft an, doch dieses Bilderbuch lasse ich mir gefallen. Ich habe Buchen gesehen, die in derart verwunschenen Windungen emporwachsen, dass sie wie Geister des Waldes anmuten. Ich fand Kräuterwiesen, die sogar im Herbst noch blühen. Ich kam durch Marktstädte, wo die Limestone-Häuser und Perpendicular-Kirchen jene mittelalterliche Romantik verströmen, die gern als Sinnbild unseres Königreichs angesehen wird.

Was ich in diesen Tagen auch unternommen habe, ich tat es mithilfe eines unerlässlichen Begleiters, meines Regenschirmes. Es mag an der Jahreszeit liegen oder an den nahen Bergen, die die Wolken anziehen, Tatsache ist, seit Rosy eingeliefert wurde, regnet es in einem fort. Ich meine damit keine gelegentlichen Schauer, keinen Tröpfelregen, der von sonnigen Abschnitten unterbrochen wird, ich spreche von massivem Dauerregen. Dieser Regen klopft auf Dächer, er plätschert in den Dachrinnen, nachts spiegeln sich die Ampeln und Straßenlichter in den Pfützen, tagsüber überzieht der graue Regenschleier das ganze Land. Selbst mithilfe meines treuen Schirmes kam ich noch von keinem Ausflug anders als durchnässt zurück und muss ständig Schuhe und Kleidung nach dem Rotationsprinzip an der Heizung trocknen, während ich die getrockneten Sachen wieder anziehe.

Aber ich wäre kein Engländer, wenn mich das Wetter auch nur im Geringsten abschrecken könnte. Ich beginne meine Erkundungen mit dem Auto, steige an inspirierenden Orten aus und mache mich zu Fuß auf den Weg. Mitunter sinke ich knöcheltief ein, manchmal fährt eine Bö in meinen Schirm und stülpt das Innere nach außen, trotzdem kann ich auf solchen Gängen meiner Seele freien Lauf lassen.

Ich könnte es, wenn mich die Sorge und die Angst nicht auf Schritt und Tritt begleiten würden. Sorge und Angst verfolgen mich bis in meinen Schlaf. Wenn ich, nachdem ich Rosemary einen Gutenachtkuss gegeben habe, in meine Pension zurückkehre und mich zur Ruhe begebe, tauchen die Angstgespenster vor mir auf. In den ersten Nächten war es die Sorge um Rosy und unser Kind. Da es beiden gottlob besser geht, haben sich die Nachtgespenster in Zahlengeister verwandelt, die nun mein Bett umschwirren. Wie soll ich die finanziellen Mittel aufbringen, die für Rosys Rettung erforderlich sind?

Miss Hoffman hat mir eine bestürzende Liste zugesteckt, aus der ich die Aufwendungen ersehen kann, die mich erwarten. Alles, was den Patientinnen in Brendergasts Paradies zugutekommt, kostet unglaublich viel Geld. Auf Seite drei der Liste habe ich zu lesen aufgehört, da mir mein Frühstück sonst nicht mehr geschmeckt hätte. Ich besitze nicht einmal annähernd Rücklagen in solcher Höhe und habe keine Ahnung, wo ich das Geld auftreiben soll.

Um das Zahlenrätsel zu lösen, suche ich die smarte Miss Hoffman erneut an ihrem Schalter auf.

»Ich nehme an, dass unter Doktor Brendergasts Patientinnen nicht nur Millionärinnen sind.« Ich finde diesen Gesprächseinstieg einigermaßen raffiniert.

»Sie wollen sich über unsere Finanzierungsmodelle

informieren?«, erwidert sie, ohne mit der Wimper zu zucken.

»Ganz im Allgemeinen natürlich«, antworte ich lässig.

»Der NHS bietet für solche Fälle Überbrückungskredite an. Allerdings ist der Vorgang schrecklich bürokratisch und Sie dürften die Kriterien für einen NHS-Kredit ohnehin nicht erfüllen.«

»Wie kommen Sie zu dieser Auffassung?«

»Weil Sie über beträchtliche Grundstückswerte verfügen, die zur Deckung der Krankenhauskosten herangezogen werden können.«

»Sie haben sich über mich erkundigt?«, frage ich konsterniert. »Sie haben in meinen Einkommensverhältnissen herumgeschnüffelt?«

»Bevor wir eine Patientin aufnehmen, gehört ein genereller Check-up zu unserer Routine.«

Mit ihrer Hochglanz-Attitüde beginnt mich Miss Hoffman zunehmend zu nerven. »Und wenn ich diesen Check-up nicht bestanden hätte, was hätten Sie dann getan? Meine schwer kranke Frau abgewiesen?«

»Wir sind selbstverständlich zu einer Notfallversorgung verpflichtet«, entgegnet Miss Hoffman. »Wenn der Notfall allerdings beigelegt ist, bitten wir um Verständnis, dass unser Institut eine privat finanzierte Einrichtung ist und seine Inbetriebhaltung viel Geld kostet.« Medusenhaft nickt sie zu ihren Worten. »Sie sollten sich aber keine Sorgen machen, Sir. Unsere Klinik steht in enger Verbindung mit dem Bankhaus Anstruther & Son, das schon vielen unserer Kunden Kredite zu annehmbaren Konditionen angeboten hat.«

»Kunden?« Ich beuge mich so weit über den Tresen, dass Miss Hoffman um eine Winzigkeit zurückweicht. »Sie sagten Kunden, nicht Patienten.«

Ihr reservierter Gesichtsausdruck verwandelt sich in ein sonniges Lächeln. »Haben Sie den Eindruck, dass Ihre Frau bei uns nicht die allerbeste Behandlung erfährt? Können Sie leugnen, dass Doktor Brendergasts Therapie Mrs Escroyne nach einer kritischen Phase wieder stabilisiert hat? Wollen Sie das bitte bedenken, wenn Sie uns übertriebenen Geschäftssinn vorwerfen?«

Das Schreckliche an ihrer Antwort ist, dass Keira Hoffman recht hat. Auch wenn der luxuriöse Firlefanz nicht nötig wäre, ohne Brendergasts Hilfe sähe unsere Situation ziemlich ernst aus.

»Können Sie mir sagen, wen ich in dieser Bank kontaktieren soll?«, leite ich höflich meinen Rückzug ein.

Miss Hoffman ist nicht nachtragend. Gönnerhaft legt sie für einen Moment ihre Hand auf meinen Arm. »Einen Augenblick, Sir.« Gleich darauf beuge ich mich über einen Flyer, den ihre gepflegten Finger vor mir entfalten.

5

Der Freibeuter

Das finde ich wirklich nett, Roger, mein Lieber.« Rosy breitet beide Arme aus.

Ein Mann, dem etwas Abenteuerliches anhaftet, kommt durch das geräumige Entree auf ihr Bett zu. Pechschwarz ist sein Haar, beeindruckend spielen seine Muskeln unter dem hautengen T-Shirt. Seine bronzene Hautfarbe, das Lächeln seiner ebenmäßigen Zähne, die Lässigkeit, mit der er die Motorradjacke über der Schulter baumeln lässt, der Auftritt von Rosys Besucher macht Wirkung.

»Na, Kleine«, sagt er mit rauchiger Stimme. »Hast uns ganz schön Angst gemacht.«

Rund um Rosys Lager sind die lebenserhaltenden Maschinen verschwunden. Ihre Tage auf der Intensivstation sind vorüber, Lady Escroyne residiert mittlerweile im Apricot. In diesem hellen, frauenaffinen Raum kontrastiert Rosys maskuliner Besucher noch stärker. Er umarmt sie und drückt ihr mehrere Küsse auf.

»Mama und Tante Iris und Onkel Trevor lassen grüßen.«

»Danke.« Lächelnd wischt sich Rosy die Wange ab.

»Mama und Trevor waren sogar schon hier«, fährt er fort, »sie hatten bloß keine Chance, an den Hütern dieses Tempels vorbeizukommen.«

»Bis vor Kurzem hätte ich von ihrem Besuch auch nicht viel mitgekriegt.« Rosy klopft auf die Bettdecke, zum Zeichen, dass er sich setzen soll. »Mir ging es hundeübel.«

Der Freibeuter zieht sich den mit aprikosenfarbener Seide bespannten Sessel heran. »Und jetzt?«

Rosys tiefer Atemzug hebt und senkt die Bettdecke. »Besser, viel besser. Der Doktor ist wirklich ein Zauberer.«

»Doktor Brendergast?«

»Ich hatte …« Sie schiebt die Unterlippe vor, ihr Kinn zittert ein wenig.

»Was ist los?«

»Nur die Freude.« Unwillig über ihre Gefühlsaufwallung schüttelt Rosy den Kopf. »Ich hatte nicht mehr geglaubt, dass ich es bis zur Geburt von Philipp John noch schaffen würde.«

»Unsinn. Du bist zäh.«

»Zäh vielleicht, aber auch ein bisschen zu alt für diesen Spaß. Ich wusste nicht, dass Kinderkriegen so ein Fulltime-Job ist.« Sie greift nach seiner Hand. »Genug davon. Wie geht es dir, Cuz?«

Cuz ist die zärtliche Abkürzung von Cousin; Roger ist der Jüngere von beiden. »Bestens.« Er verschränkt die muskulösen Arme hinter dem Kopf. »Kennst mich doch.«

»Ja, ich kenne dich.« Rosy betrachtet ihn lächelnd. »Gibt es irgendein neues Mädchen?«

»Eines? Diverse.« Er zieht den Mundwinkel hoch. »Gerade habe ich unten beim Empfang eine atemberaubende Schnitte gesehen.«

»Wärst du nicht mein Lieblingsvetter, würde ich dir diese Ausdrucksweise verbieten.«

»Brünett, eins achtzig groß, sagenhafte Figur. Sie tut, als wäre sie eiskalt, dabei ist diese Braut ein schlafender Vulkan. Kennst du sie?«

»Nach deiner Beschreibung kann es sich nur um unsere kompetente Miss Hoffman handeln.«

»*Kompetent*, das scheint mir auch so«, antwortet er mit dreckigem Grinsen.

»Bevor du dich endgültig in deiner Schwärmerei verlierst, sag mir: Hast du mir was mitgebracht?«

Roger zieht eine schmale Mappe aus der Innentasche der Lederjacke. »Hab ich.«

»Das ist alles?«, fragt Rosy enttäuscht.

»Es ist alles Material, an das ich in der Schnelle herankommen konnte.« Roger rückt näher. »Ich habe mich aber umgehört, Rosy. Ich könnte dir einiges erzählen.«

Sie nimmt die Unterlagen entgegen. »Schieß los.«

Die Familie Daybell, der Rosemary entstammt, besteht aus einer biblischen Zahl von Neffen, Nichten, Schwägern, Tanten und Onkeln. Damit stellen die Daybells eine sich rasch vermehrende Dynastie von Labour-Wählern dar. Bei der Größe der Familie ist es nicht verwunderlich, dass noch ein Weiterer aus ihrem Clan den Weg zur Polizei gefunden hat. Roger hat allerdings nicht bei der Mordkommission angedockt, sondern in der Verwaltung. Er verwaltet die Asservatenkammer von Birmingham, der zweitgrößten Stadt Englands, die nur eine knappe Stunde von Stratford entfernt liegt. Es mag überraschen, dass ein Typ wie er, ein Motorradkönig, ein gefürchteter Poolspieler, sich mit der Archivierung von Beweismitteln und Spurenträgern beschäftigt: Vom Knochensplitter bis zum Fluchtauto fällt alles in Rogers Bereich. Er sei zufrieden mit seinem Job, sagt er, er gehe gern mit Dingen um, die eine Geschichte haben und imstande seien, einen Fall lösen zu helfen. Dinge erzählen genauso viel wie Menschen, lautet Rogers schlichte Philosophie.

»Brendergasts Opfer, dieser LeMarque, war ein schlimmer Finger«, beginnt er, doch Rosy unterbricht ihn schon nach wenigen Worten.

»Brendergasts *mutmaßliches* Opfer.« Sie schlägt die Akte auf.

»Von mir aus.« Roger macht eine beschwichtigende Geste. »Jeder wusste, dass der Mann Dreck am Stecken hat, aber keiner hat den Mund aufgemacht. Alle hatten Angst vor ihm. Er beschäftigte einen teuren Anwalt, dessen einzige Aufgabe es war, LeMarque diverse Klagen vom Hals zu halten.«

»Ist er vorbestraft?«

»Wegen schwerer Körperverletzung, ja. Das liegt Jahre zurück. Seitdem ist er nicht mehr aktenkundig geworden.«

»Was war LeMarques offizieller Beruf?«

»In der Firmenbezeichnung steht Export-Import.« Rogers stahlharte Bauchdecke zuckt, als er lacht. »Zynischer kann man das, was er gemacht hat, kaum ausdrücken: Die Kollegen in Birmingham haben wegen Rauchgifthandels und Zuhälterei gegen ihn ermittelt.«

»In welcher Größenordnung?«

»Das Drogendezernat geht davon aus, dass LeMarque sein Netz über ganz Mittelengland ausgeworfen hat.«

Rosy rückt ihr aprikosenfarbenes Nachthemd zurecht. »Wie kommt Angelina Brendergast bei der Sache ins Spiel?« Sie hat der Mappe eine Fotografie entnommen, die eine junge Frau zeigt mit blondem Pferdeschwanz und Zahnspange. »Wie alt war sie?«

»Diesen Sommer wäre sie neunzehn geworden.« Roger wirft eine Haarsträhne aus der Stirn. »Es ist eigentlich eine ganz simple Geschichte, wäre Angie nicht die Tochter eines berühmten Arztes gewesen. Neugieriges junges Mädchen lernt reiferen Mann kennen und verliebt sich in ihn. Er nutzt ihre Gefühle aus und macht sie mit einer grausamen Geliebten bekannt, Crystal Meth.«

Mit traurigem Ausdruck betrachtet Rosy die Fotografie. »Wie kam Angelina nach Birmingham?«

»Sie hat dort Literatur und Geschichte studiert. Ich glaube, dass Angie ein ziemlich begabtes Mädchen war.«

Überrascht mustert Rosy ihren Vetter. »Wie kommst du zu dieser Einschätzung?«

»Als du mich angerufen und gesagt hast, ich soll mich wegen Brendergasts Fall umhören, wusste ich, du gibst dich mit oberflächlichen Informationen nicht zufrieden. Also habe ich mich genauer informiert.«

»Danke, Roger, das weiß ich sehr zu schätzen.«

»Willst du dich wirklich in diesen Fall reinschmeißen?«, fragt er mit plötzlicher Sorge. »Was sagt Arthur dazu?«

Impulsiv legt Rosy den Zeigefinger auf Rogers Lippen. »Arthur weiß nichts. Und er darf auch kein Sterbenswörtchen erfahren. Weil er mich sonst für verrückt halten würde.«

»Was deinen Job angeht, bist du das auch.«

»Ich habe nicht vor, mich in den Fall der Kollegen aus Birmingham *reinzuschmeißen*«, lenkt Rosy ein. »Mich interessiert bloß die Persönlichkeit von Doktor Theodore Brendergast, verstehst du? Der Mann muss im Moment eine schlimme Zeit durchmachen. Und auch wenn er hier den Gott in Weiß spielt, spüre ich: Brendergast ist angeschlagen.«

»Ist das verwunderlich? Dein Gott in Weiß hat den Zuhälter seiner Tochter mit einer Machete erschlagen. Der Mord war ein regelrechtes Gemetzel.«

»Genau das macht mich stutzig«, wendet Rosy ein. »Wenn ein Mann wie Brendergast jemanden umbringen wollte, würde er sich ausgerechnet einer Machete bedienen? Eine Pistole hätte es doch auch getan.«

»Gutes Stichwort: Die Pistole des Doktors wurde am Tatort gefunden.«

Rosys Finger gleitet die Zeilen des Protokolls entlang. »Hier steht, die Waffe ist nicht abgefeuert worden. Brendergast gibt an, sie lediglich zur Selbstverteidigung mitgenommen zu haben.«

Roger lässt sich gegen die Sessellehne fallen. »So oder so, Brendergast war zum Zeitpunkt des Mordes in LeMarques Haus. Auf der Machete wurden seine Fingerabdrücke gefunden, seine Schusswaffe lag unweit der Leiche. Aufgrund dieser Indizienlage will der Staatsanwalt Anklage gegen ihn erheben.«

»Wieso wurde Brendergast dann nicht verhaftet?«

»Man hat ihn vorübergehend festgenommen. Aber nachdem er eine Kaution von zweihunderttausend Pfund hinterlegt hatte, wurde er wieder auf freien Fuß gesetzt. Der Mann besitzt Einfluss«, fährt Roger achselzuckend fort. »Er konnte den Richter offenbar davon überzeugen, dass er in seiner Klinik nötiger gebraucht wird als in einer Untersuchungszelle.«

»Trotzdem muss allein der Vorwurf eines Mordes ein harter Schlag für diesen Mann sein.« Rosy hält im Blättern inne. »Noch schrecklicher dürfte ihn aber erschüttert haben, dass er seine Tochter nicht beschützen konnte. Wie ist Angelina genau gestorben? Hier drin ist nur von ihrem Suizid die Rede.«

»Sie hat sich vor den Zug geworfen.«

»Wo?«

»Auf dem Bahnhof von Birmingham.«

Rosy legt die Hand auf ihre Brust und macht ein paar tiefe Atemzüge. »Das ist … so unbegreiflich, eine Achtzehnjährige … Wie verzweifelt muss sie gewesen sein, um das zu tun?« Sie hebt den Blick. »Stand sie unter Drogeneinfluss?«

»Laut Obduktionsbericht hatte sie zu diesem Zeitpunkt nichts genommen.«

»Brendergast ist überzeugt davon, dass seine Tochter vorsätzlich vor den Zug gestoßen wurde. Kommt Fremdeinwirkung überhaupt infrage?«

»Laut Augenzeugenbericht wartete Angie an einem Gleis, wo ein Zug durchfahren sollte. Als er kam, bat sie eine Frau, beiseitezutreten, und ist gesprungen.«

Beide schweigen mehrere Sekunden.

»Angelina Brendergast ist in ein Haifischbecken gefallen«, fährt Rosy leise fort. »Und ihr Vater, der berühmte Retter der Frauen, konnte nicht verhindern, dass seine Tochter darin zugrunde ging. Das muss ihn seelisch fertigmachen.« Sie legt den Kopf zurück. »Bis jetzt lässt mich der Doktor nicht hinter seine Fassade schauen. Ich habe noch kein klares Bild von diesem Mann.«

»Du hast *noch* kein klares Bild?« Roger lacht. »Du bist gerade erst von den Toten auferstanden und wirfst dir vor, nicht schon den totalen Durchblick zu besitzen?«

»Ich habe hier viel Zeit und denke über alles Mögliche nach. Wieso soll ich nicht auch über das Schicksal des Mannes nachdenken, der mich gerettet hat?« Instinkthaft legt sie die Hand auf ihren Bauch. »Durch Brendergasts Hilfe habe ich das Vertrauen zurückgewonnen, dass ich mein Baby gesund zur Welt bringen werde.« Ein Moment der Stille, während sie aus dem Fenster schaut.

»Wie kam es dazu, dass LeMarque Angelina auf den Strich geschickt hat?« Ihr Blick ist wieder nüchtern.

»LeMarque hat in Birmingham so etwas wie einen Salon betrieben. Dorthin hat er Freunde und Geschäftspartner eingeladen, die Sexpartys feiern wollten. Die Mädchen waren alle sehr jung, einige wahrscheinlich minderjährig.«

»Wie hat LeMarque eine junge Frau wie Angelina, Tochter aus reichem Haus, dazu gekriegt, bei so etwas mitzumachen? Nur durch Drogen?«

Roger zuckt die Schultern. »Crystal Meth ist heimtückisch. Du spürst keinen Hunger, keinen Schmerz, keine Müdigkeit. Angelina muss voll drauf abgefahren sein.«

Rosy spinnt den Faden weiter. »Das Crystal hat dabei sicher eine Rolle gespielt. Nach meiner Erfahrung könnte Angelinas Teilnahme an den Partys aber auch eine Mutprobe gewesen sein. Wie oft hat sie bei so etwas mitgemacht?«

»Sie und LeMarque waren fast ein Jahr zusammen. Die Partys fanden einmal pro Monat statt.«

»Wann hat Brendergast Wind von der Sache gekriegt?«

»Wahrscheinlich erst kurz vor Angies Tod. Nachdem sie von zu Hause ausgezogen war, glaubte er zu Beginn wohl, dass sie ihr freies Studentenleben genießen würde.«

»Aber als sie sich immer seltener meldete, wurde er misstrauisch.«

»So ungefähr«, nickt Roger.

»Gab es eine persönliche Begegnung zwischen Brendergast und LeMarque?«

»Das weiß ich nicht.«

»Könntest du das herausfinden? Die Kollegen in Birmingham wissen bestimmt, ob ein Kontakt zwischen dem Vater und dem Zuhälter stattgefunden hat.«

»Ich mach mich schlau. Solltest du dich jetzt nicht ein bisschen schonen?«, fragt Roger, nachdem Rosy sich mehrmals geräuspert hat. »Was den Mord betrifft, habe ich dir den letzten Stand der Ermittlungen hier ausgedruckt.«

»Danke, mein Lieber.« Rosy legt die Hand auf den Aktendeckel, als ob das graue Ding ihr Lieblingsbuch wäre, auf dessen Lektüre sie sich freut. Nach einer Pause fährt sie fort, doch so, als ob sie zu sich selbst sprechen würde. »Wenn ich nicht rechtzeitig unter Brendergasts Obhut gekommen wäre, gäbe es mich heute wahrscheinlich nicht mehr.« Sie betrachtet ihren Bauch. »Und *ihn* auch nicht.« Mit weichem Schwertlilienblick sieht sie Roger an. »Wäre das nicht schade?«

»Ich will es mir gar nicht vorstellen. Wenn es dich und das Kind nicht mehr gäbe, das wäre für Arthur … es wäre für ihn …«

»Es würde ihn umbringen«, sagt sie klipp und klar. »Er würde es nicht überstehen.«

Beide schweigen für einen Moment, schließlich kratzt sich Roger hinterm Ohr. Es ist ihm anzumerken, dass er das Thema wechseln möchte. »Als Mama es mir erzählte, wollte ich es zuerst nicht glauben. Du hast tatsächlich vor, dein Baby auf dem Schloss großzuziehen? Trotz all der Umständlichkeit?«

»Arthur will es so«, antwortet Rosy herzlich. »Der Schlossherr besteht darauf, zum Windelkaufen hundertsechs Stufen runterzulaufen und mit den Windeln die hundertsechs Stufen wieder hochzusteigen. Er will Philipp John hundertsechs Stufen runter in die Kita tragen und ihn nachmittags wieder hochschleppen. Wenn der Kleine eines Tages laufen lernt, werde ich tausend Ängste ausstehen, dass er über die Burgmauer fallen oder dass ihm in dem baufälligen Schloss sonst was zustoßen könnte. Arthurs Argument in dieser Angelegenheit lautet: Seit neunhundert Jahren wurden Kinder auf Sutherly Castle großgezogen und es ist kein Fall bekannt, dass es einem von ihnen geschadet hätte. Es würde Arthur tief verletzen, wenn sein Sohn, der junge Lord, in einer Dreizimmerwohnung in der Stadt aufwachsen müsste.« Rosy lächelt bei dem Gedanken. »Das bedeutet, ich werde zwei Kinderwagen brauchen, einen, der am Fuße der hundertsechs Stufen parkt, und einen für den Schlossgarten.«

»Du wirst schon alles richtig machen, Rosy.« Roger steht auf.

»Und du hast dir alles gemerkt, was ich wissen möchte?«

»Auch wenn ich nur ein Beamter bin, der kleine Zettel an Beweisstücke heftet, bin ich doch nicht von gestern«, grinst er.

»Grüß zu Hause von mir. Und, Roger …«

»Ja?« Im aprikosenfarbenen Korridor dreht er sich noch einmal um.

»Lass die Finger von Miss Hoffman. Die Lady ist nicht deine Gewichtsklasse.«

»Abwarten.« Mit kühnem Schwung wirft er die Motorradjacke über die Schulter und verlässt die Apricot-Suite.

6

Linsen

Ich war in Stratford. Ich habe mich durch das Touristenmeer gekämpft, bis ich schließlich vor dem noblen Firmenschild des Bankhauses Anstruther & Son stand. In Shakespeares Geburtsstadt residieren auch die Banken natürlich nicht in Glaspalästen, sondern in einem Fachwerkhaus aus dem Spätmittelalter. Dort lernte ich einen Finanzberater kennen, der mir freundlich, aber ungeschminkt mitteilte, dass meine Einnahmen als freischaffender Grafiker und Rosys Polizistengehalt nicht im Entferntesten ausreichen würden, einen Kredit zu stemmen, der die Kosten ihres Klinikaufenthalts decken würde. Obwohl ich meinen Schock kaum verbergen konnte, fragte ich salopp, was er in einem solchen Fall vorschlage, da es außer Frage stehe, dass Rosy bis zur Entbindung in der Obhut von Dr. Brendergast bleiben müsse. Der Finanzierer fragte mich darauf, ob ich unbewegliche Güter besäße, die man beleihen könnte.

Unbeweglich finde ich ein schönes Wort. Die Existenz des Adels findet ihre gesellschaftliche Berechtigung genau in jener Unbeweglichkeit oder anders ausgedrückt: in ihrer Beständigkeit. Burgen und Schlösser bezeugen dem Volk, dass das Gefüge von Stadt und Land in Ordnung sei. Die Vorstellung, dass es Familien gibt, die bereits seit eintausend Jahren bestehen, hat etwas Beruhigendes. Auch der Name Escroyne strahlt diese Beruhigung aus und Sutherly Castle, unser Stammsitz, ist das steinerne Sinnbild dafür. Die Kalksteine zum Bau der Burg wurden vor neunhundert Jahren aus dem Berg gehauen. Im 13. Jahrhundert verlieh König John seinem Vasallen Philipp Escroyne für Verdienste im Irlandfeldzug die Grafenwürde. Sutherly wurde als Wehrburg erbaut, Philipp unterstützte den König im Kampf gegen die Waliser. Später beteiligte sich Philipp allerdings an der Revolte gegen seinen König, woraufhin John 1215 die Magna Carta unterzeichnen musste.

Im 21. Jahrhundert taugt die Wehrburg mit ihren brüchigen Mauern, dem morschen Dachstuhl und der lebensgefährlichen Statik allerdings nicht mehr dazu, allzu viel Beruhigung auszustrahlen. Trotzdem beschrieb ich dem Finanzierungsberater meine Adelsimmobilie in den schönsten Farben. Er machte sich Notizen und fragte, ob die Liegenschaft schuldenfrei sei. Ich beichtete ihm den Kredit, den ich hatte aufnehmen müssen, um die Dachrinnen zu sanieren, und war erleichtert, als er bestätigte, dass Sutherly eine belastbare Immobilie sei. Froh war ich allerdings auch, dass mein Vater bei diesem Gespräch nicht anwesend war, denn die Antwort auf meine nächste

Frage hätte dem 35. Earl das Herz gebrochen. »Was würde geschehen, wenn ich den Kredit nicht termingerecht abbezahlen kann?«

»In diesem Fall würden mehrere Prozesse in Gang gesetzt, deren letzter die Pfändung Ihres Schlosses wäre. Aber darüber sollten wir uns keine Gedanken machen.«

Pfändung, geht mir durch den Kopf, während ich die Einfahrt zu Dr. Brendergasts Refugium hochfahre. Sutherly Castle könnte gepfändet werden. Es bedarf natürlich keiner Überlegung, was mir wichtiger ist, die Gesundheit Rosys und unseres Kindes oder mein vergammeltes Schloss. *Es ist der einzig richtige Weg,* sagt meine optimistische innere Stimme, während ich beim Aussteigen den Regenschirm aufspanne. *Sie werden dir dein Schloss wegnehmen,* raunt mir der Feigling, der Schwächling Arthur zu. *Ich werde Rosy gegenüber kein Sterbenswörtchen davon erwähnen,* entgegnet Arthur, der Held; der dichte Sprühregen dieses Vormittags lässt den Helden blinzeln. *Das solltest du aber,* lässt mein innerer Feigling nicht locker, *weil nur Rosy den Grips besitzt, dir aus dem Schlamassel herauszuhelfen. Nein,* entgegnet der Held, *ich werde Rosy nur von schönen Dingen erzählen.*

Während es lautstark auf mein Regendach prasselt, laufe ich im Zwiestreit meiner beiden Seelen zum Haupteingang und werde am Empfang von einem sonderbaren Anblick überrascht. Ein abenteuerlich aufgemachter junger Mann, einem Hooligan ähnlich, lümmelt am Tresen und redet mit Miss Hoffman. Das Gebaren dieses Mannes ist ein einziger penetranter Flirt, Körpersprache, Mimik und Tonfall lassen keinen anderen Schluss zu. Miss Hoffmans knappe Antworten zeigen deutlich, dass ihr die plumpe Anmache auf die Nerven geht.

»Wie lange haben Sie abends hier zu tun?« Angeberisch wippt der Kerl auf den Fersen.

Bevor Keira ihm die wohlverdiente Abfuhr erteilt, entdeckt sie mich unter der Kuppel der Empfangshalle. »Guten Tag, Lord Escroyne«, ruft sie, erleichtert, als ich ihr zur Unterstützung eile.

»Hallo, Miss Hoffman.« Über die sternförmigen Bodenintarsien laufe ich auf sie zu. »Hallo, Roger«, sage ich mit einem kühlen Seitenblick. »Du hast Rosy besucht?«

»Klar hab ich das, Arthur, alter Schwede.« Unaufgefordert packt Roger meine Hand und schüttelt sie unverhältnismäßig kräftig.

Ja, zugegeben, ich kenne Roger, den Schandfleck der Daybell-Familie. Obwohl er im Leben so gut wie nichts auf die Reihe kriegt, ist er der Prototyp eines selbstverliebten Angebers. Wahrscheinlich hat man ihn deshalb in einen Raum gesetzt, wo er nicht allzu viel Schaden anrichten kann, in die Asservatenkammer. Ich würde Rogers Besuch bei seiner Cousine keine Beachtung schenken, wenn er nicht auch bei der Polizei arbeiten würde. »Worüber habt ihr geredet, Rosy und du? Bisschen Fachsimpelei unter Kollegen?«

»Kein Wort«, erwidert er prompt. »Wir haben *kein Wort* über den Beruf geredet.« Treuherzig sieht mich Roger aus seinen wasserblauen Augen an, die bei den Damen angeblich Herzflimmern auslösen. Dass er meine Vermutung so vehement bestreitet, verstärkt meine Befürchtung. Trotzdem wende ich mich zunächst an Miss Hoffman. »Ist meine Frau gerade in Behandlung oder kann ich zu ihr?«

»Gehen Sie nur hinauf, Mr Escroyne. Sie können ihr beim Lunch Gesellschaft leisten.«

»Haben Sie denn heute schon geluncht, Miss Hoffman?«, mischt sich Roger im Bemühen ein, seinen Erotiktanz fortzusetzen.

Auch wenn ich die maskenhafte Keira nicht unbedingt sympathisch finde, bin ich diesmal auf ihrer Seite. Denn *das* hat sie nicht verdient, dass der schmierige Roger sich an sie heranmacht. Ich werde sie aus seinen Fängen befreien. »Ich war gerade bei Anstruther & Son«, wechsle ich daher das Thema. »Man war dort sehr kooperativ. Ich würde Sie gern zu einigen Punkten noch etwas fragen«, sage ich mit Seitenblick zu Roger. »Unter vier Augen.«

»Natürlich, Sir. Gehen wir in mein Office?« Sie weist zur Tür hinter sich. »Einen schönen Tag noch, Mr Daybell.«

»Bis bald, ja?« Roger bemüht ein schleimiges Lächeln.

Ritterlich an ihre Seite tretend, begleite ich Miss Hoffman in den Nebenraum. Kaum haben wir Roger hinter uns gelassen, kann ich ein gönnerhaftes Lachen nicht unterdrücken. »Ich muss mich für meinen entfernten Verwandten entschuldigen.«

»Entschuldigen, wofür?«

»Für seine plumpe Art natürlich. Er hat Sie über den Tresen hinweg ja förmlich bedrängt.«

Mit überraschend kühlen Augen mustert mich Keira. »Ich fand ihn eigentlich ganz nett.«

»Nett? Roger *nett?*«, wiederhole ich konsterniert.

»Was wollten Sie wegen der Finanzierung mit mir besprechen?«

»Die Finanzierung? Ach ja … die Finanzierung …«

Wieder einmal komme ich zu der Erkenntnis, dass ich über das Wesen der Liebe oder vielmehr der sexuellen Anziehung zwischen den Geschlechtern nur wenig weiß. Dass eine kultivierte, attraktive Frau wie Keira einen Hammel wie Rosys Cousin anziehend oder auch nur *nett* finden könnte, ist eine Ohrfeige für jemanden, der Geschmack und Herzensbildung bei dieser Frau vermutet hat. Enttäuscht über ihre Reaktion stammle ich mich aus der peinlichen Situation heraus und mache mich auf den Weg zu Rosy.

Beim Betreten ihrer Suite sehe ich gerade noch, wie eine graue Mappe in der Nachttischschublade verschwindet und meine Frau sich ins Bett zurückfallen lässt. Ich könnte nun den Inquisitor spielen, mich auf das Beweismittel stürzen und Anklage erheben gegen Rosys Unvernunft, aber ich will nicht den ersten Stein werfen, bevor ich weiß, wie es ihr geht.

»Wie geht es dir?«

»Blendend.« Sie lächelt. »Wenn man bedenkt, wie es noch vor ein paar Tagen aussah, geht es mir hervorragend.« Sie zieht den Schwenkarm heran, auf dem ihr diätetisches Drei-Gänge-Menü serviert wurde. Die einzelnen Gänge sind mit silbernen Warmhaltekuppeln verhüllt. Rosy hebt die erste ab. »Lecker«, seufzt sie.

Ich entdecke Linsen auf einem Bett aus Brennnesselsalat. Normalerweise macht sich Rosy nichts aus Rohkost und Hülsenfrüchte verabscheut sie regelrecht. »Das schmeckt dir?«

Sie stopft sich die Serviette in den Ausschnitt ihres aprikosenfarbenen Nachthemdes. »Brendergast beschäftigt einen Starkoch, der täglich ungewöhnliche Kreationen für uns zaubert.« Mit der Silbergabel pickt sie ein paar Linsen, kaut und gibt Laute des Wohlbefindens von sich. Mein Misstrauen wächst.

»Was steht heute Nachmittag auf deinem Programm?« Ich lasse mich auf demselben Sessel nieder, auf dem zuvor wohl Roger saß.

»Schlafen, lesen, später habe ich dann noch eine TCP-Behandlung.« Rosy isst ostentativ genussvoll, mein Misstrauen weitet sich aus.

»Was liest du gerade?«

»Einen Roman aus der Bibliothek. Wieso?« Ihr Lächeln ist warmherzig, ihre Kaubewegungen sind kraftvoll, ihre Wangen sind gerötet. Trotzdem glaube ich ihr kein Wort.

»War das der Roman, den du gerade in die Schublade gelegt hast?«

Mit aggressivem Klirren lässt Rosy die Gabel auf den Teller fallen. Die Augen der Schwertlilie sind verhangen, das Violettblau ist getrübt. Ich kenne diesen Blick, er ist Ausdruck eines Zwiespalts. Rosemary atmet tief durch. »Nein, Arthur. Was ich in die Schublade getan habe, ist die Akte des Mordes, der Doktor Brendergast zur Last gelegt wird. Roger hat sie mir gebracht. Auf meinen Wunsch.«

»Verstehe.«

Mein Blick folgt der Maserung der dunklen Diele aus Räuchereiche. Kein Wort wäre groß genug, kein Satz ausreichend tiefgründig, um den Vorwurf zu formulieren, den ich nun aussprechen muss. Ich möchte freundlich zu der Linsen futternden Detektivin sein, aber ich darf es nicht. Ich will sie schonen, zugleich muss ich mich zur Stimme des Gewissens aufschwingen und ihr sagen, dass sie mit ihrem Leben spielt. Ich muss den Eiertanz einer Strafpredigt wagen, bei der ich Rosy ins Gebet nehme, sie aber nicht aufregen darf. Ich muss sie fragen, weshalb eine Frau von ihrer überragenden Intelligenz so sagenhaft dumm sein kann und nichts, aber auch gar nichts aus ihren Fehlern gelernt zu haben scheint.

»Rosy, meine Liebe«, beginne ich mit ruhiger Stimme.

»Ja, Arthur?«

»Rosy, hör mir mal zu.«

7

Besuch

Es ist Nacht in Brendergasts Gesundheitstempel. Die genesenden und die gebärenden Frauen liegen wie Prinzessinnen in ihren Betten, die Schwestern wachen über die Nachtruhe. Miss Hoffman hat den Empfangsbereich ihrer Kollegin von der Nachtschicht überlassen, Brendergast selbst ist längst nach Hause gefahren. Es ist ein stilles Haus voller Frauen.

Geräuschlos öffnet sich die Tür zur Apricot-Suite, ein Paar eleganter Schuhe erscheint. Schuhe, Füße und Beine bewegen sich auf Rosys Bett zu, verharren am Fußende und nähern sich schließlich dem schlafenden Haupt. Ihre kastanienbraunen Locken sind wie Herbstlaub über das Kissen gebreitet, ihr Mund ist geöffnet, sie stößt ein sanftes Röcheln aus. Rosys rechte Hand ruht auf ihrem Bauch, an die linke sind Elektroden angeschlossen. Eine Hand nähert sich Rosys Hals, als ob die Finger ihren Puls ertasten wollten, doch zu guter Letzt legt sich die Hand auf das Schlüsselbein und rüttelt die Schlafende.

Rosemary hat besondere Schlafgewohnheiten. Klingelt mitten in der Nacht ihr Diensthandy, erwacht die Detektivin im Bruchteil eines Augenblicks und hat das Ding auch schon am Ohr. Jedes andere Geräusch vermag sie im Schlaf vollkommen auszublenden, sodass bei ihr die Beschreibung zutrifft, man könnte neben ihr eine Kanone abschießen. Der sanften Hand gelingt es daher nicht gleich, Rosy wach zu rütteln. Es braucht mehrere Impulse, bis die Kommissarin knurrt, sich auf die andere Seite dreht und etwas murmelt.

»Mrs Escroyne«, sagt jemand.

Langsam wie eine Echse öffnet Rosy die Augen.

»Verzeihen Sie, Mrs Escroyne, aber ich musste zu Ihnen kommen«, sagt eine Frau mit elegant nach hinten frisiertem Haar, geschminkten Wimpern und roten Lippen.

»Wieso mussten Sie?«, fragt Rosy im Halbschlaf.

»Ich bin Lynne Brendergast.«

Darauf reagiert die Kommissarin, als ob ihr Diensthandy geklingelt hätte. Sie kürzt den Prozess des Erwachens ab, ihr Finger tippt auf die Menüleiste, mit der man das Bett steuert, mittels der Rückenstütze schwebt Rosemary aus der Horizontalen empor. Noch ein Knopfdruck und das Leselicht geht an.

»Was führt Sie zu mir, Mrs Brendergast?« Wenn Rosy eine Situation als wichtig einstuft, behandelt sie selbst das verrückteste Szenario wie ein alltägliches. Die Digitaluhr zeigt 03:24 Uhr. Um halb vier Uhr morgens besucht die Frau des Klinikchefs unangemeldet eine Patientin ihres Mannes. Das ist verrückt, trotzdem fasst Rosy Mrs Brendergast ruhig ins Auge.

»Theodore hat es getan«, sagt die Besucherin.

Der Satz mag sich wie ein Klischee anhören, zugleich könnte kaum ein Satz deutlicher sein.

»Sie sprechen von Ihrem Mann?«, fragt Rosemary vorsichtshalber. »Was hat er Ihrer Meinung nach getan?«

»Er hat den Zuhälter umgebracht.«

Nach einem letzten Gutenachtkuss habe ich meine Schwertlilie gestern um 22:00 Uhr verlassen und kann daher in diesem Moment nicht eingreifen. Nachdem ich ihr all die Argumente aufgezählt hatte, weshalb ich sie für ein unvernünftiges Huhn halte, gab sie mir in den meisten Punkten recht, wiederholte aber, was sie schon Roger gesagt hatte: nämlich, dass sie über das Schicksal des Mannes nachdenke, der ihr Leben gerettet hat. Geduldig wandte ich ein, die Dankbarkeit für Dr. Brendergast müsse nicht gleichzeitig bedeuten, in seinem Mordfall herumzuschnüffeln. Der Mann und der Mord gehörten unmittelbar zusammen, erwiderte Rosy und gab der Vermutung Ausdruck, dass bei den Ermittlungen etwas nicht stimme. Ich verlor für einen Augenblick die Geduld und entgegnete, ob Rosy den Staatsanwalt von Birmingham für einen Idioten halte, wenn er behauptete, Brendergast habe die Tat begangen.

»Der Staatsanwalt hat aber nicht so unmittelbar mit dem Menschen Brendergast zu tun wie ich«, lautete Rosys irrationale Antwort.

»Du warst doch die meiste Zeit bewusstlos«, fuhr ich sie an. »Wie willst du als Ohnmächtige Brendergasts Charakter analysiert haben?« Impulsiv nahm ich ihre Hände. »Rosy, ich flehe dich an, sei vernünftig und misch dich in diese Sache nicht ein.«

Sie schien einzulenken. »Du hast recht, Arthur, ich will wirklich kein Risiko eingehen.«

Ihre Antwort beruhigte mich nicht ausreichend, darum schob ich ihrer kriminalistischen Neugier noch einen Riegel vor. »Und diese Akte aus der Schublade nehme ich mit.«

Folgsam holte sie die Mappe aus dem Nachttisch und überreichte sie mir. »Danke, Arthur.« Das klang sehr aufrichtig.

Wie sollte ich ahnen, dass der Mordfall, vor dem ich Rosy bewahren will, sie noch in derselben Nacht heimsuchen würde? Wie sollte ich ahnen, dass die Ehefrau des Angeklagten um 03:24 in die Apricot-Suite schleichen würde?

»Darf ich mich setzen?« Auf Rosys Nicken nimmt Mrs Brendergast Platz.

»Sie glauben also, Ihr Mann hätte den Mord an dem Drogendealer LeMarque begangen?«

»Ich habe sogar Beweise dafür«, antwortet Lynne Brendergast gefasst.

»Was bringt Sie, seine Ehefrau, dazu, Ihren eigenen Mann anzuklagen?«

Lynne überschlägt die Beine in dem dunkelblauen Hosenanzug. »Am zwölften Juli fuhr Theodore nachmittags mit dem Auto nach Birmingham. Er kam erst gegen elf Uhr nachts zurück. Er hatte Blut auf seinem Hemd und an der Hose. Er zog sich aus und duschte. Er sagte, er hätte in Birmingham die Leiche von LeMarque gefunden. Er habe mit dem Mann sprechen wollen, sei zu seinem Haus gefahren und hätte ihn dort tot angetroffen.«

»Das ist bekannt«, nickt Rosy. »So steht es im Vernehmungsprotokoll Ihres Mannes.«

»Was jedoch nicht im Vernehmungsprotokoll steht, ist, dass Theo eine Schnittverletzung hatte. Eine Verletzung, wie sie ein besonders scharfes Messer verursacht oder eine geschliffene Machete.«

»Ihr Mann hat zugegeben, die Mordwaffe berührt zu haben, als er sie neben dem Mordopfer fand.« Es ist Rosy anzumerken, dass das Gespräch sie anstrengt.

»Aber wie kam dieser Schnitt an seine Hand? Nachmittags, als er fortfuhr, hatte er ihn noch nicht.«

Im Schein der Leselampe streicht Rosy ihr Haar hinters Ohr. »Weshalb erzählen Sie das ausgerechnet mir, Mrs Brendergast?«

»Hat Theo mit Ihnen schon über den Mord gesprochen?«, fragt die andere ungerührt. »Hat er Ihnen seine Version der Geschichte erzählt?«

»Weshalb sollte er das tun?« Rosy legt die Hände auf ihren Bauch.

»Weil die Indizienlage gegen Theodore erdrückend ist.«

»Wieso sollte ausgerechnet ich daran etwas ändern können? Ich bin nur seine Patientin.«

Mrs Brendergast beugt sich vor, Rosy entdeckt die Sorgenfalten rund um ihre geschminkten Augen, die feinen weißen Haare, die sich in das Blond eingeschlichen haben. »Es gibt einen Grund dafür: Theodore war der Arzt, der das Strindberg-Baby zur Welt brachte, und zwar in dieser Klinik.«

Rosy braucht einen Moment, um zu verstehen. »Sie meinen Meryl Strindberg?«

»Die Frau, die den Vater ihres Kindes ermordet haben soll«, nickt Mrs Brendergast. »Die Frau, die aufgrund der Indizien bereits überführt schien. Die hochschwangere Mörderin Meryl Strindberg.«

»Sie war aber nicht die Mörderin«, erwidert Rosy.

»Richtig, Miss Strindberg ging frei aus«, bestätigt Lynne, »aber nur dank des unglaublichen Spürsinns einer Frau: Detective Inspector Rosemary Escroyne.«

»Damals hieß ich noch Daybell.«

»Die beiden Fälle ähneln einander verblüffend«, lässt Mrs Brendergast sich nicht beirren. »Meryl Strindberg hatte ein starkes Motiv, diesen Mann umzubringen, genau wie Theodore bei LeMarque. Miss Strindberg gab an, die Leiche nur entdeckt zu haben, genau wie Theodore, aber sämtliche Indizien sprachen gegen sie. Verstehen Sie jetzt?« Mrs Brendergast lehnt sich zurück. »Weder Theodores Anwalt noch der von ihm engagierte Privatdetektiv konnten die Indizienkette bis jetzt erschüttern.«

»Seit ich hier bin, hat Ihr Mann den Fall von sich aus noch mit keinem Wort erwähnt.«

»Das wird er noch, da bin ich sicher.«

Rosy atmet mehrmals tief durch. Das aufrechte Sitzen verursacht ihr Schmerzen, sie legt den Finger auf das Bedienungsdisplay. Langsam senkt sich ihre Rückenstütze. Sie liegt da, den Blick zur Decke gerichtet. »Ich bin krank, Mrs Brendergast, und ziemlich schwach. Warum wecken Sie eine kranke Schwangere um diese unchristliche Zeit?«

»Weil ich tagsüber nicht mit Ihnen sprechen könnte, ohne dass Theodore Verdacht schöpfen würde.«

»Ich frage Sie noch einmal: Weshalb erheben Sie Anklage gegen Ihren Mann? Hassen Sie ihn so sehr?«

»Ich hasse ihn nicht. Aber ich decke auch keinen Mörder«, erwidert Mrs Brendergast mit eisiger Stimme.

»Laut Gesetz kann Sie niemand zwingen, Ihren Ehemann zu belasten. Sie könnten einfach schweigen.«

Lynne Brendergast steht auf und macht ein paar Schritte. »Unsere Ehe ist schon seit einiger Zeit am Ende. Ich weiß nicht, weshalb ich ihn schützen sollte.«

»Wieso halten Sie Ihre Ehe für gescheitert?«

»Theo würde das natürlich nicht zugeben, weil er mich braucht, und zwar jetzt mehr als je zuvor. Das ändert nichts daran, dass er eine Geliebte hat.«

Unter der Decke streichelt Rosy ihren Bauch. Philipp John hat sich bewegt, er hat gerade ein Lebenszeichen von sich gegeben. Es fällt Rosy schwer, sich weiter auf Mrs Brendergast zu konzentrieren.

»Wollen Sie denn nicht wissen, wer seine Geliebte ist?« Sie wendet sich um.

»Wissen Sie es?«

»Ist es nicht offensichtlich? Wer führt sich hier wie die heimliche Hüterin der Klinik auf? Wer ist Theodores stets verfügbarer Zerberus?«

»Sein *Zerberus*? Sprechen Sie etwa von Miss Hoffman?«

»Die wunderschöne, eiskalte Keira Hoffman ist Theos neue Favoritin.«

»Hat er Ihnen das Verhältnis gestanden?«

»Theo gesteht niemals etwas, das liegt nicht in seiner Natur. Er ist überzeugt, dass ihm alle schönen Dinge auf dieser Welt zustehen, auch Keira Hoffman.« Lynne tritt ans Fußende des Bettes. »Deshalb hat es ihn ja so aus der Bahn geworfen, als seine geliebte Tochter sich einem anderen Mann unterworfen hat.«

»Was meinen Sie mit *unterworfen*?«

»Angies Tat war nichts anderes als eine Flucht, Mrs Escroyne, die Flucht vor einem Gott. Für Angelina war ihr Vater wie einer dieser olympischen Götter. Er schien allmächtig zu sein, alle Menschen schauen zu ihm auf und bewundern ihn. Als Angie klein war, hat auch sie ihren Dad vergöttert. Ich dagegen war nur diejenige, die ihr die Mahlzeiten servieren durfte. Als sie in die Pubertät kam, begann sie zu begreifen, dass ihre Verehrung für den eigenen Vater etwas Krankhaftes hatte. Verzweifelt versuchte sie, sich abzunabeln. Daher studierte sie nicht Medizin, wie es von Kindesbeinen an ihre Absicht gewesen war, sondern Literatur. Sie blieb nicht in

Daddys Obhut, sie zog in eine fremde Stadt und führte ein bescheidenes Studentendasein. Dort verliebte sie sich in einen Mann, der im Alter ihres Vaters war und dabei doch vollkommen anders als Theodore. Sie gab sich gewissermaßen dem genauen Gegenteil ihres Vaters hin, einem Mann, der nicht angesehen und bewundert war, kein Vorbild, kein Gott, sondern Abschaum. Sie wurde die Geliebte eines Drogenhändlers. Ich bin sicher, Angie ahnte, was sie tat, und wollte es trotzdem so. Dieser Schritt sollte so etwas wie eine Heilung für sie werden, eine grausame Kur, um von der Fixierung auf ihren Vater loszukommen. Es wurde ihr Untergang. LeMarque hat sie vernichtet.«

Während Mrs Brendergast spricht, geht ihr Atem hastig, sie kämpft gegen das Weinen an. »Das war für Theodore das Schlimmste, dass er trotz seines Einflusses sein kleines Mädchen nicht retten konnte.«

Sanft streicheln Rosys Hände das Kind in ihrem Bauch. »Ich verstehe Ihren Schmerz, Mrs Brendergast. Trotzdem kann und will ich mich um diese Angelegenheit nicht kümmern. Ich bin einfach zu schwach.«

»Aber es geht Ihnen schon viel besser als vor einigen Tagen, nicht wahr?«, fragt die Ehefrau plötzlich mit sonderbarem Lächeln.

»Wollen Sie damit etwas Bestimmtes andeuten?«

»In seinem Beruf ist Theo unschlagbar. Er wusste, dass er Ihnen und Ihrem Kind helfen kann.«

»Ja und?«, entgegnet Rosy und ist mit einem Mal beunruhigt.

»Normalerweise gibt es eine lange Warteliste, um in diese Klinik aufgenommen zu werden. Haben Sie sich noch nicht gefragt, weshalb Sie innerhalb kürzester Zeit die Patientin meines Mannes werden konnten?«

»Weil ich ein akuter Notfall war.«

»Nur deshalb?« Mrs Brendergast nähert sich dem Bett. »Ein einziger Anruf hat genügt und mein Mann fuhr zu Ihnen nach Gloucester. Ein Anruf und der Rettungshubschrauber brachte Sie in diese Klinik, deren Kosten von Ihrer Versicherung wohl kaum gedeckt werden dürften. Wie erklären Sie sich das?«

»Meinen Sie etwa, Ihr Mann *wollte*, dass ich in seine Obhut komme?«

»Das halte ich für möglich. Sicher bin ich jedoch, dass die raffinierte Miss Hoffman das alles arrangiert hat.«

Rosy mustert die blonde Frau. »Das klingt für mich ziemlich weit hergeholt. Bis jetzt haben weder Miss Hoffman noch Ihr Mann irgendetwas unternommen, was diese Annahme stützen könnte. Warum wenden Sie sich mit Ihrem Verdacht eigentlich nicht an den Staatsanwalt?«

»Sie haben die Antwort darauf bereits gegeben: Eine Frau sollte ihren eigenen Mann nicht öffentlich belasten. Man würde annehmen, ich tue es aus Rache, weil Theo mich betrügt. Bei Ihnen ist mein Geheimnis besser aufgehoben, Mrs Escroyne.«

»Ich will nicht«, flüstert Rosy überfordert. »Warum lasst ihr mich nicht alle in Ruhe mein Kind zur Welt bringen?«

»Das werden Sie«, antwortet Mrs Brendergast unvermittelt herzlich. »Ihr Kind wird leben, es wird gesund sein. Und trotzdem ist mein Mann ein Mörder.« Sie drückt Rosy kurz die Hand. »Ich wollte, dass Sie das wissen. Gute Nacht.« Per Knopfdruck löscht die Frau des Chefarztes das Leselicht und verlässt die Apricot-Suite.

8

Unten am Fluss

»Ich hol dich hier raus.« Um meine Entschlossenheit zu demonstrieren, springe ich auf. Es hält mich nicht länger auf dem niedlichen Gartenstuhl mit dem geblümten Kissen in dem malerischen elisabethanischen Pavillon. »Keine Stunde länger lasse ich dich in diesem Spukschloss, wo du umgeben bist von einer intriganten Empfangsdame, einem mordverdächtigen Arzt und seiner Ehefrau, die dir einreden will, ihr Mann hätte einen Zuhälter erschlagen.«

»Du siehst doch, es geht mir gut dabei.« Rosy lässt den Tee noch ziehen. »Der nächtliche Besuch von Mrs Brendergast hat keinen Schaden bei mir hinterlassen.«

»Das kannst du gar nicht beurteilen.«

Sie beißt in ein Gurkensandwich und blinzelt in die Sonne. Tatsächlich, die kapriziöse englische Sonne gibt uns an diesem Morgen die Ehre. Als ob das Grau in Grau nie existiert hätte, als ob Nebel und Nässe nicht tagelang in unsere Kleider und unsere Seelen gekrochen wären, ist die Sonne auf einmal wieder da und gaukelt jedem vor, dass es keinen sanfteren und heitereren Ort auf Erden geben könne als die Flusslandschaft rund um Stratford.

»Wenn es mir nicht gut ginge, hätte Brendergast uns wohl kaum gestattet, im Park zu lunchen«, lächelt Rosy. »Ist es nicht herrlich hier? Bitte setz dich wieder und gieß uns ein.«

Ich werfe einen Blick auf meinen nutzlos gewordenen Regenschirm, nehme Platz und erfülle ihren Wunsch. Gegen eine Tasse Salbeitee ist schließlich nichts einzuwenden.

Sie rückt die Decke auf ihren Knien zurecht. »Zwei Frauen kämpfen um den Doktor. Die eine, seine angebliche Geliebte, will ihn retten, seine Ehefrau will ihn vernichten. Brendergast selbst schweigt. Keine Andeutung, kein Wort, nichts hat bis jetzt darauf hingewiesen, dass seine Frau mit ihrem Verdacht recht haben könnte.«

Ich reiche Rosy ihre Tasse. »Mir kommt Mrs Brendergasts Schlussfolgerung ohnehin ziemlich versponnen vor. Nur weil du den Strindberg-Fall gelöst hast, sollst du imstande sein, Brendergast vor einer Mordanklage zu bewahren? Wer würde eine – verzeih den Ausdruck – eine bewusstlose Schwangere als Ermittlerin in einem Mordfall konsultieren?«

»Ein sehr verzweifelter Mensch.«

»Aber Brendergast unternimmt doch nichts, um dich in den Fall hineinzuziehen.«

»Das braucht er auch nicht.« Rosy bläst in ihren Tee. »Er rechnet einfach mit meiner professionellen Neugier. Ich habe diesbezüglich auch schon eine Idee. Das Stichwort heißt Shakespeare.«

Erschrocken sehe ich sie an. »Willst du sagen, du verfolgst bereits eine Spur?«

»Natürlich nicht«, entgegnet sie auf meinen konsternierten Blick. »Ich sitze im Rollstuhl im Park und trinke Tee. Ich werde Roger losschicken, um das Nötige für mich zu erledigen.«

»Roger *losschicken*?« Ich lache provokant. »Den Schwachkopf kannst du nicht mal zum Zigarettenholen schicken.«

»Lynne Brendergast arbeitet in der Organisation des Shakespeare-Festivals«, fährt Rosy fort, ohne das zu kommentieren. »Bevor Angelina, ihre Tochter, nach Birmingham ausgebüxt ist, hat sie ihrer Mutter manchmal geholfen. Angie ist sogar als Statistin aufgetreten. Während dieser Zeit hatte sie bei der Shakespeare Company einen Freund.«

»Woher weißt du das alles?«, frage ich entmutigt, weil es unmöglich scheint, Rosy daran zu hindern, dass sie *ermittelt*.

»Ich habe Miss Hoffman heute Morgen getestet.«

»Inwiefern *getestet*?«

»Ich wollte herausfinden, ob sie daran interessiert ist, dass ich mich mit Brendergasts Fall beschäftige.« Rosy schenkt mir einen schrägen Aufwärtsblick. »Normalerweise sollte die Empfangsdame eine geschwächte Patientin nicht mit blutrünstigen Problemen belasten, oder?«

»Sie aber hat dich belastet?«

»Obwohl sie sich ziemlich geschickt dabei angestellt hat, brauchte ich nur ein Steinchen ins Rollen zu bringen, und Miss Hoffman wurde gesprächig.« Als ob damit alles gesagt wäre, lässt Rosy den Blick über das Idyll schweifen, das uns umgibt. Der sonnendurchflutete Park, der plätschernde Fluss, der schattige Pavillon.

»Früher oder später werde ich's ja doch erfahren«, seufze ich. »Also schieß los: Was hast du rausgekriegt?«

Rosy fasst die Schwungräder des Rollstuhls und dreht ihn zu mir herum. »Angelinas früherer Freund ist ein junger Schauspieler namens Tim Stratham. Er war wohl ebenso besorgt um sie wie ihr Vater. Auch Stratham soll Angie in Birmingham gesucht haben, auch er soll bis zu LeMarque vorgedrungen sein. Ist das nicht interessant?«

»So interessant, dass die zuständigen Ermittler aus Birmingham die Sache bestimmt schon recherchiert haben«, antworte ich unbeeindruckt. »Trotzdem ist der Schauspieler nicht in den Kreis der Mordverdächtigen aufgenommen worden.«

»Dennoch fände ich es gut, wenn Roger diesen Stratham befragt.« Bevor ich etwas entgegnen kann, blickt Rosy zu mir hoch. »Würdest du mich ein Stückchen fahren? Ich möchte zum Fluss hinunter.«

Als ich das Gefährt herumschwenke, schnappt sie sich noch ein Gurkensandwich. »Als Proviant.«

Sachte fällt der Weg zum Ufer ab. Die Bäume

haben sich verfärbt, unverkennbar legt der Herbst seine Hand über die Landschaft.

»Willst du wirklich ausgerechnet Roger losschicken, um so einen komplizierten Sachverhalt zu recherchieren? Warum bittest du nicht Ralph, die Befragung in Stratford zu übernehmen? Er ist ein Profi und seit Ewigkeiten dein Assistent.«

»Ralph ist derzeit Leiter der Mordkommission von Gloucester. Er hat genug um die Ohren.«

»Dann sehe ich voraus, dass Roger die Angelegenheit vermasseln wird.«

»Damit könntest du recht haben. Deshalb wollte ich dich bitten, ob du ihn begleiten kannst.«

Mit einem Ruck halte ich den Rollstuhl an. »Bei dir piept's wohl!«

So spreche ich sonst nicht mit meiner Frau, es käme mir gar nicht in den Sinn. Doch wenn die gerissene Kommissarin mich derart übertölpelt und in eine Falle lockt, muss ein offenes Wort erlaubt sein. »Niemals«, entgegne ich empört. »Erstens kriege ich schon Pickel, wenn ich mir das Machogeschwätz deines Cousins anhören muss, zweitens geraten wir beide viel zu tief in diesen Fall hinein.«

»Ihr müsst ja nicht gleich Freunde werden, Roger und du. Aber er ist nun mal bei der Polizei. Und wenn du ihn zu der Vernehmung mitnimmst, bekommt das Ganze einen offiziellen Touch.«

»Jetzt soll ich also die Vernehmung sogar schon führen?« Ich springe in Rosys Blickfeld. »Das hast du ja geschickt eingefädelt, aber da spiele ich nicht mit, auf gar keinen Fall.«

»Das habe ich erwartet, Arthur.« Mit einem bedauernden Lächeln lehnt Rosy sich zurück. »Schön, dann fahr uns jetzt ans Ufer, dort wollen wir uns ausruhen.«

Nachdenklich schiebe ich den Rollstuhl über den holperigen Weg weiter bergab.

Der Fluss und dahinter ein wenig Weite. Ich habe unsere Decke unter einer Zeder gebreitet, der Boden hier ist trocken. Rosy und ich liegen am Fluss, umarmt, verschlafen, glücklich voller Vergessen. Warum war uns das nicht öfter vergönnt? Warum haben wir ihre Schwangerschaft nicht mit ruhigen Stunden wie diesen gefeiert, unsere Wünsche und Hoffnungen auf Wanderschaft geschickt und uns zusammen auf das bedeutungsvolle Ereignis gefreut? Lag es an Rosys Beruf, bei dem sie in die dunkle, die verbrecherische Seite des Lebens eintauchen muss?

Ich drehe mich im Gras herum. Rosy schläft halb seitlich auf dem Rücken, ein Bein angezogen. Ihr wunderbarer Bauch ist schon so groß, dass er fast ein Eigenleben führt. Das ist die Höhle meines Sohnes und so lange sein Zuhause, bis er sich entschließt, zu uns zu kommen. Was wirst du als Erstes sehen, kleiner Bursche, was wirst du schmecken, wie wird es sich anfühlen, auf der Welt zu sein? Bist du ein ängstlicher, grüblerischer Mensch, ähnlich deinem Vater? Wenn man der Welt ohne Vorbehalt begegnet so wie deine Mutter, dann ist das Leben freier, einfacher, kommt mir vor. Ich wünsche dir, dass du mehr nach ihr kommst, dass du gern schallend lachst und dich an einfachen Dingen erfreust, spielenden Hunden zum Beispiel, an Kartoffelbrei und Liebesromanen. Dass du schnell wütend wirst, aber nicht nachtragend bist. Deine Mutter hat allerdings einen Beruf, der sie oft ruhelos sein lässt, damit müssen wir beide fertigwerden. Zusammen schaffen wir das schon.

Am Beruf liegt es nicht, denke ich und betrachte Rosys schlafendes Gesicht: Es liegt in ihrem Charakter. Sie kann einfach nicht anders, als das Wesen der Menschen mit Einfühlung und brillantem Verstand zu analysieren. In die Hintergründe unserer Existenz einzudringen ist wie eine Sucht für sie, und sie wendet diese Sucht auf jeden an, sogar auf mich. Rosy versteht es, mühelos in meiner Seele zu reisen. Sie kennt die Ängste meines Herzens und meine Befürchtung, als letzter Spross eines einflussreichen Adelsgeschlechts ein Versager zu sein. Sie weiß, dass ich in dem verfallenen Zustand meines Schlosses ein Spiegelbild meiner Unfähigkeit sehe. Ich bin im Leben nicht viel geworden, den Titel, den ich trage, habe ich mir nicht verdient. Rosy weiß, dass ich Liebe geben kann, Geduld besitze und Beständigkeit, aber auch nicht viel mehr. Ich bin kein besonderer Mann, das ist mir bewusst, deshalb gibt es Stunden, in denen ich meiner Frau gern mehr bieten würde als ein baufälliges Zuhause. Die weltoffene, abenteuerliche Rosy hat sich auf den menschenscheuen, entschlussschwachen Arthur Escroyne eingelassen, sie begnügt sich mit einem Stubenhocker und Hobbygärtner. Dass sie es tut, bedrückt mich manchmal.

Behutsam, um sie nicht zu wecken, schiebe ich mich an Rosy heran. Ihre Krankheit und die Sorge um unser Kind haben sie gezeichnet, doch die Schwangerschaft hat ihr Gesicht auch milder gemacht. Nach den ausgestandenen Ängsten der letzten Wochen dürfen wir beide der Geburt unseres Kindes wieder mit etwas mehr Zuversicht entgegensehen. Das ist das Verdienst eines einzigen Mannes, Dr. Brendergast. Kaum auszudenken, was geschehen wäre, wenn er nicht eingegriffen hätte. Rosy ist diesem Arzt dankbar und will ihm mit allen Mitteln, die ihr zur Verfügung stehen, helfen. Wer bin ich, Rosys Engagement mit meinen Vorbehalten zu hintertreiben? Spricht nicht wieder nur Mutlosigkeit aus mir, meine Furcht, mich in gewagte Situationen zu begeben? Wenn ich Rosy wirklich helfen will, sollte ich sie nicht von ihrem Plan abhalten, sondern dafür sorgen, dass er Wirklichkeit wird, ohne dass sie sich dafür anzustrengen braucht.

Mit einem Seufzer rolle ich auf den Rücken, meine Hand streichelt Rosys Oberarm. Ich schaue nach dem Sonnenstand und beschließe, sie noch schlafen zu lassen. Der Tag ist zu schön, der Fluss plätschert zu anheimelnd unter den Ästen der Zeder dahin, als dass wir schon aufbrechen sollten. Ein leises Schnarchen sagt mir, meiner Rosy geht es gut.

9

Hamlet und Konsorten

»Noch ein Wort und ich werfe dich aus dem Auto.«

»Was hab ich denn gesagt?«, fragt Roger, der Vetter mit der Ölfrisur, der Muskelprotz in der Lederjacke.

Ich bin nicht empfindlich, was *Männergespräche* betrifft, nur allergisch, wenn die Dummheit so unverhohlen ihr Haupt erhebt. Roger Daybell ist auf den Wunsch seiner Cousine eingegangen, mit mir gemeinsam diesen Schauspieler zu befragen. Auf seinem Angebermotorrad kam er vor die Klinik gefahren, gemeinsam saßen wir an Rosys Bett, die uns für das Verhör gebrieft hat. Danach stieg er zu mir in den betagten Volvo. Seit wir losfuhren, redet Roger von nichts anderem als seinem Lieblingsthema.

»Redest du nicht gern über Frauen?«, hakt er nach.

»Ich mag es bloß nicht, wenn sie als Yummy Mummy bezeichnet werden«, antworte ich bemüht sachlich.

»Ist doch nur ein Spruch. *Honey, Bunny, Yummy Mummy*, bleibt ja doch immer die gleiche Sache.« Grinsend zieht Roger den Sicherheitsgurt über der

Brust stramm. »Soll ich mich dafür schämen, dass ich Frauen mag? Manche Männer sind dazu geschaffen, andere nicht.«

Es ist unschwer herauszuhören, zu welcher Kategorie von Männern Roger mich zählt.

»Diese Miss Hoffman zum Beispiel«, fährt er erbarmungslos fort. »Himmel noch mal sind das Beine, oder? Hat die Kleine ein Fahrgestell, oder?«

Ich kommentiere das mit verbissenem Schweigen, anders wäre es mir unmöglich, die wenigen Meilen bis zum Theater durchzustehen – bis zu *dem* Theater, dem traditionsreichsten Haus weit und breit.

Mag Shakespeares Geburtsstadt auch unter die Wölfe des Tourismus gefallen sein, diesem Tempel der Kunst nähere ich mich voll Respekt. An diesem Haus haben die Größten ihrer Zunft gespielt – Olivier, Gielgud, Dame Diana Rigg und noch viele illustre Namen fallen mir ein. Ich erinnere mich, am Royal Shakespeare einen atemberaubenden *Othello* gesehen zu haben und eine etwas lahme *Widerspenstige Zähmung*. Es ist etwas Besonderes für mich, dieses Haus nun als Besucher durch den Bühneneingang zu betreten. Der Pförtner informiert uns, dass Mr Stratham uns abholen werde, ein Hinweis darauf, dass man sich als Fremder ohne Begleitung im RST nicht frei bewegen darf.

»Du überlässt die Entwicklung der Befragung erst mal mir«, versuche ich Roger vorsorglich im Zaum zu halten.

»Wieso Rosy lieber einem Amateur das Sagen überlässt statt einem Vollprofi, ist mir schleierhaft.«

»Sie will es nun einmal so.«

»Gleich zwei Detectives?«, fragt eine tenorhafte Stimme in unserem Rücken. Dem jungen Mann, der uns entgegenkommt, ist seine Jugend nicht gleich anzusehen, da er praktisch kahl ist. Breite Lippen, helle Augen, gerötete Haut, Timmy Stratham trägt einen blütenweißen Sweater, der nicht kaschieren kann, dass der Schauspieler Gewichtsprobleme hat.

»Mein Name ist Escroyne«, begrüße ich ihn und verhindere damit, dass Roger das Missverständnis mit den *zwei Detectives* aufklärt. »Danke für Ihre Zeit.«

»Was ich weiß, habe ich bereits dem Kommissar aus Birmingham zu Protokoll gegeben.« Stratham schüttelt mir die Hand.

»Es sind noch ein paar Kleinigkeiten offen. Können wir uns vielleicht woanders unterhalten?«, frage ich mit Hinweis auf den Pförtner, der bereits die Ohren spitzt.

Stratham nimmt uns mit ins Labyrinth dieses Theaters. Wir passieren verwinkelte Korridore, öffnen Feuertüren, steigen mehrere Treppen hoch, bis der Schauspieler uns in einen großen schwarzen Raum führt.

»Hier würde ich nie wieder rausfinden«, bemerkt Roger, der sich bis jetzt mit Äußerungen zurückgehalten hat.

»Ist das die Probebühne?« Animiert vom Gedanken, welche bedeutenden Künstler hier an ihren Rollen gearbeitet haben, trete ich in die Mitte des Raumes.

Stratham setzt sich an den Regietisch. Es ist ihm anzumerken, dass er die Angelegenheit rasch hinter sich bringen möchte.

»Welches Stück probieren Sie gerade?«, erkundige ich mich, um die Atmosphäre aufzulockern.

»*Viel Lärm um nichts.*«

»Das habe ich zweimal gesehen. Spielen Sie den Benedikt?« Ich bin recht stolz, dass mir der Rollenname der Hauptfigur sofort einfällt.

»Nein, den Antonio.« Stratham seufzt. »In letzter Zeit spiele ich immer nur Bösewichte. Keine Ahnung, woran das liegt.«

Glücklicherweise habe ich ein Thema angeschlagen, das jeden Schauspieler interessiert, nämlich die eigene Person. »Sind die Schurken bei Shakespeare nicht die interessanteren Rollen?«

Stratham hält spontan einen Monolog über die Rollenverteilung bei Shakespeare, wonach in den Tragödien und Königsdramen die dunklen Charaktere tatsächlich die besten seien, nicht aber in den Shakespeare-Komödien. Er zitiert Textstellen, analysiert Rollenprofile, verliert sich minutenlang in Erläuterungen. Roger, den ich zu den Theatermuffeln zähle, wird bereits ungeduldig, zugleich spüre ich, dass sich mir der junge Schauspieler allmählich öffnet.

»Haben Sie Angelina Brendergast während einer Produktion hier kennengelernt?«, leite ich zum eigentlichen Grund unseres Besuchs über.

»Stimmt. Ich spielte damals Horatio im *Hamlet*. Angie kam als zweite Assistentin zu uns. Wir mochten uns vom ersten Tag an. Sehr bald wurde mehr daraus.«

»Wie lange waren Sie zusammen, bevor Angie nach Birmingham zog?«

»Über ein Jahr. Wir hielten die Beziehung allerdings geheim.«

»Weshalb?«, geht Roger dazwischen.

»Wegen ihres Vaters natürlich. Sie wollte nicht, dass Brendergast sich einmischen sollte.«

»*Einmischen*?«, wiederhole ich. »Was hätte Doktor Brendergast denn dagegen haben können?«

»Alles. Was Angie betraf, mischte der Alte sich in alles ein.« Strathams sanfte Stimme wird aggressiver. »Brendergast sah sie praktisch als sein Eigentum an, als das Mädchen, das nur er allein formen durfte. Sie wehrte sich und kämpfte gegen ihn. Das war schlimm für Angie, denn sie liebte ihren Vater.« Stratham wendet sich zu mir. »Ich halte diesen Mann für einen Tyrannen und einen Paranoiker, der es nicht ertragen konnte, dass seine Tochter ihr eigenes Leben führen wollte.«

»Was war mit Angelinas Mutter? Wusste Mrs Brendergast über Sie beide Bescheid?«

»Lynne?« Der Schauspieler lacht kühl. »Die einzige Person, für die Lynne Brendergast sich interessiert, ist Lynne Brendergast. Sie ist gerade in dem gefährlichen Alter, in dem eine Frau nicht gern als *Mutter* angesehen werden will.«

»Wie war das für Sie beide, als Angelina beschlossen hatte, in Birmingham zu studieren?«

An Strathams Hals haben sich rote Flecken gebildet. »Sie fragen immer nur nach Angelina. Ich dachte, wir sprechen über die Ermordung von LeMarque.«

»Angelinas Selbsttötung ging dem Mord an LeMarque unmittelbar voraus. Wir gehen davon aus, dass beide Ereignisse in Zusammenhang stehen.«

»Natürlich tun sie das«, antwortet Stratham aggressiv. »LeMarque war ein Teufel in Menschengestalt.«

»Ein *Teufel*?«

»Er hat Angie so lange in die Enge getrieben, bis sie wie ein gehetztes Tier keinen anderen Ausweg mehr sah, als in den Tod zu springen.«

»Sie verwenden fast dieselben Worte wie Angelinas Vater.«

»Möglich. Aber der Unterschied zwischen uns beiden ist, dass ich nicht den Mut gehabt hätte, das zu tun, was er getan hat.«

»Wie meinen Sie das?«

»Die Justiz hätte LeMarque wegen Angies Tod nicht belangen können«, erklärt Stratham. »Der Mann wäre frei ausgegangen. In dieser Situation hat sich Brendergast zum Richter und zum Henker in einer Person aufgeschwungen. LeMarque hat bekommen, was er verdiente.«

»Demnach halten Sie Brendergast für den Täter?«

»Selbstverständlich«, erwidert Stratham überrascht. »Die Polizei hat ihn doch überführt.«

»Er hat noch nicht gestanden.«

»Wer sonst hätte die Rolle des Vollstreckers spielen können, wenn nicht dieser egomanische Übervater?«

»Die *Rolle* des Vollstreckers? Sie glauben, Brendergast sei in eine Rolle geschlüpft?«

»Im übertragenen Sinne.« Der junge Mann wirkt mit einem Mal unsicher.

»Der Mörder hat LeMarque in bester shakespearescher Tradition den Schädel eingeschlagen.« Ich bemühe mich, die folgende Frage so harmlos wie möglich klingen zu lassen. »Wäre eine Exekution im Stile Shakespeares nicht eher Ihre Spezialität gewesen?«

Langsam hebt Stratham seine Hände, als ob er sie in Unschuld waschen wollte. »Sind Sie etwa hier, weil Sie mich verdächtigen?«

Roger bringt sich ins Spiel. »Auch Sie sind nach Birmingham zu LeMarque gefahren.«

Konsterniert steht Stratham auf. »Natürlich. Angie war verschwunden und unerreichbar. Ich habe mir Sorgen um sie gemacht.«

»Woher wussten Sie überhaupt von Angies Beziehung zu LeMarque?«

»Sie hat es mir selbst gesagt.«

»Wann?«

»Als sie mit mir Schluss gemacht hat.« Gereizt macht Stratham ein paar Schritte in den schwarzen Raum hinein. »Angie war der ehrlichste Mensch, den man sich denken kann. Sie sagte, sie hätte sich in einen anderen Mann verliebt, und deshalb hat sie unsere Beziehung beendet.«

»Hat sie Ihnen auch verraten, wer dieser Mann war?«, frage ich.

»Nur seinen Namen.«

»Und Sie akzeptierten das so einfach? Haben Sie nicht um Angelina gekämpft?«

Stratham dreht sich um. »Aus welchem Jahrhundert stammen Sie, Mr Escroyne? Wer kämpft denn heutzutage noch um Frauen? Ich hatte nicht vor, ihr hinterherzulaufen.«

»Sehr richtig«, kommentiert Roger die Angelegenheit.

»Damals stand ich gerade vor der Premiere von *Titus Andronicus*, ich konnte nicht ständig nach Birmingham fahren.« Mit raschen Schritten kommt Stratham zu uns. »Sie haben mir nicht gesagt, dass Sie mich auf diese Weise verhören würden, Detective.«

Rosys Anweisung lautet, dass wir uns während der Befragung auf keinen Fall einer Amtsanmaßung schuldig machen dürften. Daher bin ich gezwungen, die Sache jetzt aufzuklären. »Ich bin kein Detective, Sir.«

»Sind Sie etwa der Detective?« Ungläubig wendet Stratham sich an Roger.

»Ich bin Officer Roger Daybell«, antwortet der Cousin.

»Nur ein *Officer*? Kann ich mal bitte Ihre Dienstausweise sehen?«

»Ich habe keinen«, antworte ich bemüht souverän, obwohl mir klar ist, dass uns die Felle endgültig davonschwimmen. »Ich ermittle in diesem Fall privat.«

»Für wen?« Der kahlköpfige junge Mann baut sich vor mir auf. »Spitzeln Sie etwa für Brendergast? Seid ihr beide zwei Schnüffler, die in Brendergasts Auftrag hier sind, um mir etwas anzuhängen?«

»Ganz gewiss nicht. Wir wollten nur einige Detailfragen klären.«

Damit gibt sich Stratham nicht zufrieden. »Ich werde Detective Inspector Dougall in Birmingham informieren und mich über Sie beschweren. Es hätte mir gleich auffallen sollen, dass Sie sich keine Notizen machen. Benutzen Sie etwa ein verstecktes Aufnahmegerät?« Stratham packt mich am Jackenaufschlag.

»Bitte beruhigen Sie sich.« Ich weiche zurück. Insgeheim stoße ich eine Verwünschung gegen Rosy aus, die mich in so eine Lage gebracht hat.

»Beruhigen?« Er versucht, mir das Sakko vom Leib zu reißen.

Das hätte er besser nicht getan. Roger Daybell ist, wie wir wissen, kein Musterbeispiel an Sensibilität. Als er mich in Bedrängnis sieht, springt er Stratham von hinten an, zerrt ihn von mir weg und versetzt ihm einen Schlag in die Nieren.

»Roger, nicht!«, schreie ich.

Zu spät. Der Schauspieler klappt zusammen und fasst sich stöhnend an die Seite. »Sind Sie verrückt?«

»Sie haben Lord Escroyne tätlich angegriffen«,

erwidert Roger im Ton eines Beamten, der lediglich eine Amtshandlung vollzogen hat.

»Lord… Escroyne? Was soll das Ganze?« Unter Schmerzen lässt sich Stratham auf den Boden sinken. »Ich rufe jetzt die Polizei.«

»Ich bin von der Polizei.« Trotz der markigen Antwort ist Roger anzusehen, dass ihm der Vorfall leidtut.

Ich will Stratham aufhelfen. »Das wird nicht nötig sein. Es ist ja weiter nichts passiert.«

Er stößt meine dargebotene Hand beiseite. Im selben Augenblick geht die Tür auf. Herein tritt eine Frau in einem Renaissancekostüm mit einem Blütenkranz im Haar.

»Na, Timmy?«, sagt sie ohne die geringste Überraschung, dass ihr Kollege sich auf dem Boden windet. »Probiert ihr etwa schon den fünften Akt?«

»Gut, dass du kommst, Scarlett«, gibt Stratham zurück. »Das ist keine Probe. Das sind Privatdetektive, die ins Theater eingedrungen sind und mich attackieren.«

Auch wenn sich die von Rosy geplante *vorsichtige Befragung* in ein Fiasko verwandelt hat, erstarre ich in diesem Moment vor Freude. Ich kenne diese Frau. Wer kennt sie nicht? Es ist niemand Geringeres als Scarlett Vandam, die große englische Schauspielerin, Star von Bühne und Film, eine Künstlerin, die ich zutiefst verehre.

»Miss Vandam«, flüstere ich.

»Bleiben Sie, wo Sie sind«, antwortet sie im Ton eines Dragoners.

»Es war nicht unsere Absicht, Unfrieden zu stiften.« Ich versuche, die Sache beizulegen.

Umsonst. Miss Vandam kehrt zur Tür zurück, steckt vier Finger in den Mund und fabriziert einen gellenden Pfiff. »Derek! Johnny! Timmy wurde niedergeschlagen. Kommt mal schnell.«

Sekunden später stehen Roger und ich zwei kräftigen Männern gegenüber. Einer von ihnen trägt einen Arbeitsoverall, es ist ihm anzusehen, dass er gewohnt ist, schwere Lasten über die Bühne zu tragen. Der andere ist wenigstens zwei Meter groß, sein gewaltiger Körper steckt in einem dunkelblauen Anzug. Beide lassen uns nicht im Zweifel darüber, dass sie Stratham auch unter Gewaltanwendung verteidigen würden, falls nötig.

Jeder Widerstand wäre zwecklos, Roger und ich geben uns geschlagen. Scham und tiefes Bedauern empfinde ich darüber, dass ich Scarlett Vandam unter diesen entwürdigenden Umständen kennenlernen musste. Die Männer eskortieren uns zum Fahrstuhl, bringen Roger und mich ins Freie und halten uns dort so lange in Schach, bis zwei Einsatzwagen der Polizei mit Blaulicht eintreffen, um uns festzunehmen. Währenddessen sind an den Fenstern des Royal Shakespeare Theatre neugierige Gesichter aufgetaucht. Auf dem Vorplatz recken die Touristen ihre Köpfe und fragen sich, was dort vorgehen mag. Man befiehlt mir, auf dem Rücksitz des Polizeiautos Platz zu nehmen. Angestarrt von der Menge, beschämt bis auf die Knochen muss ich es geschehen lassen, dass wir zum örtlichen Polizeirevier gefahren werden, wo in Kürze ein wirkliches Verhör stattfinden wird. Das Verhör des 36. Earls von Sutherly.

10

Zwei Königinnen

Obwohl ich seit Jahren mit einer Führungskraft der Polizei liiert bin, hatte ich bis heute nur eine ungenaue Vorstellung von unserem Justizvollzug. Verdächtige Personen, die man nicht sofort einem Untersuchungsrichter vorführen kann, werden vorläufig in Haft gesetzt. Das ist folgerichtig, simpel und schrecklich demütigend.

»Ich mach das schon«, sagte Roger, bevor man uns auf dem Kommissariat trennte. »Ich kläre das mit den Kollegen, keine Sorge.«

Trotz oder gerade wegen seiner Ankündigung erhob sich die Sorge groß und bedrohlich vor mir. Seitdem sind Stunden verronnen und wie erwartet konnte Roger nichts zu unserer Befreiung beitragen. Eine Polizistin nahm stattdessen meine Personalien auf. Nachdem sie sich im Klaren war, wen sie vor sich hatte, übergab sie meinen Fall einem Kollegen. Meine Hoffnung, dass man sich bei einem Mitglied des Hochadels für die rüde Behandlung entschuldigen würde, erfüllte sich nicht.

»Hier entlang, Sir«, sagt ein junger Officer.

Vor mir tut sich ein Korridor und gleich darauf ein Raum auf, von dem ich nie geglaubt hätte, dass ich ihn je würde betreten müssen. Darin befindet sich eine Pritsche mit unbezogenem Bett, weder Tisch noch Stuhl, stattdessen eine sinnige Konstruktion aus rostfreiem Stahl, die zugleich Waschbecken und Toilette darstellt. Dem Zellengitter gegenüber erhebt sich eine raumhohe Spiegelwand, hinter der ich Polizisten vermute, die jede meiner Bewegungen beobachten. Wie soll ein armer Sünder im Falle eines Bedürfnisses aufs Klo gehen?, überlege ich, setze mich auf die Pritsche und verhalte mich so unauffällig wie möglich.

Jeder in meiner Lage würde nun seinen Anwalt informieren. Ich habe keinen Anwalt, weil ich mir keinen leisten kann. Wann immer ich mit kleinen Delikten wie einer Geschwindigkeitsübertretung konfrontiert war, bat ich Rosy um Hilfe. Heute ist das unmöglich, Rosy darf keinesfalls belästigt werden. Da man mir meine Wertgegenstände nicht abgenommen hat, hole ich mein Mobiltelefon aus der Tasche und hebe es deutlich sichtbar über den Kopf.

»Darf ich telefonieren?«, sage ich in Richtung der Spiegelwand. Die Wand bleibt stumm. »Dann telefoniere ich jetzt also.« Mit großen Bewegungen tippe ich eine Nummernfolge ein. »Ich führe jetzt also ein Gespräch«, sichere ich mich ein letztes Mal ab. Die Spiegelwand scheint nichts dagegen zu haben.

Nach zweimaligem Klingeln sagt eine Stimme: »Bellamy.«

»Ralph?«, stoße ich erleichtert hervor.

»Arthur?«

»Gott sei Dank, dass du da bist.«

»Ist etwas mit Rosy?«, fragt ihr Assistent in spontaner Sorge.

»Rosy geht es gut. Aber ich wäre dir sehr verbunden, wenn du mir in einer bestimmten Angelegenheit helfen könntest.«

»Schieß los.«

Während ich Sergeant Bellamy meine unsägliche Situation schildere, nähert sich ein weiblicher Officer, schließt auf und stellt ein Tablett neben mir auf der Pritsche ab. Darauf entdecke ich Eccles, kleine mit Pflaumenmarmelade gefüllte Plätzchen, die ich gerne mag, einen Becher mit dampfendem Tee und unverständlicherweise eine geschälte Karotte.

»Danke«, sage ich zu der Beamtin.

Wortlos geht sie hinaus.

»Tut mir leid, Arthur, ehrlich, es tut mir so leid«, begrüßt mich Rosy vom Bett aus. Wie eine liegende Königin breitet sie beide Arme aus.

»Du kannst ja nichts dafür.« Vorsichtig beuge ich mich zu ihr.

»Vielen Dank, Ralph«, sagt sie über meine Schulter hinweg. »Kannst du mir erklären, wieso die Kollegen Arthur gleich einsperren mussten?«

»Weil dein aggressiver Vetter ein Mitglied der Royal Shakespeare Company niedergestreckt hat. Arthur war sozusagen *mitgefangen, mitgehangen.*«

»Roger, dieser Vollidiot.«

Von dieser stimmigen Aussage inspiriert, küsse ich Rosy zärtlich auf den Mund. »Stimmt.«

Ralph setzt sich in den aprikosenfarbenen Sessel. »Die Polizei von Stratford war von der Verhaftung eines Earls überfordert. Keiner wollte dabei einen Fehler machen, jeder hat es an die nächste Instanz abgeschoben. So kam es zu der dummen Inhaftierungspanne.«

Lächelnd zieht Rosy mich an ihre Brust. »Wie fühlt man sich als frisch gebackener Knastbruder?«

»Findest du das lustig? Weißt du, wie peinlich mir das war, dass mich ausgerechnet Scarlett Vandam in dieser misslichen Lage überraschen musste? Ich verehre sie.«

Rosy wendet sich zu Ralph. »Wie sieht die Sache rechtlich aus? Was sagt der Staatsanwalt?«

»Wahrscheinlich wird man den Fall wegen Geringfügigkeit einstellen.«

»Jetzt bin ich also schon ein *Fall*?« Missmutig sinke ich auf die Bettkante.

»Hast du an meine Worte gedacht?«, fragt Rosy. »Ihr habt euch hoffentlich keiner Amtsanmaßung schuldig gemacht.«

»Ach wo. Als die Sache brenzlig wurde, habe ich klargestellt, dass ich kein Detective bin.«

»Was wurde aus Roger?«

»Der ist mittlerweile wieder in Birmingham.« Ralph streckt die Beine aus. »Ich fürchte allerdings, dass er mit einem Verweis rechnen muss.«

»Mist.« Rosy verschränkt die Arme. »Da habe ich euch zwei ja ganz schön in was reingeritten.«

Mit gespielter Aggression kneife ich sie in die Wange. »Ja, das hast du.«

Sie reibt sich die Backe. »Und jetzt sag schon: Was war mit Stratham?«

Verärgert, wie schnell sie wieder zur Tagesordnung zurückkehrt, antworte ich: »Der junge Mann hegt einen unverhohlenen Hass gegen Doktor Brendergast.«

»Gegen Brendergast? Nicht gegen LeMarque?«

»Stratham ist überzeugt, dass Angies Vater der Täter war, dass er aus Rache gehandelt und LeMarque gewissermaßen hingerichtet hat.«

»Tja, von außen betrachtet sieht es tatsächlich so aus.« Rosy schiebt die Unterlippe vor.

»Wieso nur *von außen*? Wenn sämtliche Indizien in eine bestimmte Richtung weisen, weshalb kann die Richtung dann nicht die richtige sein?«

Sie mustert mich mit einem Blick, der sich eigentlich nach innen richtet. »Ich weiß es nicht. Aber ich spüre, dass etwas faul ist. Die Sache stimmt so einfach nicht.«

»Dann willst du also weitermachen?« Mit einem Seufzer wende ich mich an Ralph. »Kannst du dieser unvernünftigen Frau erklären, was sie gerade riskiert?«

»Das weiß Rosy wohl selbst am besten«, antwortet die verständnisvolle Petersilie. Während man Rosys Charakter nämlich am besten mit einer Schwertlilie versinnbildlicht, besitzt Ralph die Eigenschaften der Petersilie. Er wirkt belebend, er spendet Energie, ohne selbst viel zu verbrauchen.

»Wie kann ich dir helfen, Rosy?«, fährt der Sergeant treuherzig fort.

»Du hast genug mit deinen eigenen Fällen zu tun«, wiegelt Rosy ab, obwohl sie das Angebot sichtlich interessiert.

Ralph stützt die Ellbogen auf die Knie. »Weißt du, was ich mir von ganzem Herzen wünsche?«

»Was denn?«

»Ich möchte eines nicht allzu fernen Tages nicht mehr Leiter der Mordkommission sein. Du dagegen bist zum Chef geboren, Rosy. Deshalb will ich, dass du bald gesund wirst, deinen Sohn glücklich zur Welt bringst, dich ein Jahr erholst und danach gefälligst wieder zu deinem Job zurückkehrst. Und deshalb werde ich dir ab jetzt im Fall Brendergast helfen.«

»Danke, Ralph.« Liebevoll sieht Rosemary ihren Assistenten an.

»Sag mir einfach, was ich tun kann.«

»Da sich mein Vetter so dämlich angestellt hat, werden wir nicht darum herumkommen, Detective Inspector Dougall in Birmingham zu kontaktieren.«

»Er dürfte nicht besonders erfreut darüber sein, dass ihm eine Kollegin aus Gloucester in die Suppe spuckt.«

»Wahrscheinlich. Aber durch den Vorfall im Theater sehe ich keine Möglichkeit mehr, verdeckt zu ermitteln.«

»Du sollst überhaupt nicht *ermitteln*«, mische ich mich vehement ein. »Du sollst ruhig daliegen und dich auf deine Geburt freuen.«

»Eine Geburt, die nur mit Brendergasts Hilfe gut ausgehen wird.«

Bevor ich etwas entgegnen kann, öffnet sich die Tür. Eine Frau im braunen Tweedkostüm, mit blauem Kopftuch und festen Schuhen betritt die Suite. Es ist Scarlett Vandam.

»Man sagte mir, dass ich Sie hier finde, Lord Escroyne.«

Ich springe auf. »Mich… Miss… mich finden?«, stammle ich angesichts ihrer plötzlichen Erscheinung.

»Mein Name ist Scarlett Vandam.« Sie reicht mir ihre erstaunlich kräftige Hand.

»Das weiß ich natürlich.« Ich mache eine Verbeugung. »Darf ich vorstellen – meine Frau.«

»Lady Escroyne.«

»Miss Vandam.« Rosy hat sofort das neugierige Schwertlilienlächeln in den Augen. »Sergeant Bellamy«, stellt sie Ralph vor.

»Sergeant.«

Auch Ralph kommt in den Genuss, der Wunderbaren die Hand zu schütteln.

»Ich wollte mich bei Ihnen entschuldigen.« Miss Vandam wendet sich zu mir.

»Sie… bei mir?«

»Die Situation auf der Probebühne erschien mir so eindeutig, dass ich keinen Grund sah, Timmy Stratham nicht zu glauben, er werde attackiert.«

»Mr Stratham wurde ja auch…«, will ich antworten, doch bevor ich den Satz vollenden kann, spüre ich Rosys Faust in meinem Rücken. Die Kommissarin boxt mich, zum Zeichen, dass ich die Lady ausreden lassen soll.

»Seit dem Tod seiner Freundin ist Timmy nicht mehr er selbst«, fährt Miss Vandam fort. »Es hat ihn tief erschüttert. Wir machen uns alle Sorgen um ihn.«

»Seine Freundin war Angelina Brendergast, nicht wahr?«, wirft Rosy ein.

»Richtig, ja.«

»Als sie starb, hatte sie die Beziehung zu Mr Stratham aber bereits gelöst.«

»Das machte die Sache nur schlimmer«, antwortet Miss Vandam. »Timmy besitzt kein besonders großes Selbstvertrauen. Eine feste Beziehung zu haben tat ihm unendlich gut. Als Angie sich in diesen anderen Mann verliebte, war das für Tim eine Katastrophe.«

»Wollen Sie nicht Platz nehmen, Miss Vandam?« Ralph ist aufgestanden.

»Wenn ich nicht störe?«

»Im Gegenteil«, antwortet die Schwertlilie. »Ist Ihnen bekannt, dass ich von Beruf Detective Inspector bin?«

»Ja.«

»Woher?«

»Die hübsche junge Frau am Empfang hat es mir verraten.«

»Miss Hoffman, natürlich«, zische ich zwischen den Zähnen hervor.

»Gestatten Sie, dass ich Ihnen ein paar Fragen stelle?«

»In Ihrem Zustand?« Miss Vandam macht eine Geste in Richtung Krankenbett.

»Neugier ist ihre Berufskrankheit«, antworte ich an Rosys Stelle, woraufhin alle kurz lachen.

»Bitte fragen Sie.« Miss Vandam schlägt die Beine übereinander.

»Wie wirkte sich die Katastrophe, von der Sie sprechen, auf Mr Stratham aus?«

»Timmy wurde irgendwie… unberechenbar. Er nahm seinen Beruf nicht mehr richtig ernst, er trank auch mehr als früher. Im Theater nannte ihn jemand deshalb Jekyll und Hyde.«

Auf Knopfdruck hievt die Rückenstütze Rosy in eine aufrechte Position. »Welche Eigenschaft Strathams erinnerte denn an Mr Hyde?« Wie zwei Königinnen sitzen die Ladys einander gegenüber.

»Ach Gott, das war nur so eine Redensart. Im täglichen Umgang blieb Timmy der sanfte, liebenswerte Kollege, als den wir ihn kennen. Doch manchmal passierten während der Vorstellungen wirre Dinge.«

»Zum Beispiel?«

»Einem Kollegen, der sich abschätzig über Angelinas Treue geäußert hatte, schüttete Tim vor tausend Zuschauern ein Glas Rotwein ins Gesicht. Wir mussten ganz schön improvisieren, um wieder in die Szene zurückzufinden.«

»Was hatte der Kollege bezüglich Angelinas Treue gesagt?«

»Dass Angie sich in Birmingham wahrscheinlich den Spaß holen würde, den sie bei der Shakespeare Company nicht bekommen hätte.«

»Das klingt eigentlich nicht so schlimm.«

»Nicht wahr?«

»Gab es noch andere gewalttätige Vorfälle?«

»Timmy ist nicht gewalttätig«, hält Miss Vandam dagegen. »Ich möchte seinen Zustand eher als… konvulsivisch bezeichnen. Steht er denn unter irgendeinem Verdacht?« Auch wenn die Frage harmlos klingen soll, ist die Neugier darin unüberhörbar.

»Soweit ich weiß, nicht«, antwortet Rosy. »Wie reagierte Mr Stratham auf Angelinas Tod?«

Seufzend betrachte ich meine Frau. Es ist wieder so weit. Selbst im Krankenbett ist und bleibt sie die Kommissarin.

11

Das wahre Opfer

»Was heißt konvulsivisch eigentlich genau?« Ralph isst ein Schinkensandwich, mit der anderen Hand gießt er sich Tee ein.

»Krampfhaft – krampfähnlich.« Rosy schiebt das schwenkbare Tablett beiseite.

»Bedeutet das, Stratham weiß nicht immer, was er tut?«

Sie betrachtet den Sergeant, dessen Gesichtsausdruck etwas Spitzfindiges bekommt. »Nicht so voreilig, mein Lieber.«

»Der Mord an dem Zuhälter hatte die Merkmale von vorübergehender Unzurechnungsfähigkeit.«

»Für mich sieht es eher nach einer Tat im Affekt aus.«

»Also keine Hinrichtung, wie Stratham behauptet?«

Nur einen Tag nachdem ich ein englisches Untersuchungsgefängnis von innen kennengelernt habe, sind Rosy und ihr Sergeant dem Mörder wieder auf der Spur. Mich hat sie natürlich nicht zu diesem Meeting eingeladen, durch meine Anwesenheit fürchtet Rosy wohl, mit ihrem schlechten Gewissen konfrontiert zu werden.

»Egal ob Hinrichtung oder Mord im Affekt...« Ralph kaut und denkt. »In beiden Fällen wäre ein Shakespeare-Schauspieler als Täter nicht abwegig. Stratham hat vor Kurzem *Titus Andronicus* gespielt. Ich hab die Inhaltsangabe gegoogelt: In diesem Stück werden mehrere Leute einen Kopf kürzer gemacht.« Er beugt sich über das Beistelltischchen und angelt sich das nächste Sandwich, geräucherte Forelle mit Meerrettich. »Strathams Motiv wäre genauso existenziell wie das von Brendergast: Eifersucht und Rache.«

»Aber wieso wurde dann Brendergasts Pistole bei der Leiche gefunden?«

»Brendergast behauptet, erst nach dem Mord in LeMarques Haus eingetroffen zu sein. Zur eigenen Sicherheit hatte er seine Pistole in der Hand. Er sieht den Mann, der das Leben seines Kindes zerstört hat, auf dem Boden liegen. LeMarque ist tot oder tödlich verwundet. Brendergast untersucht ihn, dafür legt er die Pistole beiseite. Er hört Geräusche, jemand kommt, möglicherweise LeMarques Bodyguards. Brendergast verliert die Nerven und verlässt das Haus. Er fährt nach Stratford. Unterwegs bemerkt er, dass er seine Kanone am Tatort zurückließ. Er sieht keine andere Chance, als die Polizei über den Mord zu informieren.«

»Die Machete stammt aus LeMarques Haus. Sie hing neben anderen historischen Waffen an der

Wand.« Rosy wischt Brösel von der Bettdecke. »Wer immer es getan hat, kam also nicht mit der Absicht, LeMarque mithilfe der Machete umzubringen. Wahrscheinlich hat er sie im Affekt von der Wand gerissen und zugeschlagen.«

Ralph nickt. »Im Affekt ... Hört sich das nicht nach der Tat von jemandem an, den seine Kollegen als Jekyll und Hyde bezeichnen?«

Rosy muss ihren Bauch in eine andere Stellung bringen. »Ich frage mich, wieso Miss Vandam uns die Geschichte von Jekyll und Hyde erzählt hat. Wenn sie den jungen Schauspieler wirklich schützen will, hätte sie uns diese Informationen nicht zu geben brauchen. Ich glaube, dass die gewitzte Schauspielerin vielmehr herausfinden wollte, weshalb Tim von Arthur so unerwartet verhört wurde. Es könnte sein, dass mein Earl in der Rolle des Amateurdetektivs im Theater in ein Wespennest gestochen hat.«

Als ob die Gedankenarbeit sie plötzlich ermüden würde, lässt Rosy den Kopf zurücksinken.

»Was hast du?«

»Ich bin müde. Nein, das stimmt nicht. Ich muss immer wieder an das eigentliche Opfer denken: Angelina Brendergast.«

Mit dem nächsten Schnittchen in der Hand sinkt Ralph auf den Sessel. »Worauf willst du hinaus?«

»Ich frage mich, wie ihr Leben diese unverständliche Wendung nehmen konnte. Durch den Job ihrer Mutter bekam sie Zugang zur Theaterwelt. Sie durfte den besonderen Duft der Royal Shakespeare Company schnuppern und an einem Ort arbeiten, wo sie mit außergewöhnlichen Menschen zu tun hatte. Sie verliebte sich und begann sogar eine Beziehung. Doch statt ihr Glück zu genießen, schmeißt sie von heute auf morgen alles hin, um zu studieren. Wieso dieser plötzliche Wandel, nur um ihrem Vater ihre Eigenständigkeit zu beweisen? Das hätte sie auch bei der Royal Shakespeare Company tun können. Doch Angie verlässt ihren Freund und beginnt eine Affäre mit einem Drogendealer, einem Zuhälter. Ein Mädchen aus gutem Haus, ein sensibles Mädchen soll nicht gespürt haben, dass LeMarque eine verachtenswerte Kreatur war, die sie nur missbrauchte? Wieso haben bei ihr nicht sämtliche Alarmglocken geläutet? Wegen der Drogen, die ihr dieser Mann gab? Angies Mutter behauptet, sie hätte in LeMarque das personifizierte Gegenteil ihres Vaters gesucht. Trotzdem will es mir nicht in den Kopf, weshalb sie sich von diesem Mann so weit manipulieren ließ, dass sie zu Sex mit wildfremden Männern bereit war. Und zuletzt hat LeMarque sie sogar in den Selbstmord getrieben.«

Ralph wischt sich die Finger an der Serviette ab. »Soll ich mich mal im Umfeld von LeMarque umhören?«

»Ich weiß nicht.« Rosy seufzt. Mit einem Mal wirkt sie ganz kleinlaut. »Ich weiß es nicht, Ralph. Das Mädchen und ihr Schicksal … das geht mir so nahe.«

Überrascht von ihrem Stimmungswechsel mustert er seine Freundin. »Das ist verständlich.«

»Vielleicht bin ich auf dem Holzweg«, sagt Rosy leise, als ob sie ihm gar nicht zugehört hätte. »Vielleicht kümmere ich mich nur deshalb so verbissen um Angelinas Tod und Brendergasts Probleme, weil es mich von meinen eigenen Sorgen ablenkt.«

»Was für Sorgen?«

»Ich bin ein altes Schlachtschiff«, bricht es aus ihr heraus. »Ich bin zu alt, um einem Kind das Leben zu schenken. Mein Körper ist verbraucht und ausgelaugt, ich tauge nicht zum Muttertier. Alles, was ich bin, ist eine gute Polizistin.« Sie zieht die Beine an, um den Bauch ein wenig zu entlasten. »Außerdem bin ich nicht blind. Täglich lese ich in Arthurs Augen, was los ist, auch wenn er es nie erwähnt. Wir können uns diese Klinik, all diesen aprikosenfarbenen Firlefanz nämlich nicht leisten. Das ist ein Ort für reiche Leute. Arthur ist verzweifelt, weil er nicht weiß, wie er das Geld für meine Behandlung zusammenkratzen soll. Mittlerweile geht es mir viel besser; sollte ich nicht schleunigst ins Gloucester Hospital zurückkehren, dessen Kosten von unserer Versicherung gedeckt werden?« Impulsiv schlägt Rosy auf die Bettdecke. »Stattdessen spiele ich hier die Detektivin im Krankenbett und glaube, den Fall besser lösen zu können als die Kollegen, die sich seit Wochen damit beschäftigen.« Sie wirft Ralph einen aggressiven Blick zu. »Detective Dougall hat Stratham ebenfalls vernommen, wieso kam er nicht zu ähnlichen Schlussfolgerungen wie wir?«

Ralph ist durch Rosys Selbstanklage verwirrt. »Wegen der Indizienlage, nehme ich an. Brendergasts Fingerabdrücke auf der Machete, seine Pistole neben der Leiche…«

»Weshalb sollte sich dieser kontrollierte, selbstbewusste Mann so ungeschickt verhalten haben? Wenn er wirklich beschlossen hätte, den Tod seines Kindes zu rächen, warum stellte er sich dabei derart dämlich, geradezu tollpatschig an?« Rosy gestikuliert mit beiden Händen. »Außerdem, wenn er tatsächlich der Täter wäre, würde ihn bei der erdrückenden Indizienlage kaum etwas davon abhalten, das Land zu verlassen. Stattdessen bleibt er seelenruhig hier und versorgt seine Patientinnen.« Rosy atmet hastig. »Da stimmt etwas nicht. Was sagst du dazu, Ralph?«

Der Sergeant tritt mit ernster Miene an ihr Bett. »Ich sage, dass Arthur absolut recht hat.«

»Womit?«

»Dass du diesen Fall von jetzt an vergessen solltest. Die ganze Sache regt dich viel zu sehr auf. Und Aufregung ist das Letzte, was du in deinem Zustand gebrauchen kannst.«

Rosy streicht ihr Haar aus der Stirn. »Das stimmt. Ich möchte noch ein letztes Gespräch führen, danach werde ich diesen Fall für mich abschließen und auf die Kollegen aus Birmingham vertrauen.«

»Mit wem willst du sprechen?«

»Mit Brendergast. Und zwar gleich heute Abend während der Visite.«

Warum bin ich nicht bei Rosy? Weshalb vernachlässige ich meine oberste Pflicht, auf sie aufzupassen? Weil ich eine ungewöhnliche Einladung erhalten habe. Gegen Ende ihres gestrigen Besuchs im Krankenhaus erwähnte Scarlett Vandam, dass sie im Rahmen einer Matinee Shakespeare-Sonette rezitieren werde und ob ich nicht Lust hätte, zu kommen. Weshalb die große Schauspielerin daran interessiert ist, dass ich ihre Lesung besuche, blieb mir schleierhaft, doch Rosy ermunterte mich, hinzugehen. Ich habe mein bestes Sakko aus dem Schrank geholt, entschied mich für ein freches Schaltuch, fuhr ins Shakespeare-Mekka und gesellte mich unter die kunstsinnigen Geister, die der Matinee beiwohnten. Dank Scarlett Vandam war die Rezitation tatsächlich ein Genuss. Während sie anschließend Autogramme gab, nickte sie mir plötzlich zu und lud mich zu einem Drink ein. Ich war geehrt, konnte mir aber auch dieses unverhoffte Privileg nicht erklären. Sie schlug das Old Tramway Inn vor, ein Pub, das auf seine Tradition seit 1865 verweist.

So früh am Tag würde ich nicht auf die Idee kommen, Alkohol zu trinken, aber Miss Vandam bestellt Sherry und ich schließe mich höflichkeitshalber an. Wir setzen uns an einen Tisch im Freien, mit Blick auf den Park, im Hintergrund grüßt das Theater.

»Wahrscheinlich wundern Sie sich, weshalb ich dieses Seidentuch bei mir trage?«, fragt sie, nachdem wir angestoßen haben.

Erst jetzt bemerke ich, dass Miss Vandam ein weißes Tüchlein im Ärmel stecken hat. »Hat es damit eine besondere Bewandtnis?«

Sie zieht es hervor und bewegt es von der rechten in die linke Hand. »Ich habe mir den Trick bei John Gielgud abgeguckt. Er hatte das gleiche Problem wie ich. Ist Ihnen nie aufgefallen, dass er auf der Bühne häufig mit einem Taschentuch auftrat?«

Offen gestanden habe ich Sir Gielgud nie auf der Bühne spielen sehen. Als er den Höhepunkt seiner Karriere erlebte, war ich nämlich noch gar nicht auf der Welt. Das bringt mich auf die Frage nach Miss Vandams Alter. Sie sieht unglaublich gut aus, dennoch hat sie ihren siebzigsten Geburtstag wahrscheinlich schon gefeiert. »Inwiefern hat Gielgud Sie inspiriert?«

»Johnny war der edelste Schauspieler Englands. Er hatte nur ein Problem: Neben seiner zarten, eleganten Statur hatte er die riesigen Hände eines Metzgers. Wie sollte er mit solchen Händen Romeo spielen oder Hamlet? Also verfiel er auf die Idee, in jeder Liebhaberrolle ein weißes Seidentuch mit auf die Bühne zu nehmen und kaschierte damit das Ausmaß seiner Hände.«

»Wie wunderbar.«

»Auch meine Hände sind für eine Frau zu kräftig geraten. Wenn ich mir dessen bewusst werde, greife ich zu dem rettenden Tüchlein.«

Wir lachen, plaudern, schauen auf den Park, doch bald weiß ich nicht mehr so recht, worüber ich mit der großen Schauspielerin sprechen soll. Ein Kompliment zu ihrem Auftritt habe ich ihr schon gemacht. Dass das Wetter den Freilichtaufführungen zugutekommt, wurde auch bereits erwähnt. Warum hat Miss Vandam mich bloß zum Sherry eingeladen?

»Timmy Stratham ist mein Neffe«, sagt sie ohne jegliche Einleitung.

Das kommt so unvermittelt, dass ich mich um ein Haar verschlucke. »Wirklich?«, hüstle ich.

»Jetzt verstehen Sie vielleicht, dass meine Sorge um ihn mehr ist als die einer Kollegin.«

»Natürlich.«

Mit einem Mal verändert sich ihre Haltung. »Bitte sagen Sie mir, wieso Sie plötzlich im Theater aufgetaucht sind, Mr Escroyne. Weshalb haben Sie Tim all diese Fragen gestellt?«

»Welche Fragen?«

»Über die Art seiner Beziehung zu Angie. Sie recherchieren im Auftrag Ihrer Frau, habe ich recht? Hat sie einen bestimmten Verdacht gegen Timmy?«

Endlich bekomme ich eine Vorstellung davon, weshalb Miss Vandam mich sehen wollte. Es steckt nichts Persönliches dahinter, sie wollte mich sprechen, um etwas über die Verdachtsmomente gegen ihren Neffen zu erfahren. So erklärt sich auch ihr gestriger spontaner Besuch in Brendergasts Klinik. Da dieses Spiel aber umgekehrt genauso funktioniert, stelle ich vorsichtig eine Gegenfrage.

»Was fürchten Sie für Ihren Neffen, Miss Vandam?«

»Nichts, was den Mord betrifft«, antwortet sie eine Spur zu hastig. »Timmys Eltern sind tot, ich bin im

Grunde seine einzige Verwandte. Da ist es doch verständlich, dass man sich Sorgen macht.«

»Welcher Art sind Ihre Sorgen?«

Mit ihren großen Händen macht sie eine flüchtige Geste. »Ich war es, die Tim für die Royal Shakespeare Company empfohlen hat, wider besseres Wissen, muss ich gestehen. Er ist kein überragender Schauspieler. Tim liebt seinen Beruf, begreift aber inzwischen, dass er nicht zu Großem bestimmt ist. Wenn er unter all diesen exzellenten Kollegen auftritt, fühlt er das besonders schmerzlich. Deshalb hat er sich auch so sehr an seine Freundin geklammert. Angelina gab ihm Halt, sie war alles für ihn. Dass sie ihn verlassen hat, bedeutete einen Dolchstoß für Timmy. Er sah sich als Schauspieler und als Liebhaber gescheitert.«

»Das war zweifellos ein schrecklicher Schicksalsschlag. Aber nur weil Tim um seine Freundin trauert, nur weil er auf der Bühne durchgedreht hat, steckt er doch nicht in ernsten Schwierigkeiten, oder?«

»Ich fürchte doch«, antwortet Miss Vandam mit überraschender Offenheit. »Ich fürchte, Timmy ist in etwas Übles hineingeraten.« Sie leert ihr Glas in einem Zug. »Erinnern Sie sich, wie erschrocken ich war, als ich in den Probenraum kam und zwei Männer sah, die Timmy attackierten?«

»Was dachten Sie denn, wer ihn angreifen würde?«

»Die Leute, mit denen er sich angelegt hat. Der Zuhälter, der Timmy sein Mädchen ausgespannt hatte.«

Das Gesicht der alten Frau wird plötzlich von einem fahlen Glanz überzogen, als ob ihr bei diesen Worten der Schweiß ausbrechen würde. »Tim hat regelrecht durchgedreht, als Angie ihm die Wahrheit sagte. Er wollte sie nicht gehen lassen. Mehrmals ist er ihr nach Birmingham gefolgt, um sie umzustimmen. Damals wohnte sie schon bei LeMarque. Dort rannte Tim gegen eine Festung an. Er kam an der Entourage dieses Mannes nicht vorbei.«

»Das hat er Ihnen alles erzählt?«

»Er hat mir sogar seine blauen Flecken gezeigt, als LeMarques Leute ihn einmal unsanft nach draußen befördert haben.« Miss Vandam hebt den Blick auf jene unnachahmliche Weise, wie ich es aus ihren Filmen kenne. »Ich mochte dieses Mädchen, Mr Escroyne, ich mochte sie sogar sehr. Angie war zauberhaft, frisch und lebendig, sie war am Theater und an der Literatur interessiert. Sie hätte meinen kleinen verunsicherten Neffen vielleicht glücklich machen können. Die beiden versuchten sich sogar zusammen an einer literarischen Arbeit«, fügt sie mit herzlichem Lächeln hinzu.

»Was war das?«

»Ein Theaterstück, in dem eine Frau in den besten Jahren die Hauptfigur ist.« Damit weist sie kokett auf sich. »Tim und Angie wollten, dass ich diese Rolle spielen soll.«

»War es ein gutes Stück?«

Sie legt den Kopf ein wenig schief. »Man hätte etwas daraus machen können und ich wäre bereit gewesen, es zu spielen, wenn Angie nicht von einem Tag auf den andern nach Birmingham abgehauen wäre, zu diesem widerlichen Mann.«

Meine nächste Frage könnte heikel werden, doch ich werde kaum noch einmal Gelegenheit haben, mit der großen Schauspielerin zu sprechen. »Hegen *Sie* etwa einen Verdacht gegen Timmy?«, frage ich schlicht. »Wissen Sie irgendetwas, das der Polizei verborgen blieb?«

Ihr Ton klingt augenblicklich kühler. »Wie kommen Sie darauf? Tim macht gerade eine schwere Zeit durch. Darum finde ich, man sollte ihn nicht mit ungerechtfertigten Nachstellungen belästigen.«

»Wollten Sie mich nur darum treffen, um mir das zu sagen, Miss Vandam?«

Ihr Ton wird noch ein paar Grade kühler. »Ich nahm an, die Sonette von Shakespeare seien Grund genug, um nach Stratford zu kommen.« Sie weist auf unsere beiden leeren Gläser. »Sollten Sie sich nicht allmählich wieder um Ihre Frau kümmern?«

Kein Zweifel, ich habe mir die Sympathie dieser großartigen Schauspielerin verscherzt. »Sie haben recht, ich sollte besser aufbrechen.«

Sie winkt, doch nicht der Kellnerin, sondern dem Zweimetermann, der unweit des Pubs neben einer Limousine steht und Zeitung liest. Er ist mir vorhin schon aufgefallen, als Miss Vandam Autogramme gab. Es ist derselbe Hüne, der zur Stelle war, als sie jemanden brauchte, um Roger und mich aus dem Theater zu eskortieren.

»Lassen Sie nur, Mr Escroyne«, sagt sie. »Derek erledigt das. Sie sind mein Gast.«

Während ich mich verabschiede, betritt der Riese das Lokal, zieht seine Brieftasche und geht auf die Kellnerin zu.

12

Wetterleuchten

Ein Krankenhaus schläft nie, so sagt man doch. In Brendergasts Klinik hat man jedoch den Eindruck, dass sich das Haus den ganzen Tag über in einer Art Dämmerzustand befindet. Nichts geschieht hier schnell, laut oder hektisch. Gelassenheit und Freundlichkeit sind die Merkmale dieses Geburtstempels. Deshalb ist der Wechsel vom Tag zur Nacht in Brendergasts Krankenhaus ein kaum merklicher. Einzig das Licht verändert sich, gegen sechs Uhr abends verschwindet die Sonne hinter einem Akazienhain.

»Du solltest jetzt gehen«, sagt Rosy.

Ich habe ihr von meiner Begegnung mit Scarlett Vandam erzählt und von den Befürchtungen, die die Schauspielerin wegen ihres Neffen hegt. Ich wollte darüber reden, was es mit Strathams Besuchen in Birmingham auf sich hat, doch Rosy wirkte erstaunlich unbeeindruckt. Ralph werde sich in Birmingham in der Szene umhören, meinte sie und wünscht sich nun sogar, dass ich frühzeitig aufbrechen soll.

»Sonst bleibe ich immer, bis du eingeschlafen bist«, protestiere ich.

»Ich möchte heute ein bisschen früher meine Ruhe haben. Kannst du das verstehen, Arthur?« Sie platziert das Gewicht ihres Bauches in eine bequemere Lage.

»Aber ja, das höre ich gern«, antworte ich trotz meiner Enttäuschung. »Ich hatte nur geglaubt, dass du darauf brennen würdest, mit mir über die Neuigkeiten zu spekulieren.«

»Ich bin so müde«, seufzt Rosy. Unter dunklen Wimpern bleibt mir ihr Blick verborgen.

»Geht es dir gut? Soll ich den Arzt rufen?«

»Wozu? Ich werde ja gleich schlafen.«

»War Brendergast schon bei dir?«

»Er kommt bestimmt später noch einmal.«

»Und wenn ich einfach still an deinem Bett sitzen bleibe und etwas lese?«, versuche ich ihren sanften Rausschmiss noch einmal zu umgehen.

»Wirklich, Arthur, ich möchte ein wenig allein sein.«

Wenn ich nur die geringste Ahnung hätte, dass Rosemary mich in diesem Moment belügt, keine zehn Pferde hätten mich aus ihrem Zimmer vertrieben. Doch ich ahne nichts von ihrem Plan. Vertrauensselig gehe ich davon aus, dass sie nur schlafen will, nehme meine Jacke und den Regenschirm und füge mich ihrem Wunsch. »Dann sehen wir uns also zum Frühstück?«

»Ja klar, ich freue mich.« Nichts an ihrem Lächeln

weckt mein Misstrauen. »Mach dir einen netten Abend.«

»Der wird sicher toll«, scherze ich. »In meinem Zimmer von der Größe eines Handtuchs werde ich es richtig krachen lassen.«

Rosy lächelt und schließt die Augen. »Könntest du noch das Fenster öffnen?«

»Wird dir das nicht zu kalt?«

»Die Herbstluft ist so schön. Ich bin ja zugedeckt.« Sie zieht die Decke bis unters Kinn. Von draußen schaut ein verhangener Mond zu uns herab.

Rosy lauscht auf die nächtlichen Geräusche. Ein leichter Wind, in der Ferne fährt ein Zug. Nachdem die Vögel ihren üblichen Lärm veranstaltet haben, sind sie bei Einbruch der Dunkelheit verstummt. Wetterleuchten, von weit her grollt der Donner.

Brendergast kommt spät zur Visite. Heute wirkt er müde und hält sich gebückt. Nachdem er Rosy untersucht hat, sagt er: »Die Therapie schlägt gut an, Mrs Escroyne, dennoch kommen Sie mir ein wenig angespannt vor.«

»Sie sind der Urheber meiner Anspannung, Doktor.«

»Ich?«

»Sie beschäftigen mich als Person.«

Man könnte annehmen, dass Brendergast darauf überrascht reagieren würde oder dass er Rosys Worte als Flirtversuch missverstehen könnte, doch der Doktor versteht sie vom ersten Augenblick an richtig.

»Andere Leute lesen im Krankenhaus schon mal einen Krimi. Sie dagegen beschäftigen sich lieber mit einem realen Mord. Ist es nicht so?«

»Sie sprechen von dem Mord an Mr LeMarque?«

»Nein, *Sie* wollen darüber sprechen, wenn ich nicht irre.«

»Weil ich in Ihrer Angelegenheit eine Menge ineinander verschlungener Fäden sehe, Sir. Wollen Sie mir dabei helfen, sie zu entwirren?«

»Nein«, antwortet Brendergast schlicht.

Rosy hebt die Augenbrauen. »Nein?«

»Als Privatperson lasse ich mich von Ihnen nicht verhören und als Arzt verbiete ich es. Bitte sprechen wir von etwas anderem.«

»Seit ich hier bin, vermeiden Sie das Thema, Sir. Weshalb?«

»Weil es Sie nichts angeht, Mrs Escroyne.«

»Ihre Frau behauptet im Gegenteil, dass Sie darauf brennen, mit mir über die Angelegenheit zu reden.«

»Lynne war hier?« Brendergast richtet sich auf. »Lynne hat Sie aufgesucht? Das hätten Sie mir sagen müssen.« Verhaltener Zorn klingt in seinen Worten mit. »Wurden Sie von ihr belästigt?«

»Das nicht. Ich konnte allerdings feststellen, dass Ihre Frau eine … recht eigene Sicht auf diesen Mord hat.«

»Eine *eigene Sicht*? Das ist ziemlich höflich ausgedrückt. Lynne hält mich für den Mörder.«

»Sind Sie der Mörder?«, fragt Rosy mit vollendeter Offenheit.

»Nein.« Brendergast steckt die Hände in die Manteltaschen.

Das Donnergrollen kommt näher. Es hört sich an, als ob ein dunkler Murmler von draußen sich in das Gespräch einmischen wollte.

»Wie haben Sie Mr LeMarque in der Mordnacht gefunden, Sir?«

»Auf dem Boden, ziemlich übel zugerichtet. Er war tot.«

»Wo war das genau?«

»In seinem Arbeitszimmer.«

»Wie sind Sie überhaupt in das Haus hineingekommen?«

»Die Tür stand offen.«

»Fanden Sie das nicht ungewöhnlich für ein Haus, das normalerweise gut gesichert war?«

»Ja, es hat mich überrascht. Deshalb nahm ich meine Pistole aus der Tasche.«

»Und gingen einfach weiter?«

»Ja.«

»Wieso kannten Sie sich in LeMarques Haus so gut aus?«

»Ich bin vorher schon einmal dort gewesen.«

»Als Sie mit ihm über Ihre Tochter gesprochen haben?«

Unwillig zieht Brendergast den Atem ein. »Ich bin sicher, Sie haben die Akte gelesen, Mrs Escroyne. Sie kennen die Antworten auf diese Fragen.«

»Ich würde es aber gern von Ihnen persönlich hören«, erwidert Rosy freundlich. »Wie kam es, dass ausgerechnet Sie die Leiche entdeckt haben und nicht jemand von LeMarques Personal?«

Ein Blitz durchschneidet den Himmel. Mit einem markanten Schlag folgt der Donner mehrere Sekunden später.

»Wenn Sie nicht damit aufhören, muss ich Ihnen ein Beruhigungsmittel geben, Mrs Escroyne. Zwingen Sie mich bitte nicht dazu.«

Rosy behält den Doktor im Blick. »Wenn ich davon ausgehe, dass Sie nicht der Täter sind, dann stelle ich mir vor, in welche Situation Sie geraten waren. Spätabends suchten Sie den Mann auf, der Ihre Tochter in den Tod getrieben hatte. Doch statt ihm Ihre Vorwürfe entgegenzuschleudern, statt irgendeine Form von Rache an ihm zu nehmen, fanden Sie LeMarque auf dem Boden. War er wirklich bereits tot?«

Statt einer Antwort wendet sich Brendergast zum Fenster. »Da wird gleich etwas Heftiges niedergehen, fürchte ich. Ich mache jetzt lieber zu.« Er schließt das Fenster und dreht sich langsam zu Rosy um. »Warum tun Sie das, Mrs Escroyne? Weshalb steigern Sie sich so sehr in diesen Fall hinein? Leiden Sie unter Entzugserscheinungen, weil Sie seit einiger Zeit keinen Mord mehr gelöst haben? Brauchen Sie den Kick von Mord und Totschlag?«

»Nachdem Sie LeMarques Tod festgestellt hatten, haben Sie das Haus derart fluchtartig verlassen, dass Sie Ihre Pistole am Tatort liegen ließen.«

Diesmal liegen Donner und Blitz dicht beieinander.

»Auch das steht in meiner Aussage. Ich wollte LeMarque zur Rede stellen. Ich fand ihn tot neben seinem Schreibtisch. Ich entdeckte die Tatwaffe und habe sie unglücklicherweise angefasst. Ich war erregt und überfordert. Plötzlich hörte ich Schritte. Ich nahm an, es seien LeMarques Leute.«

»Könnte es auch der Mörder gewesen sein, der sich noch im Haus befand?«

»Vielleicht. Jedenfalls wollte ich in dieser Lage nicht überrascht werden. Ich habe das Haus eilig verlassen und fuhr nach Hause. Mir war klar, dass ich den Mord melden müsste. Und genau das habe ich getan.«

Ein beängstigend heller Blitz, ein langer Donner.

»Weshalb ging Angie überhaupt von zu Hause fort?«, will Rosy wissen, nachdem das Grollen verklungen ist. »Wieso blieb sie nicht am Theater und bei ihrem Freund? Seit wann wussten Sie von Angies Verhältnis zu LeMarque? Was wussten Sie von den Drogen, die er ihr gab, von der aufgezwungenen Prostitution?« Als der Arzt nicht antwortet, verschärft Rosy die Gangart. »Ich bin auf Ihrer Seite, Sir. Wieso sagen Sie mir nicht, wie es dazu kam, dass Ihre achtzehnjährige Tochter in den Tod gehen musste?«

Hinter Brendergast zuckt ein Blitz senkrecht herab. »Weil es Sie nichts angeht, Mrs Escroyne, und weil es Ihnen schaden würde.« Er nimmt ein Spritzenset aus seiner Tasche.

»Was war mit der Schnittverletzung, die Sie sich an jenem Abend zugezogen haben?«

Seine Augen werden schmal. »Hat Lynne Ihnen das erzählt? Sie lügt. Ich hatte mich an einem Skalpell geschnitten. Ich weiß nicht, warum sie so etwas erfindet.«

»Weshalb hasst Ihre Frau Sie so sehr, dass sie solche Vermutungen in die Welt setzt? Ist es wegen Ihrer Affäre mit Miss Hoffman?«

Mitten im Donnerschlag fährt Brendergast herum. »Das wissen Sie also auch schon?« Er zögert. »Meine Beziehung zu Miss Hoffman hat mit der ganzen Sache nicht das Geringste zu tun.«

»Aber es befördert ein bestimmtes Bild von Ihnen, Sir, dass Sie nämlich gar nicht der makellose Leiter dieses Instituts sein könnten, sondern ein Lügner und Betrüger.« Rosys Worte klingen hart und metallisch.

Das Spritzenset in der einen Hand streicht Brendergast mit der anderen seinen weißen Mantel glatt. Rosy beobachtet, wie er eine Spritze aus der Hülle nimmt. Sie ist bereits befüllt, ihr Inhalt schimmert durchsichtig. Ein gewaltiger Donner zerreißt die Stille. Das Gewitter muss direkt über dem Krankenhaus niedergehen. Als ob Donner und Blitz sich auch in Rosy entladen würden, durchfährt sie ein scharfer Schmerz. Rosy verzerrt das Gesicht, ein gekeuchter Schrei, flehentlich sieht sie Brendergast an. Schon ist er an ihrer Seite und zieht Rosys Nachthemd hoch.

»Wo sitzt der Schmerz?«

»Überall … er ist …«

Brendergast tastet Rosys Bauch und ihre Scham

ab. Ein kehliger Schrei entringt sich ihr, wie ein Echo ertönt der Donner. Der Blitz lässt Brendergasts weißes Haar erstrahlen.

»Es vergeht schon wieder«, ächzt Rosy mit zusammengebissenen Zähnen. »Ich glaube… ja…«

Brendergast zieht sein Telefon aus der Tasche und tippt eine Kurzwahl. »Ich brauche OP zwei. Wer hat Dienst?… Für die Anästhesie will ich Eric.« Währenddessen betrachtet er seine Patientin. Seine Augen schimmern dunkler als sonst. Der nächste Blitz beleuchtet seine ernste Miene. Brendergast spricht knappe Sätze, beruhigende Sätze, doch sie machen Rosy klar, was ihr bevorsteht. Ängstlich achtet sie auf jede Bewegung seiner Hand, auf den Ausdruck in seinem Gesicht.

Brendergast steckt das Handy ein. »Sie werden jeden Moment hier sein.«

»Und was geschieht jetzt?« Die Schwertlilie kennt in diesem Augenblick nichts als Angst.

»Jetzt werde ich Ihr Baby auf die Welt bringen, Rosemary.«

13

Auf die Welt

Ein Veilchen am Hut kann der Frühling sein, singt ein Tenor im Fernsehen. Ich liege in dem schmalen Bett meines Zimmers und knabbere Nüsschen. Wie jeden Abend wäre ich auch heute gern auf Sutherly Castle, ich sollte mich dringend um meinen Garten kümmern. Der frühe Herbst ist eine heikle Zeit, besonders für die Laubgewächse. Wer schneidet die verblühten Rosen? Wer stutzt den wild wuchernden Knöterich? Wer unterstützt die Strauchmargeriten dabei, sich gegen das Geißblatt durchzusetzen? Ich leider nicht. Ich führe hier ein ziemlich nutzloses Dasein. Ab und zu lese ich in der Biografie über Virginia Woolf, sehe ein wenig fern und leiste im Übrigen Rosy Gesellschaft. Heute Abend vertrödle ich meine Zeit damit, einem fetten Tenor zuzusehen, der eine Operettenschnulze trompetet.

Oft, wenn ich allein bin, drängen die Befürchtungen in mir hoch: Sutherly steht auf dem Spiel. Wie soll ich die Hypothekenraten aufbringen, die ab dem kommenden Monat fällig werden, wie kann ich den Stammsitz meiner Familie bewahren? Sollte ich vielleicht doch mit Rosy darüber sprechen? Wozu, nur um eine Ruine zu retten, an die ich sentimentale Gefühle knüpfe? Sutherly Castle gehört zum English Heritage, das bedeutet, sollte ich es aufgeben, müsste sich der Staat um seine Erhaltung kümmern. Ich könnte mit Rosy in eine nette Dreizimmerwohnung ziehen und dort ein bequemes Leben führen. Wäre das die rettende Idee?

Solang du mir den Himmel schenkst auf Erden hier, bellt der Tenor. Während meine Hand nach der Fernbedienung tastet, klingelt das Telefon. Manchmal ruft Rosy noch zu später Stunde an, um mir eine gute Nacht zu wünschen. Mit einem Lächeln hebe ich ab.

»Hallo, ja?«

»Mr Escroyne? Hoffman hier.«

»Guten Abend, Miss Hoffman. Wollen Sie mich zu meiner Frau durchstellen?«

»Es wäre ratsam, wenn Sie so schnell wie möglich zu uns kommen würden, Sir.«

Ich fahre hoch. »Was ist mit Rosy?«

Und leer ich mein Weinglas, dann zieh ich nach Haus, brüllt der Tenor. Ein Knopfdruck, dann hat er seinen letzten Ton von sich gegeben. »Was ist mit ihr?«

»Das wird Ihnen Doktor Brendergast gleich erklären. Wenn Sie nur einfach schnell kommen würden.«

»Wieso schnell?«

»Bitte regen Sie sich nicht auf. Es wird alles getan.«

»Warum schläft Rosy um diese Zeit nicht?« Ich sollte aufhören, hysterische Fragen zu stellen, und tun, was Keira Hoffman vorschlägt. Noch während ich das Gespräch beende, schlüpfe ich in meine Schuhe.

Dr. Brendergast spricht langsam, er weiß, dass ich kaum in der Lage bin, ihm zuzuhören. Er erklärt Zusammenhänge, redet von Maßnahmen. Philipp Johns Lunge sei nicht ausreichend ausgebildet, deshalb habe er das Kind intubieren müssen, es werde künstlich beatmet.

Ich bin erschöpft bis auf die Knochen, dabei habe ich nichts getan, außer zu warten. Ich bin erschüttert, tief ergriffen und weiß nicht, wie ich meinen Gefühlen Ausdruck verleihen soll. Ein wenig außer mir, neben mir stehe ich da und starre in den durchsichtigen Kasten, der die Überlebenshöhle meines Sohnes ist. So viele Elektroden, Schläuche, Kabel bedecken seinen kleinen Körper, dass er selbst darunter fast verschwindet. *Er*, denke ich, Philipp John, denke ich und starre ungläubig auf das Wesen, das hinter einer Wand aus Plexiglas liegt, die winzigen Arme ein wenig erhoben, das Gesicht zu einem Ausdruck höchster Anstrengung verzerrt. Als Brendergast das Kind berührt, erschrecke ich: Die Hand des Arztes ist beinahe doppelt so groß wie der Kopf des Neugeborenen.

Ich habe von Geburten gelesen, die sich über Stunden, manchmal über einen ganzen Tag hingezogen haben. Ich hatte eine ungefähre Vorstellung von Rosys Niederkunft und wie sie mit den Wehen kämpfen würde. Doch alles ist nun anders gekommen. Als ich das Krankenhaus bei strömendem Regen erreichte, nahm Miss Hoffman mich auf den Stufen in Empfang und brachte mich mit knappen Erklärungen in eine Desinfektionsschleuse, von wo aus ich den Operationssaal betreten durfte. Diesmal wurde ich mit keinerlei Beschwichtigungen abgespeist, weshalb ich meine Frau nicht sehen könne, diesmal wollte man sogar, dass ich während des Eingriffs dabei sein sollte.

Ich sah meine Schwertlilie da liegen, unter der Operationshaube wirkte ihr Kopf kleiner, ein Schlauch ragte aus ihrer Nase. Viel mehr war von ihr nicht zu erkennen, denn knapp hinter ihren Schultern erhob sich ein grünes Tuch von der Größe eines Zeltes, das den Operationsvorgang verdeckte. Dahinter hörte ich Dr. Brendergasts Stimme, die knappen Antworten der Schwestern und das helle Klingen von metallenen Geräten. Sosehr ich mich auch beeilt hatte, traf ich doch fast am Ende des Eingriffs ein. Nichts an Rosys Gesicht ließ erkennen, wie es ihr ging oder was auf der anderen Seite des Tuches mit ihr geschah.

Wenige Minuten nachdem ich den OP betreten hatte, entstand eine Unruhe hinter der grünen Wand, hastige Worte wurden gewechselt, der allgemeine Rhythmus im Raum erhöhte sich. Dann schien plötzlich alles stehen zu bleiben, das Klappern der Geräte setzte aus, die Welt stand still – bis mit einem Mal ein schwaches Krächzen ertönte. Nur ein schwache Krächzen, weiter nichts. Das befreiende, zugleich gequälte Schreien eines Babys, dieses deutlichste Zeichen jeder normalen Geburt, blieb bei meinem Sohn aus.

Ich hatte nicht den Mut, um die grüne Wand herumzulaufen und mich mit eigenen Augen zu überzeugen, dass er geboren worden war und dass er lebte. Neben Rosy, deren Miene sich während der Geburt nicht verändert hatte, sank ich auf die Knie, fasste ihren Kopf mit beiden Händen, streichelte ihn, senkte mein Gesicht darüber und küsste sie durch die OP-Haube hindurch. Ob ich in diesen Sekunden gebetet habe, weiß ich nicht, doch von ganzem Herzen wünschte ich mir, das schwache Krächzen noch einmal zu hören und danach wieder und immer wieder.

Aber hinter der grünen Wand blieb es still. Handgriffe wurden vollzogen, alles hörte sich nach Routine an. Im Hintergrund ging eine Tür auf, ein Wagen wurde hinausgeschoben, darin sah ich etwas Kleines liegen, beängstigend klein und rot und regungslos. In diesem Moment brach ich in Tränen aus. Mein Kind war da hinausgeschoben worden, mein Sohn, der um Wochen zu früh geboren worden war und von dem ich nicht wusste, ob er weiterleben würde. Rasch versuchte ich, mich zu beruhigen. Durch die Gefühlsaufwallung eines Vaters sollte der schwierige Eingriff nicht noch mehr erschwert werden. Auch wenn Rosy ohne Bewusstsein war, wollte ich ihr Beistand spenden. Ich bin da, Rosy, sagte ich im Stillen, ich bin bei dir.

Mit halbem Ohr höre ich Brendergast zu, nicke hin und wieder, doch in Wirklichkeit nehme ich etwas anderes wahr, etwas, das die Worte des Arztes überlagert, auch die Geräusche der Maschinen. Rund um mich wird auf sonderbare Weise alles weiß. Es ist nicht das Weiß einer Winterlandschaft, auch kein weißer Nebel, die Situation erinnert mich eher an den Tag der Toten. Habe ich das im Fernsehen gesehen oder einen Bericht darüber gelesen, dass sich die Menschen in Südamerika weiß kleiden, wenn sie ihrer Verstorbenen gedenken? Tatsächlich fühle ich mich in diesen Minuten umgeben von Toten.

Nein, ich bin nicht verrückt geworden, leide auch unter keiner Halluzination, trotzdem sehe ich diese weiße Welt, die Welt meiner Ahnen, deutlich um mich, während Brendergast mehr und mehr verblasst. Ich spüre die Wärme hier drin, rieche auch die aseptische Atmosphäre, zugleich liegen in diesem Raum das Leben und der Tod so dicht beisammen, dass mich schaudert. Es sind die Verstorbenen meiner Familie, die sich versammelt haben und die bleiben wollen, bis die Entscheidung gefallen ist, ob mein Kind auf Erden wandeln darf oder ob sie es mitnehmen werden, dorthin, wo ihm jeder Schmerz versagt bleibt, aber auch jedes Dasein.

Während dieses *weißen* Zustands werde ich merkwürdig ruhig. Ich beurteile das Geschehen nicht, ich stehe nur einfach vor diesem durchsichtigen Schrein, in dem mein Sohn liegt, und hoffe, dass die Entscheidung für das Leben ausfallen wird.

14

Es sind elf

Schau nur.«

Beine, dünner als mein Zeigefinger, Arme ohne jede Kraft, an seinem Brustkorb kann man die Rippen zählen. Der winzige Mensch hat etwas von einem federlosen Vögelchen und doch verleitet sein Anblick Rosy und mich, immer wieder zu sagen: »Schau nur, schau.«

»Ja, Rosy, es ist wunderbar.«

Die Schwertlilie fühlt sich so schwach und elend, dass es ihr schwerfällt, den Kopf zu drehen. Ähnlich wie ihr Kind befindet sie sich in einem Spinnennetz aus Kabeln und Schläuchen, mittels Elektronik wird ihr Zustand gemessen und beurteilt.

Rosemary ist bei mir und ich bin bei ihr. Wir sind immer noch zusammen. Ein ums andere Mal muss ich mir das klarmachen, denn es ist nicht selbstverständlich. Das Schicksal hat es gut mit uns gemeint, alles hätte auch anders kommen können. Und wieder einmal verdanken wir es Dr. Brendergast, dass wir heute Morgen glücklich sein dürfen. Dieses Glück umschließt uns, wir sind in ihm geborgen, wir, die

Familie Escroyne. Dass es uns von heute an gibt, ist keine Vorstellung mehr, kein Traum. Durch Philipp Johns Geburt wurde alles Wirklichkeit.

Seine Lage sei immer noch kritisch, Brendergast hat mir das nicht verheimlicht. Rosy ist noch sehr entkräftet, doch im Großen und Ganzen stabil. Die Prognose für Philipp John sieht nicht so positiv aus. Seine Lunge würde nicht genügend *Surfactant* produzieren, erklärte Brendergast, weshalb die Lungenbläschen kollabierten und sich Blut darin ansammeln würde. Nur durch die künstliche Beatmung wird sein Überleben gewährleistet. Neben Brendergasts Kortikoid-Therapie bleibt uns nichts anderes übrig, als abzuwarten. Doch hier und jetzt, an Rosys Bett, unseren Jungen vor Augen, mag ich nicht daran denken, dass mein Sohn mit einer unfertigen Lunge auf die Welt kam und dass er durch eine Magensonde ernährt werden muss. Ich will einfach vertrauen, dass alles auf dem besten Wege ist.

»Er sieht dir ähnlich, Arthur.« Rosy seufzt, ein Lächeln überzieht ihre blassen Züge.

»Das kann man jetzt wohl noch nicht sagen.«

»Das ist ganz offensichtlich. Schau, der Mund …«

Fasziniert betrachte ich jede Linie des kleinen faltigen Gesichts. »Du könntest recht haben.«

»Der 37. Earl von Sutherly sieht dem 36. Earl ähnlich«, flüstert sie.

Auch wenn das rote Köpfchen eher einem kleinen Schimpansen ähnelt, will ich nur allzu gern glauben, dass die Form seiner Augenpartie, ein Zug der

Unterlippe und die hohe Stirn typische Merkmale seien, wie man sie auch bei mir findet. »Es stimmt«, antworte ich bewegt. »Aber ist das nicht häufig so? Haben wir nicht gelesen, dass Babys in den ersten Lebensmonaten dem Vater ähneln, weil die Natur das so eingerichtet hat?«

»Ich glaube, ja.« Rosy schiebt eine Haarsträhne aus der Stirn. »Es dient dazu, zaudernde Väter zu motivieren, ihre Kinder anzuerkennen.«

Mir wird ganz weh vor Freude, gar nicht sattsehen kann ich mich an dem hilflosen Wesen. Behutsam stecke ich meine Hand durch eine der Öffnungen des Brutkastens und berühre vorsichtig seine Schulter. »Ich erkenne dich an«, flüstere ich. »Ich erkenne dich an, Philipp John Arthur Escroyne. Ich bin glücklich, dass du bei uns bist.« Durch meine Finger nehme ich eine Reaktion wahr. »Er hat sich bewegt«, flüstere ich und lehne mich zurück, um Rosy den Blick auf das Baby freizugeben. »Ich habe es gespürt.«

Tatsächlich hebt mein Sohn jetzt den Arm, verharrt einige Sekunden in dieser Pose und wenn mich nicht alles täuscht, streckt er sich. Ich ahne, dass sich ein Frühchen noch nicht wohlig rekeln kann, doch ich will es glauben. Es ist zu schön, ich genieße diesen Augenblick.

»Seine Füße«, sagt Rosy. »Auf diesen winzigen Füßchen soll er einmal laufen können?«

Ich setze mich zurück an den Bettrand und lege den Arm um Rosys Schulter. Sie schmiegt den Kopf an mich. Plötzlich stutze ich. »Er hat… Nein, ich glaube… Sag mal, das gibt es doch nicht…«

»Was, was?«

Statt einer Antwort lasse ich Rosy los und beuge mich so tief über den Brutkasten wie nur möglich. »Philipp John hat elf Zehen«, antworte ich, als kein Zweifel mehr möglich ist.

»Was erzählst du da?«

»Sieh doch selbst.« Ich helfe Rosy, sich ein wenig aufzurichten, und zeige auf Philipps rechten Fuß. »Zähl nach.«

»Alles ist vollkommen normal«, widerspricht sie, ohne genau hingesehen zu haben.

»Nein, den großen Zeh gibt es doppelt.«

»Was heißt das?«, fragt Rosy mit einem Mal ganz hilflos. »Heißt das, dass er…«

»Behindert ist? Glaube ich nicht. Er hat elf Zehen, das bedeutet schließlich nur, dass er etwas Besonderes ist.« Auch wenn mir selbst ein wenig mulmig wurde, lächle ich Rosy ermunternd zu. Eine halb fertige Lunge, elf Zehen – was wird man noch alles bei dem Kind entdecken? Ist sein Gehirn in Ordnung? Ich habe mich über die erwartbaren Folgen einer Frühgeburt informiert. Bei einer Geburt vor der 30. Schwangerschaftswoche müsse man sich auf Behinderungen des Kindes einstellen. Philipp John kam in der 29. Woche zur Welt.

»Für mich ist das ein *Glückszeh*«, halte ich meine optimistische Fassade aufrecht. »So sehe ich das.«

»Trotzdem hätte ich gern, dass Doktor Brendergast

sich das ansieht«, meint Rosy besorgt. »Mich wundert, dass es bis jetzt noch keinem aufgefallen ist.«

»Soll ich Brendergast rufen?« Ich will aufstehen.

»Noch nicht. Lass uns noch ein bisschen zusehen, wie er schläft.«

»Philipp, mein Sohn, schlaf dich gesund und stark«, flüstere ich.

Als ob er mich gehört hätte, hebt der Kleine den Arm. »Er hat mir zugewinkt.«

»Ihr scheint euch ja von Anfang an gut zu verstehen.« Mit einem sanften Lächeln lässt Rosy den Kopf zurücksinken.

Es ist an der Zeit, von Ralph zu sprechen. Auch wenn sich der Sergeant unbändig mit uns freut, weil Rosys Niederkunft so glücklich verlief, hat er das Versprechen nicht vergessen, das er seiner Chefin gab: Er will Rosy im Fall Brendergast helfen und machte sich heute deshalb auf den Weg nach Birmingham. Ralph ist ein praktischer Mensch, er begann nicht auf eigene Faust zu ermitteln, sondern arrangierte ein Treffen mit Detective Inspector Francis Dougall. Ralph tat das aus zwei Gründen, einerseits weil Dougall der Richtige ist, um ihn mit dem aktuellen Stand des Falles zu versorgen, zum andern weil er den zuständigen Detective nicht übergehen wollte.

Dougall scheint ein umgänglicher Mann zu sein, er räumte seinem Kollegen eine volle Stunde ein. Sein Entgegenkommen in der Sache könnte auch daher rühren, dass er von einer neugierigen Kommissarin, die gerade eine Frühgeburt hinter sich gebracht hat, keine allzu große Konkurrenz befürchtet. Vielleicht denkt der Detective sogar strategisch weiter, dass ihm eine Kollegin, die sich unter Brendergasts Dach befindet, bei Ermittlungen später noch nützlich sein könnte. In jedem Fall tauschten sich die beiden Polizisten über den Fall aus, danach fuhr Ralph zurück nach Stratford.

Er hätte sich nun zu Rosy aufmachen und seine Erkenntnisse mit ihr teilen können, aber Ralph ist nicht nur ein praktischer, sondern auch ein sensibler Mensch. Er denkt nicht im Traum daran, die frisch gebackene Familie Escroyne auf der Intensivstation zu belästigen. Stattdessen fährt er zu einem Ziel, das ihm ergiebiger erscheint.

Ralph stellt seinen Dienstwagen auf dem Betriebsparkplatz der Royal Shakespeare Company ab. Nachdem er eine Mitarbeiterin der RSC telefonisch um ein Gespräch gebeten hatte, wird er nun bereits erwartet. Lynne Brendergast nimmt den Sergeant in Empfang.

»Danke, dass Sie sich die Zeit nehmen«, begrüßt er die Frau im anthrazitfarbenen Kostüm. Sie hat ihr blondes Haar hochgesteckt.

Mrs Brendergast führt Ralph in einen Bürotrakt des ehrwürdigen Hauses. »Sie arbeiten für Mrs Escroyne?«, fragt sie.

»Nur vorübergehend.« An Mrs Brendergasts Seite betritt er einen Konferenzraum. »Wissen Sie schon, dass Rosy vor zwei Tagen …«

»Einen Sohn geboren hat«, nickt Mrs Brendergast. »Ich habe ihr prophezeit, dass mein Mann in seinem Fach der Beste ist.«

»Noch scheint das Kind nicht über den Berg zu sein.«

»Das ist nur eine Frage der Zeit.« In dem lichtdurchfluteten Raum mit einem Podium und mehreren Mikrofonen bietet sie ihm einen Platz an.

»Wo sind wir hier?«

»An diesem Ort werden unsere Pressekonferenzen abgehalten. Manchmal finden auch Lesungen statt.«

Ralph holt die Notizen aus der Tasche, die er sich während des Gesprächs mit Dougall machte. »Darf ich mit Ihnen über den Tod Ihrer Tochter sprechen, Mrs Brendergast?«

»Über Angies Tod?«, erwidert sie mit unübersehbarem Unbehagen. »Nicht über den von LeMarque?« Sie wollte sich gerade setzen, impulsiv steht Mrs Brendergast wieder auf.

»Entschuldigen Sie, dass ich dieses schwierige Thema berühren muss.« Er wartet ab, ob sie etwas einwendet. »Wie erklären Sie sich den Suizid Ihres Kindes?«

Ihr Blick schweift über die breite Front der bodentiefen Fenster. »Angies Selbstmord war nur die logische Konsequenz ihrer wahren Todesursache.«

»Ihre *wahre* Todesursache?« Ralphs Stift verharrt über dem Notizheft. »Glauben Sie etwa auch nicht, dass sie sich freiwillig das Leben nahm, so wie Ihr Mann?«

»Das hat mit Theos Theorie nichts zu tun. Ich bin überzeugt, dass Angie in Wirklichkeit an gebrochenem Herzen starb.« Die Schultern der Frau am Fenster beginnen zu zittern. Sie hält den Blick von Ralph abgewandt. »Verzeihen Sie. Es geht schon wieder. Bitte fragen Sie.«

»Was meinen Sie mit dem *gebrochenen Herz* Ihrer Tochter?«

»Wenn sich das Leben eines jungen Menschen derart unerbittlich zum Schlechteren verändert, sodass dieser Mensch es einfach nicht länger ertragen kann, dann ist es möglich, dass sein Herz darüber bricht. Bei Angelina war das der Fall. Als ihre Verzweiflung so groß wurde, dass sie es nicht mehr aushielt, sah sie nur noch einen Weg.« Mrs Brendergast macht eine Geste, als ob sie jemandem nachwinken würde. »Angie war von zu Hause ausgezogen, weil sie draußen die Freiheit gewittert hatte. Stattdessen wurde sie in ein Gefängnis gesperrt.«

»Sprechen Sie von der Droge? Von Crystal Meth?«

»Ich spreche von einem Gefängnis der Seele, in das sie eingekerkert worden war. Auf anderem Weg hätte LeMarque es nie geschafft, meine selbstbewusste, lebensfrohe Tochter in seinen Bann zu bringen.«

»Was war mit der Liebe zu Tim Stratham? Hätte diese Beziehung Angie nicht aus dem Gefängnis befreien können?«

»Timmy?« Ein schwaches Lächeln. »Tim war für Angie nur ein Freund.«

»Mit dem sie aber auch ins Bett ging.«

»Was bedeutet das schon? Angie mochte Tim und schenkte ihm ihre Sympathie, mehr wäre daraus nicht geworden.«

»Mr Stratham hat sich von dieser Liebesbeziehung viel mehr versprochen.«

»Tja, die Liebe.« Fahrig wischt sich Mrs Brendergast über die Augen. »Wir erwarten immer etwas Besonderes von der Liebe, aber bekommen wir es auch?«

»Sie und Ihr Mann haben bestimmt oft über Angies Schicksal gesprochen?«

»Anfangs ja. Später hat sich Theo immer mehr zurückgezogen. Er ließ mich nicht mehr wissen, was er plante und wie er Angie helfen wollte. Und eines Tages war es dann dafür zu spät.«

»Wie ging Ihr Mann mit Angies Tod um?«

»Theo hat geschrien vor Schmerz. Ich habe noch nie einen Menschen so entsetzlich schreien hören.«

»Wo war das?«

»Bei uns zu Hause. Er tobte, er hat seinen Kopf gegen die Wand geschlagen, er stieß Stühle und Tische um. Er wollte es einfach nicht wahrhaben. Schließlich rannte er ins Freie, nahm eine Axt und ließ sie auf unseren gerade erst eingepflanzten Kirschbaum niedersausen, wieder und wieder.«

»Mit einer Axt?«

»Mit dem Erstbesten, was er fand.«

»Glauben Sie, er wollte sich abreagieren?«

»Nein, das hatte eine tiefere Bedeutung. Dieses Bäumchen hatten Theo und Angie zusammen gepflanzt, kurz bevor sie nach Birmingham ging. Im Grunde war es das Letzte, was Theo und unsere Tochter gemeinsam getan hatten. Der Baum war danach so stark beschädigt, dass er einging.«

Ralph legt den Block beiseite und stützt die Ellbogen auf die Knie. »Vier Tage danach wurde LeMarque ermordet. Hat Ihr Mann Ihnen gesagt, dass er LeMarque an jenem Tag aufsuchen würde?«

»Ja, er hat es mir erzählt. Ich wollte ihn davon abhalten, aber er ließ sich nicht umstimmen. Nachts kam er dann mit blutbefleckten Kleidern nach Hause.«

»Haben Sie seitdem über diese Vorfälle gesprochen?«

»Nein.«

»Weshalb nicht?«, erwidert Ralph konsterniert. »Sie haben Ihr einziges Kind verloren. Hat das Ihre Ehe nicht auf besondere Weise zusammengeschweißt?«

»Nein, Sergeant.«

»Das verstehe ich nicht. Die Untersuchungshaft, die Anklage, der Medienrummel… Ihr Mann macht gerade eine schwere Zeit durch. Braucht er dabei nicht Ihre Hilfe?«

»Schon möglich. Trotzdem haben wir seit Angies Tod kaum noch Kontakt zueinander.«

»Wollen Sie mir das erklären?«

»Es war etwa der Zeitpunkt, als ich hinter sein Verhältnis gekommen bin.«

»Werden Sie ihn wegen der Affäre mit Miss Hoffman verlassen?«

»Das gehört nicht hierher.«

»Ich versuche nur, den Hintergrund zu begreifen, weshalb Sie Ihren Mann belasten.«

»Weil er der Mörder ist«, antwortet Mrs Brendergast nüchtern. »Aus keinem anderen Grund.«

»Eine letzte Frage.« Ralph greift wieder zu seinen Notizen. »Ist an dem Tag, als Angie starb, etwas Besonderes vorgefallen, von dem Sie wissen?«

Ein kurzer aufmerksamer Blick. »So ist es, Sergeant. Angie hat mich angerufen.«

»Wann?«

»Wenige Stunden bevor sie …« Mit einem schweren Seufzer lässt sich Mrs Brendergast auf einen Stuhl sinken. »Meine Tochter war in einem Zustand, wie ich sie noch nie erlebt hatte.«

»Rief sie öfter an?«

»Sie hatte es seit Wochen nicht getan. Ich habe mich darüber gefreut, bis ich merkte, dass etwas nicht stimmt.«

»Was war das?«

»Angie sprach von Tim. Sie sagte, sie hätte so einen netten Kerl gar nicht verdient. Sie habe ihm nur wehgetan. Sie bat mich, ihm auszurichten, dass es ihr leidtue. Ich antwortete, das solle sie ihm besser selbst sagen. Das hätte sie versucht, aber *er* habe Tim nicht zu ihr gelassen.«

»*Er*, war das LeMarque?«

»Das habe ich nicht gleich verstanden. Erst nach Angies Tod habe ich Tim darauf angesprochen. Er sagte, dass er genau an dem Tag, als Angie sich das

Leben genommen habe, in LeMarques Haus gewesen sei. Er wollte Angie sehen und mit ihr reden. Er wollte sie sogar von dort mitnehmen, aber LeMarques Leute hätten ihn brutal hinausgeworfen.«

Während er hastig schreibt, fragt Ralph: »Wenn aber Angelina später ungehindert das Haus verlassen konnte und ihre verzweifelte Tat beging, hätte sie dann nicht einfach auch LeMarque verlassen und zu Tim fahren können, an dem offenbar ihre Gedanken hingen?«

»Nein, das konnte sie nicht.« Mrs Brendergasts Schultern sind gebeugt vor Trauer. »LeMarque brauchte Angie nicht einzusperren, er hatte sie längst an die Kette gelegt. Ihr Körper konnte ohne die Droge nicht mehr leben, ihr Geist ertrug es nicht länger, davon abhängig zu sein. In ihrer Verzweiflung hat Angelina Körper und Geist vernichtet.«

Ralph liest die letzte Zeile noch einmal, bevor er den Block langsam zuklappt.

15

Die Pferdezucht

»Als rachsüchtig und kalt kann man diese Frau keinesfalls bezeichnen.« Ralph beißt in eine Blätterteigpastete. »Ich frage mich auch, wie man auf die Idee kommt, sie sei narzisstisch und an ihrer Tochter nicht interessiert gewesen.«

In Brendergasts Refugium gibt es natürlich keine Kantine oder etwas ähnlich Bodenständiges. Damit bei den Patientinnen auch außerhalb ihrer Suiten das Gefühl gewahrt bleibt, sie seien eher in einem Wellnesstempel als in einer Klinik, unterhält der Klinikkoch in dem Gebäudekomplex ein Bistro. Dorthin habe ich mich mit Ralph zurückgezogen, nachdem Rosy eingeschlafen ist. Der Kleine wurde wieder in die computergesteuerte Sicherheit des Frühgeburtenraumes zurückgebracht.

»Mrs Brendergast ist eine sensible, gebildete und tief verletzte Frau, die trotz ihres Kummers den Job bei der Shakespeare Company professionell erledigt.«

»Ist das denn für den Brendergast-Fall von Bedeutung?«

»Was?«

»Dass seine Frau warmherziger ist, als man auf den ersten Blick vermutet?«

»Aber ja. Bis jetzt bestand die Annahme, sie würde ihren Mann aus Eifersucht anschwärzen, sie wäre sogar bereit, ihn ins Gefängnis zu bringen, um ihn von Miss Hoffman wegzulocken. Ich glaube dagegen, Lynne Brendergast schaut tiefer in ihren Mann hinein als jeder andere. Sie weiß, wozu er fähig ist und wie weit er gehen würde.«

»Du neigst also inzwischen auch zur Meinung, Brendergast sei der Mörder?«

»So wie die Dinge liegen...« Ralph kaut.

»Das habe ich Rosy von Anfang an gesagt: Wenn alle Indizien gegen ihn sprechen, dürfte der Doktor es wohl auch gewesen sein.«

»Wie sollen wir Rosy das bloß beibringen?«

»Gar nicht«, antworte ich prompt. »Ich bin froh, dass sie sich für Fragen ihres Jobs derzeit kein bisschen interessiert. Es ist eine Wonne, ihr zuzusehen. Rosy will nichts anderes als ausruhen und mit ihrem Jungen zusammen sein.«

Ralph trinkt von seiner Biolimonade. »Hast recht, Arthur, wir wollen es dabei belassen. Und wenn wir Rosy nichts erzählen, dann brauche ich auch nicht weiterzurecherchieren.«

»Du sprichst mir aus der Seele, Ralph. Wir legen den Fall Brendergast einfach auf Eis«, bestätige ich frohgemut.

Zum ersten Mal seit Rosy sich mit dem Mord beschäftigt hat, bin ich beruhigt, dass die junge Mutter nichts mehr in dieser Angelegenheit unternehmen wird. Philipp John lässt jedes andere Thema für sie verblassen. Als ich mich bei Ralph bedanke und aufstehen will, hält er überrascht im Kauen inne. »Willst du mich loswerden? Ich habe noch nicht aufgegessen.«

»Tut mir leid, nein, es ist nur … Ich sollte dringend aufbrechen.«

»Wohin?«

»Nach Hause.«

»Ich dachte, keine zehn Pferde würden dich von Rosy wegbringen.«

»Jetzt, da es ihr besser geht, wollte ich schnell mal nach meinem Garten sehen. Es ist ja nur eine kurze Fahrt.«

Ralph weist zu seinem Dienstwagen auf dem Parkplatz. »Soll ich dich mitnehmen?«

»Danke, ich nehme den Volvo.«

Zehn Minuten später verabschieden wir uns und fahren mit zwei Autos in die gleiche Richtung.

Ich habe Ralph belogen. Das ist bedauerlich, aber die Wahrheit hätte ihn in einen Gewissenskonflikt gebracht. Rosy und ich brauchen dringend Geld. Genau das darf die treue Petersilie aber nicht wissen, weil Ralph sofort angeboten hätte, uns auszuhelfen. Das könnten wir um keinen Preis annehmen.

Es stimmt, dass mich mein schlechtes Gewissen dem Garten gegenüber nach Hause treibt, entscheidender aber ist: Ich habe meine Schwester nach Sutherly Castle eingeladen. Mathilda ist die Ältere von uns beiden und ziemlich vermögend. Zugleich ist Mathilda eine besonders anstrengende Person. Natürlich hätte ich sie ins Krankenhaus einladen müssen, damit sie ihren Neffen kennenlernt, doch das wollte ich Rosy nicht zumuten. Die beiden haben sich nie besonders vertragen.

Selten hat sich eine Schlussfolgerung bei mir so widerwillig eingestellt wie jene, dass ich niemanden außer Mathilda um Hilfe bitten könnte. Ich werde meine Schwester um ein Darlehen bitten, damit ich das Darlehen bei der Bank zurückzahlen kann. Eine groteske und beschämende Situation, doch ich gedenke, sie zu meistern.

Als ich mich Sutherly Castle nähere, werden meine Zweifel durch eine schöne und heitere Stimmung verdrängt: das Gefühl, wieder nach Hause zu kommen. Ich war nur eine knappe Autostunde von daheim entfernt, trotzdem ist es herrlich, in unser Städtchen Trench-upon-Water einzufahren, an dessen höchstem Punkt das Schloss thront. Langsam gleite ich durch die vertrauten Gassen, am Rathaus und der Gemeindebibliothek vorbei, an der Feuerwehr und den drei nebeneinandergelegenen Immobilienbüros. Ich passiere unseren Supermarkt, die Kirche und den Friedhof und stelle den Wagen auf meinem Parkplatz ab. Näher kommt man mit dem Auto an Sutherly nicht heran. Ich blicke hinauf: Wie oft bin ich diese einhundertsechs Stufen schon müde, nachdenklich oder vollbepackt hochgestiegen. Heute durchpulst mich die Energie eines Teenagers. Zuversichtlich, die ganze Strecke im Laufschritt zu schaffen, nehme ich die ersten dreißig Stufen, komme auf der Hälfte in Atemnot und muss mich an einem Ginsterzweig festhalten, um nicht zu straucheln. Keuchend lasse ich mich auf die Treppe sinken. Nachdem sich mein Atem beruhigt hat, überwinde ich den verbleibenden Höhenunterschied in gemäßigterem Tempo.

Wie wohl das tut, den schweren Schlüssel in der Eichentür herumzudrehen und das alte Gemäuer zu betreten. Ein anderer als ich würde jetzt die Post durchsehen oder sich vergewissern, ob im Kühlschrank kein Biotop aus Schimmelpilzen entstanden ist. Ein anderer würde vielleicht Telefonate führen und seine Heimkehr bekannt geben. Ich aber halte viel lieber Zwiesprache mit Wesen, die mir genauso ans Herz gewachsen sind wie Menschen – meine Pflanzen. Kaum ins Schloss gekommen, verlasse ich es durch die Hintertür schon wieder und schlüpfe in die Gummistiefel. Vor Jahrhunderten hoch über der Stadt angelegt, breitet sich mein Garten vor mir aus. Jetzt erst bin ich wirklich zu Hause.

Es ist kaum zu schildern, wie liebevoll ich meine Ligusterhecke, die zweigeschlechtlichen Sanddornsträucher, die Birke, den Nussbaum und meine Rosenbeete begrüße. Während ich das Lorbeerlabyrinth durchstreife, streichle ich zärtlich die Blätter, verweile kurz in der Laube, wo Rosy sich manchmal zurückzieht, wenn ihr die Lösung eines Falles besonders schwerfällt. Ich liebe jeden Quadratzoll dieses Bodens, er ist tief mit meiner Seele verwachsen, ich bin ein Teil von ihm. Auch wenn das gesetzlich nicht einfach werden dürfte, möchte ich eines Tages hier begraben werden, in dieser guten englischen, escroynschen Erde. Mir wird ganz weh zumute. Um diese Minuten voll auszukosten, setze ich mich auf die Bank, die vom letzten Regen noch feucht ist, strecke die Beine aus und verbinde meine Seele mit der Schönheit dieses Platzes.

Lange währt meine Erholung nicht, denn Mathilda stürmt die Festung. Schnaufend von der Anstrengung des Treppensteigens kommt sie aus der Hintertür gelaufen.

»Hab ich mir gedacht, dass ich dich hier finde.« Sie zögert einen Moment, mit ihren Pumps ins matschige Gras zu steigen, und tut es schließlich doch. »Wieso ist es im Schloss so kalt?«

»Ich bin gerade erst zurückgekommen.«

»Einheizen hättest du wenigstens können.«

»Ich wollte erst ein paar Minuten hier im Garten …« Es ist sinnlos, Mathilda zarte Seelenvorgänge zu schildern, sie prallen an ihr ab. Meine Schwester nimmt mich in ihre kräftigen Arme. Mathilda hat die Statur eines Preisboxers. Wenn sie lacht, erinnert ihr Gesicht an das eines Pferdes. »Arthur, ich gratuliere! Es ist so wunderbar, ach, es ist großartig, dass du endlich einen Erben hast.«

»Danke dir, Mathilda.«

Meine Schwester ist kinderlos. Ich hatte nie den Eindruck, dass sie deshalb in ihrem Leben etwas vermisst, doch hätte sie Kinder bekommen, ich aber nicht, wären diese Nachkommen die Träger des Namens und der Earl-Würde geworden.

»Schade, dass du Rosy nicht besuchen konntest. Sie liegt noch auf der Intensivstation«, sage ich und bin auf meine Ausrede nicht besonders stolz.

»Das hole ich bald nach.« Mathilda lacht das Mathilda-Lachen. Es beginnt tief unten in der Körpermitte, arbeitet sich kehlig empor, bis es als grelles Wiehern aus ihrem Mund schießt. Auch dieses Lachen ist daran schuld, dass wir uns so selten sehen.

»Wie geht es dir?«, schreit sie mir ins Ohr.

»Müde bin ich vor allem. Die Aufregungen der letzten Tage ...«

»Komm, lass uns reingehen und einen Tee trinken.« Sie schlingt den Kaschmirschal um ihre Schultern. »Und dann erzählst du mir alles bis in die kleinste Einzelheit.«

Wir kehren ins Schloss zurück und ich drehe die antike Heizung auf. Wenig später sitzen wir am Küchentisch, Mathilda nimmt Milch zum Tee. Sie hätte es sich wohl lieber im Salon gemütlich gemacht, doch in der Küche wird es schneller warm.

Früher als beabsichtigt schneide ich das heikle Thema an. »Tildy, ich muss mit dir reden.« Die Sache ist mir peinlich und je schneller ich sie hinter mir habe, desto besser. »Rosys Leben und auch das des Kindes hingen an einem seidenen Faden. In dieser Lage konnte uns nur einer helfen, Doktor Brendergast. Jetzt liegt sie in seiner Klinik und wird auch noch eine Weile dort bleiben müssen.« Ich blicke in Mathildas braune Augen. »Es ist eine Privatklinik, und ich weiß im Moment nicht …«

»Du brauchst Geld?«

So unsensibel meine Schwester wirken mag, sie ist nicht schwer von Begriff.

»Nur vorübergehend«, antworte ich voller Hoffnung. »Ich habe das Schloss bereits mit einer Hypothek belastet. Jetzt weiß ich aber nicht, wie ich die Zinsen zahlen soll.«

»Wie viel Geld ist das denn?«

Ich nenne ihr die Summe der monatlichen Rate.

Mathilda stößt einen leisen Pfiff aus. »Das muss ja ein ganz besonderer Schuppen sein, wo Rosy niedergekommen ist.«

»Eher ein Palast.« Ich bemühe ein Lächeln. »Deshalb wollte ich dich fragen, Mathilda …« Ich stocke und hoffe, dass sie mich nicht zu lange zappeln lässt.

Meine Schwester und ich haben uns früh aus den Augen verloren. Während ich mich unserem kranken Vater, meinem Garten und einer Ausbildung zum Grafiker widmete, ging sie nach London und studierte Architektur. Dort begegnete sie ihrem zukünftigen Ehemann. Es war eine Liebesheirat – beide liebten die Pferde. Die schönste Zeit ihrer Ehe verbrachten sie auf dem Rücken der Vierbeiner. Mathildas Mann starb und hinterließ ihr ein kleines Vermögen, das es ihr ermöglicht, diese Leidenschaft weiterhin zu betreiben.

»Ich würde dir gern helfen, Arthur, aber ich habe selbst kein Geld«, antwortet sie, als wäre es das Natürlichste von der Welt.

»Kein Geld? Du meinst, du hast es angelegt... oder wie?« Ich suche nach Worten, zugleich spüre ich eine schwarze Befürchtung in mir aufsteigen, die sich zäh und dunkel durch meine Innereien bewegt.

»Es ist alles weg, mein Lieber. Ich kann's nicht anders sagen. Schlimmer noch, ich habe mich sogar ziemlich verschuldet.«

»Wie konnte das passieren, Tildy? Du warst doch immer diejenige von uns beiden, die mit Geld umzugehen weiß.«

»Tja, die Pferde.« Sie zuckt die Schultern. »Seit zwei Jahren widme ich mich der Pferdezucht. Dazu habe ich einige Tiere zu überhöhten Preisen gekauft. Ich wollte nur die Besten der Besten miteinander kreuzen. In dieser Zeit habe ich einen Tierarzt kennengelernt, interessanter, charismatischer Mann. Leider war der gute Doktor auch ein Scharlatan. Er hat die Pferde falsch behandelt, außerdem hat er mich in zweifelhafte Aktiengeschäfte hineingetrieben.«

»Weshalb warst du so vertrauensselig?«

»Ich habe ihn geliebt.«

Mir bleibt das Wort im Halse stecken.

»Ich weiß schon, was du sagen willst. Aber ich habe keine Lust, mein Leben lang allein zu bleiben, Arthur. Ein Tierarzt, da dachte ich eben, alles würde stimmen, dieser Mann wäre der Richtige für mich. Leider war er in geschäftlichen Dingen eine Niete und ein Feigling außerdem. Kaum war mein Geld aufgebraucht, ist er abgehauen.«

»Tildy, das ist ja eine Katastrophe.«

»Du sagst es.« Sie stößt ein kurzes Lachen aus. »Soll ich dir beichten, weshalb ich eigentlich hergekommen bin? Um dir zu gratulieren natürlich, aber außerdem wollte ich dich fragen, ob ich eine Hypothek auf Sutherly Castle aufnehmen darf.« Sie klopft so hart auf den Tisch, dass der Tee erzittert. »Ist das nicht ein Witz?«

Mit steinerner Miene antworte ich: »Ja, das ist ein Witz. Es tut mir leid, dass deine Liebesgeschichte so traurig ausging, Mathilda. Und es tut mir leid, dass Sutherly Castle deine Probleme nicht lösen wird.«

Da sitzen wir, die beiden Escroynes, unfähig, mit Geld umzugehen, und schauen einander in die Augen. Unversehens sind wir in die gleiche Lage geraten. Nichts ist uns geblieben als dieses alte Haus, in dem es durch die Ritzen pfeift. Doch wie es aussieht, wird nun auch das bald verloren sein.

16

Der Chauffeur

»Der ist ja unglaublich… klein«, sagt der Mann in der Lederjacke. Normalerweise ist Rosys Cousin nicht verlegen, wenn es darum geht, ein Kompliment zu machen, er hat ein ganzes Reservoir davon. Angesichts des winzigen Wesens hinter der Glasscheibe gehen Roger allerdings die passenden Worte aus.

»Natürlich ist er klein«, erwidert Rosy lächelnd, »er ist ja ein Baby.« Sie hat ihr Haar nach hinten gebündelt, sieht frischer und gesünder aus. Sie fasst mit beiden Händen durch die seitlichen Öffnungen des Brutkastens und nimmt ein Händchen von Philipp John.

»Braucht er denn all diese Kabel?« Roger betrachtet die Technik des Inkubators mit Skepsis. »Und diesen Schlauch?«

»Vorübergehend, nicht mehr lange«, antwortet die Mutter optimistisch. »Doktor Brendergast hat mir heute Morgen bestätigt, dass sich Philipps Lunge rasch entwickelt. Wir hoffen, dass die künstliche Beatmung bald nicht mehr nötig sein wird.«

»Dann heißt das also, das Schlimmste ist überstanden?«

Da kein Gegenstand aus Holz in Rosys Reichweite ist, klopft sie auf den eigenen Kopf. »Wir wollen es nicht beschreien, aber mittlerweile sieht die Welt wirklich wieder rosiger aus.« Rosy erzählt von der überstürzten Geburt, den ersten Tagen im Leben des Kleinen, von ihren Sorgen und Zweifeln, ob das winzige Kerlchen gesund sei. Nur die Sache mit dem elften Zeh behält sie für sich. Erst nach einer Weile bemerkt Rosy, dass ihr Cousin auf die wundersamen Geschichten vom Entstehen des Lebens merkwürdig wortkarg reagiert. Sie hält inne. »Was hast du, Cuz?«

»Nichts. Es freut mich, dass für dich und den Kleinen alles so gut läuft.«

Rosy fasst die Schwungräder und dreht den Rollstuhl herum. Da Philipp Johns Brutkasten möglichst ständig unter ärztlicher Aufsicht bleiben soll, Rosy aber auf die Gegenwart ihres Kindes nicht verzichten will, hat Dr. Brendergast ihr gestattet, sich täglich mehrmals im Rollstuhl zu ihm fahren zu lassen.

»Heraus damit, dir liegt doch etwas auf dem Herzen.«

»Wie kommst du darauf?«

»Weil ich dich kenne. Okay, Roger, nachdem du deinen Antrittsbesuch bei Philipp John ordnungsgemäß absolviert hast, kannst du mir ruhig beichten, was dir über die Leber gelaufen ist. Hat es mit dem Verweis zu tun, den du wegen des Malheurs im Theater gekriegt hast?«

»Nein.«

»Was dann?«

»Ich darf es dir nicht sagen«, entgegnet er widerwillig. »Ralph hat es mir verboten.«

»Ralph?«, fragt sie überrascht. »Ihr arbeitet doch in unterschiedlichen Dienststellen.«

»Sicher, aber weil ich dich nicht stören wollte, habe ich ihn angerufen.«

»Um was geht es?«

»Um Timmy Stratham.«

»Der Brendergast-Fall?«, will Rosy mit unverhohlener Skepsis wissen. »Hat sich da etwas Neues ergeben?«

Roger nickt schuldbewusst. »Ralph sagt, ich müsste es vor dir geheim halten, aber du merkst ja doch immer, wenn mir was unter den Nägeln brennt.«

Nachdenklich betrachtet Rosy ihr Baby. Es fühlt sich für sie an, als ob eine Geschichte, die bereits in der Vergangenheit zu verschwinden begann, unerwartet wieder auftaucht. Schließlich dreht sie sich zu Roger um. »Schau mich an. Sehe ich nicht gesünder aus?«

»Ein bisschen schmaler bist du geworden.«

»Glaubst du, dass alles für mich und das Baby getan wird?«

»Na klar.«

»Dann möchte ich jetzt hören, was du zu erzählen hast. Aber nicht hier. Ich will nicht, dass Philipp John solche Geschichten zu Ohren kommen.«

»Glaubst du, der Winzling hört schon etwas?«

Rosy mustert ihn mit einer Miene, die sagt: Was weißt du schon über die Psyche eines Kindes? »Ich bin sicher, dass er eine Menge mitkriegt. Er reagiert auf Licht und auf Berührung, er ist … ja, er ist wirklich schon da.« Bevor sie losfährt, beugt sich Rosy zur Plexiglasscheibe und haucht ihrem Jungen einen Kuss hin. »Schlaf schön, kleiner Prinz. Wenn du aufwachst, bin ich wieder bei dir.«

Rosy will zum Ausgang rollen, Roger packt die Griffe des Stuhles. »Ich mache das schon.«

Sie erreichen den Korridor. Rosy hält an, schaut eine Weile geradeaus, als ob sie erst einen Entschluss fassen müsste. Sie hebt den Blick zu Roger. »Also gut. Ich will es hören. Was ist passiert?«

»Tim Stratham hatte einen Nervenzusammenbruch. Es heißt, er soll während einer Theaterprobe durchgedreht haben.«

»Woher weißt du das? Ich meine, wenn so etwas passiert, steht es ja nicht gleich in der Zeitung.«

»Die Sache hat sich schon vor ein paar Tagen abgespielt. Stratham wurde gewalttätig, dabei hat er jemanden verletzt. Aus versicherungstechnischen Gründen hat das Theater die Polizei gerufen, der Vorfall wurde zu Protokoll genommen. So kam die Information zu uns. Ich habe sie von Detective Dougall persönlich.«

»Was ist mit Stratham passiert?«

»Nach seinem Anfall ist er zusammengebrochen und kam ins Krankenhaus nach Birmingham.«

»In welche Abteilung?«

»In die psychiatrische.«

Ein neugieriges Lächeln überzieht Rosys Gesicht. »Hör mal, Roger, das ist ja wirklich interessant.«

»Dachte ich mir, dass du so reagieren wirst.«

Sie greift selbst in die Schwungräder. »Lass uns weiterfahren. Ich will auf mein Zimmer.«

Roger stößt den Rollstuhl an und befördert seine Cousine in einem solchen Tempo durch den Flur, dass sich einige Patientinnen erstaunt nach dem rasenden Duo umdrehen.

Kaum dass sich die Tür der Apricot-Suite geschlossen hat, fragt Rosy: »Was unternimmt Detective Dougall in der Angelegenheit?«

»Nichts, soweit ich weiß.«

Erstaunt stoppt sie den Rollstuhl. »Nichts?«

»Dougall stuft den Vorfall als eine interne Auseinandersetzung unter Theaterleuten ein. Er ist davon überzeugt, den Fall schon gelöst zu haben. Für ihn ist und bleibt Brendergast der Mörder.«

»Wenn Angies früherer Freund plötzlich seine Kollegen attackiert, hat das für den zuständigen Detective keine Bedeutung?« Rosy hebt beide Arme. »Hilfst du mir oder soll ich den Pfleger rufen?«

»Helfen?«

»Ich will ins Bett.«

»Dafür brauchen wir keinen Pfleger.« Roger schlingt Rosys Arme um seinen Nacken und hebt sie hoch. Plötzlich zieht die junge Mutter schmerzhaft die Luft ein.

»Was ist los?«

»Nur die Narbe«, antwortet sie mit verzerrtem

Gesicht. Als Roger erschrocken innehält, zischt Rosy: »Setz mich ab, setz mich schon ab. Ich soll die Bauchmuskeln nicht anspannen.«

Vorsichtig lässt er sie aufs Bett sinken.

»Das ist immer der unangenehmste Teil.« Rosy stöhnt und wartet, dass der Schmerz verklingt. »Das ist aber noch nicht alles, stimmt's? Etwas hast du mir noch verschwiegen.«

»Ich fand es einigermaßen interessant, *wen* Tim Stratham attackiert hat.« Er hilft Rosy, sich zuzudecken.

»Und zwar?«

»Der Mann heißt Derek Bowles. Er ist eigentlich gar nicht bei der Royal Shakespeare Company angestellt.« Roger zieht die Decke bis zu Rosys Brust hoch. »Derek Bowles ist Miss Vandams Chauffeur. Deshalb habe ich überlegt …« Sein Ausdruck bekommt etwas Verschmitztes.

»Du hast dir überlegt, weshalb Tim Stratham den Chauffeur seiner Tante attackieren sollte. Und hast du eine Antwort gefunden?«

»Noch nicht. Mir ist nur eingefallen, dass Arthur und ich bereits Bekanntschaft mit Derek Bowles gemacht haben.«

»Wann?«

»Er war einer von den Muskelprotzen, die eingegriffen haben, als mir gegenüber Stratham … äh … die Hand ausgerutscht ist.«

»Willst du sagen, Miss Vandams Chauffeur stand sofort zur Verfügung?«

»Sie brauchte bloß zu pfeifen und er war da. Der Bursche ist zwei Meter groß und hat die Figur eines Kleiderschranks.«

Rosy schaut zur Decke hoch, als ob sie die Stuckverzierungen betrachten würde. »Miss Vandam verfügt also über einen dienstbaren Geist, der sich ständig in ihrer Nähe aufhält. Weshalb könnte sich ihr Neffe derart über diesen Mann aufgeregt haben, dass er ihn tätlich angriff? Wer von beiden wurde verletzt?«

»Der Chauffeur. Tim hat einen schweren Eisenstuhl nach ihm geworfen. Derek Bowles hatte eine Platzwunde an der Schläfe.«

Rosy streckt die Zehen unter der Decke hervor und bewegt sie. »War Miss Vandam bei dieser Probe anwesend? Natürlich war sie da«, antwortet Rosy sich gleich selbst. »Wozu sollte sich sonst ihr Chauffeur dort herumtreiben?« Sie wirft Roger einen anerkennenden Blick zu. »Hör mal, das ist ausgezeichnete Arbeit. Das würde man einem Langweiler aus der Asservatenkammer gar nicht zutrauen.«

Ein Schatten überzieht Rogers Gesicht, Rosy bemerkt es sofort. »Entschuldige, das war gemein. Du bist einfach ein guter Polizist.«

»Geschenkt.« Achselzuckend wirft er sich in den Sessel. »Was, denkst du, könnte man in der Sache unternehmen?«

Rosy senkt das Kinn auf ihre Brust. »Was sagt Ralph dazu?«

»Er und Arthur sind übereingekommen, den Fall den Kollegen aus Birmingham zu überlassen.«

»Das wäre wohl das Vernünftigste und für mich in jedem Fall das Beste.« Bei diesen Worten trommeln Rosys Finger unruhig auf der Bettdecke. »Andererseits sollten wir uns diese Entwicklung nicht entgehen lassen.« Sie schenkt Roger einen Schwertlilienblick. »Du hältst in Birmingham weiter die Ohren offen, ja? Finde heraus, wie lange Tim auf der Psychiatrischen bleiben muss. Kann er seine Proben am Theater fortsetzen oder muss er umbesetzt werden?«

»Weiter habe ich nichts zu tun?«, meint Roger sichtlich enttäuscht.

»Für die andere Aufgabe brauche ich jemanden, der einen direkten Draht zu Miss Vandam hat.«

»Wer soll das sein?«

»Der 36. Earl von Sutherly«, antwortet sie mit einem Schalk im Auge. »Im Umgang mit sensiblen Ladys kenne ich keinen geeigneteren Adeligen im ganzen Königreich.« Rosy betrachtet ihre Zehen, die ihr fröhlich zuwinken.

17

Glück

»Ich fand es nett, dass vorhin alle da waren.« Rosy betrachtet mich über die Schulter.

»Ja, ich auch.«

»Wurde es dir nicht zu viel?«

»Ich mag deine Familie, ganz ehrlich. Aber vorhin habe ich achtzehn Personen hier drinnen gezählt. Dein Clan hat die Apricot-Suite förmlich gesprengt.«

Rosy öffnet ihr Nachthemd und setzt das Gerät mit dem auffälligen Pumpenschwengel behutsam an ihre rechte Brust. »Opa Timothy ist im letzten Jahr schrecklich alt geworden.«

»Wie auch nicht? Er ist vierundneunzig.«

»Bis vor Kurzem lief er noch jeden Morgen in den Wald.«

»Wie heißt die Tante noch mal, die sich nach dreißig Jahren Ehe von ihrem Mann getrennt hat?«

»Tante Ruthie. Sie war schon immer die Abenteuerlustigste von uns allen. Ich fand es trotzdem nett, dass sie und ihr Exmann zusammen gekommen sind, um Philipp John zu begrüßen.«

Ich werfe einen Blick zum Brutkasten, der heute

Abend in Rosys Zimmer bleiben darf. Wir werden die erste gemeinsame Nacht mit unserem Kind verbringen. Dr. Brendergast war gerade noch hier, hat die Werte überprüft und sichergestellt, dass wir uns mit dem Befüllen des Behälters auskennen, durch den Philipp John ernährt wird.

Der Tag neigt sich. Ich habe den Sessel ans Fenster gerückt und lasse meinen Blick über die Landschaft schweifen. Wieder ein Tag, den unser Sohn gut überstanden hat. Bezüglich des sogenannten elften Zehs hat Brendergast uns beruhigt. Es handle sich um eine einseitige Polydaktylie. Der überschüssige Zeh hat kein eigenes Gelenk und ist somit eher eine Ausbuchtung des wirklichen Zehs. Wenn das Kind größer sei, könne man entscheiden, ob man operativ eingreifen solle.

»Es ist ein Glückszeh, wie ich dachte«, murmle ich mit Blick in die Weite, wo sich allmählich alles im Blau verliert.

»Was sagst du?« Rosy beginnt zu pumpen. Sie stößt dabei kleine Schmerzensschreie aus, ihre Brüste sind die Prozedur noch nicht gewöhnt. Langsam füllt sich das Fläschchen mit der durchscheinenden weißlichen Flüssigkeit.

»Findest du nicht auch, dass sich die Dinge zum Besten wenden?«, frage ich.

»Tun sie das?« Ich spüre Rosys aufmerksamen Blick, drehe mich aber nicht zu ihr um. Ich bin, das gestehe ich freimütig, von dem technischen Vorgang überfordert, durch den Rosys Muttermilch für das

Kind bereitgestellt wird. Wie sie da sitzt und pumpt, das stört meine Vorstellung von einer glücklich stillenden Mutter. Natürlich ist es die beste Methode, um Philipp John an die Ernährung durch Rosy zu gewöhnen und jetzt schon eine körperliche Verbindung zwischen beiden herzustellen.

»Mich wundert, dass man dir in einer solchen Klinik eine Milchpumpe aus Plastik zumutet und nicht eine aus achtzehnkarätigem Gold.« Ich kichere meinem dummen Scherz hinterher.

»Hilfst du mir mal?« Als ich mich umdrehe, hat Rosy sich wieder verhüllt. Auf dem Nachttisch steht das halb gefüllte Gerät.

Ich hole es. »Heute ist es mehr als sonst.«

»Ganz vorsichtig«, sagt Rosy vom Bett aus.

Wie Brendergast es mir zeigte, nehme ich den Pumpmechanismus ab, setze den schmalen Zylinder mit dem Kopf nach unten auf den Behälter außerhalb des Brutkastens und drehe das Ganze einmal im Uhrzeigersinn. In einem dünnen Strahl fließt Rosys Milch nach unten. Gleich wird Philipp in den Genuss seiner Nahrung kommen, auch wenn er sie noch nicht schmecken kann.

»Guten Appetit.« Ich streife einen Latexhandschuh über und fasse durch die Öffnung. Behutsam streichle ich seinen winzigen Popo und die angezogenen Beine, ich kitzle ihn am Ellbogen. Eine zarte Verrenkung, das scheint ihm nicht zu gefallen.

»Was machst du da?«, fragt die wachsame Mutter.

»Er ist genauso kitzelig wie du.«

»Hör auf. Ärgere ihn nicht.«

Vorsichtig berühre ich sein Köpfchen, spüre die Öffnung der Fontanelle, erschrecke ein wenig, wie groß sie ist, und ziehe meine Hand wieder zurück. Am Gesicht des Kleinen lässt sich schwer ablesen, ob er schläft oder wach ist. Die Augen sind halb geschlossen, man kann die Pupillen darunter erkennen. Durch den Atemschlauch wirkt sein Ausdruck, als ob er ständig unter Anstrengung stehen würde. Ich lausche auf das Geräusch der Pumpe, betrachte die Leuchtanzeigen, sie stehen alle auf Grün.

»Ein Abend, an dem einfach alles in Ordnung ist«, sage ich. »Dir geht es täglich besser, Philipp den Umständen entsprechend genauso. Ist das nicht ein Augenblick, den man als Glück bezeichnen kann?« Ich trete an Rosys Bett.

»Du bist ein alter Romantiker. Und du wirst ein großartiger Vater sein.«

»Wenn mir das gelingt, wäre es schön.«

»Du hattest selbst einen großartigen Vater, ihr habt euch geliebt. Ich weiß, dass du diese Liebe an Philipp John weitergeben wirst.«

»Ach, Rosy.« Ich schließe sie in die Arme. »Wenn alles nur so weitergehen könnte. Gerade haben wir es so richtig gut.«

Ich hebe ihr Gesicht zu mir und wir küssen uns, so schön, so innig, wie wir es länger nicht getan haben. Es ist ein Kuss wie unter Jungverliebten und es dauert eine ganze Weile, bis wir unsere Lippen voneinander lösen.

»Das gefällt mir«, knurrt sie. »Weißt du, manchmal hatte ich in letzter Zeit ein wenig Angst … Angst ist das falsche Wort. Ich war eifersüchtig.«

»Auf wen?«

»Auf den Zwerg dort drüben.« Beide wenden wir den Blick zu dem Kleinen. »Bisher bist du immer nur für mich da gewesen und hast mir jeden Wunsch von den Augen abgelesen. Jetzt gibt es da plötzlich einen weiteren Menschen, dem du deine Liebe schenken wirst.«

»Ich liebe dich sogar noch mehr als früher. Weil du mir diesen süßen Sohn geschenkt hast.«

»Weiß ich doch.« Sie knufft mich an der Schulter. »Das sind bloß die dummen Gedanken einer Frau, bei der die Hormone verrücktspielen.«

»Mach dir nie Sorgen um meine Liebe. Du wirst immer mein schönster Stern sein und meine Gefährtin.«

»Heute sitzen dir die Komplimente aber ganz schön locker.«

»Es ist die Wahrheit.«

»Apropos Komplimente.« Rosy rückt ein wenig von mir ab. »Bevor die versammelte Familie hier war, hat Roger mich allein besucht.«

Ich bemerke Rosys veränderte Haltung. »Ja und?«

»Er hat mir Neuigkeiten vom Brendergast-Fall gebracht.«

»Er hat *was*?« Ich springe auf.

»Beruhige dich. Roger war rücksichtsvoll und sehr behutsam. Es hat mehrere Aufforderungen meinerseits gebraucht, bis er mir etwas erzählt hat.«

»Dein Vetter kennt die Bedeutung des Wortes *rücksichtsvoll* überhaupt nicht«, rufe ich unbeherrscht.

»Lass doch die Drohgebärde, Arthur. Roger hat mir etwas Interessantes berichtet und ich möchte es gern mit dir besprechen.«

»Ich dachte, wir feiern heute unsere erste Nacht mit dem Baby.«

»Es ist gerade mal sieben Uhr. Was willst du den ganzen Abend lang machen?«

»Bestimmt nicht über einen Mord diskutieren.«

»Ich schwöre dir, ich tue nichts, was mir schaden könnte. Willst du mir etwa verbieten, meinen Kopf zu gebrauchen?«

»Wenn es sein muss, tu ich das.«

Rosy verschränkt die Arme. »Du spinnst.«

»Du machst mich wahnsinnig.«

»Als ob ein Gespräch mir schaden könnte.«

»Die Gedanken an Mord und Totschlag schaden dir. Und deinem Cousin haue ich eine rein, das kannst du mir glauben. Ich sorge dafür, dass der Kretin Hausverbot kriegt.«

»Ich selbst habe Roger angestiftet, mir zu berichten.«

»Ich rede mit dir über jedes Thema, das du willst. Aber nicht über den Fall.«

»Na schön. Dann wird Ralph sich der Sache eben annehmen müssen.« Rosy lässt sich in die Waagrechte sinken.

»Welcher Sache?«

»Du willst ja nicht darüber reden.«

»Welcher *Sache*?«

»Tim Stratham hat den Chauffeur von Lady Vandam attackiert. Er hat so heftig durchgedreht, dass er in die Nervenklinik eingeliefert werden musste.«

»Und was hat das mit dem Brendergast-Fall zu tun?«

»Sagtest du nicht, Miss Vandam sei der Tod von Angelina sehr zu Herzen gegangen?«

»Ich hatte den Eindruck, ja.«

»Sagtest du nicht, Angie und Tim hätten ein Theaterstück für den Star geschrieben und sie wollte es spielen?«

»Ja und? Was bedeutet das schon?«

»Ich würde dieses Stück gern lesen.«

»Wozu?«

»Es würde mir Angies Charakter entschlüsseln, auch ihre Sicht auf das Theater und auf Miss Vandam.«

»Angie ist tot und begraben. Tim Stratham kommt über ihren Tod nicht hinweg und läuft Amok. Was hat das mit dem Mord an LeMarque zu tun?«

»Roger sagte mir, der Chauffeur der Lady sei ein richtiger Herkules.«

»Das hätte ich dir auch sagen können.«

»Was mir immer wieder durch den Kopf ging: Nur jemand mit besonderen Körperkräften kann den Mord an dem Zuhälter begangen haben. LeMarque wurde brutal erschlagen, mit einem Gegenstand, der normalerweise zum Abhauen von Kokosnüssen oder Zuckerrohr benutzt wird. Wer verwendet eine Machete als Mordwerkzeug?«

Ich seufze, da ich mich nun also doch auf eine Fachsimpelei eingelassen habe. »Stratham sagte, Brendergast habe sich als Richter und Henker in einer Person aufgespielt.«

»Aber schau dir Doktor Brendergast doch genauer an. Er ist nur eins siebzig groß, ein sehniger, aber eher schmächtiger Mann. LeMarque war eins fünfundachtzig, untersetzt und muskulös. Wie soll das funktioniert haben, dass der kleine Brendergast den kräftigen LeMarque erschlug?«

»Er könnte ihn mit der Pistole bedroht haben.«

»Das ist eine tolle Erklärung«, erwidert Rosy höhnisch. »In der Rechten hält er die Kanone und mit der Linken schlägt er zu?«

»Ich verstehe nicht, worauf du hinauswillst. Ohne Beweise, ohne ein sichtbares Motiv verdächtigst du plötzlich den Chauffeur von Miss Vandam?«

»Ich will bloß wissen, was dort im Theater genau los war. Wieso hat Stratham einen Eisenstuhl nach dem Riesen geworfen?«

»Weshalb erzählst du deine Theorie nicht Detective Dougall? Soll der sich um die Aufklärung kümmern.«

Bevor Rosy protestieren kann, lässt uns ein winziger Laut verstummen. Im Brutkasten bewegt sich etwas. Philipp John streckt die Arme in die Luft. Seine Beine zappeln. Hat er gerade einen Laut von sich gegeben, ein Quieken oder Zwitschern? Angesichts der Tatsache, dass ein Schlauch an seinen Stimmbändern vorbeiführt, scheint das unmöglich.

Ich stürze hin und beuge mich über ihn. »Was hast du? Liebling, was ist denn?«

Seine Augen sind offen, der Mund scheint weiter aufgerissen zu sein als normalerweise.

»Kann es sein, dass er keine Luft mehr kriegt?«, rufe ich über die Schulter.

»Schau auf die Pumpe, schau auf seine Werte!« Ihren Schmerzen zum Trotz schlägt Rosy die Decke zurück und hebt die Beine aus dem Bett.

»Was machst du da?« Ich prüfe die Anzeigen am Brutkasten, obwohl ich gar nicht genau weiß, worauf ich achten soll.

»Ich will ihm helfen.« Rosy stellt sich auf ihre beiden Füße. Mit kleinen, tappenden Schritten kommt sie auf uns zu.

»Leg dich wieder hin!«

»Ich will … Ich muss …« Sie erreicht den Brutkasten und stützt sich darauf. »Was ist mit dir, mein Kleiner? Was hast du?«

Ich laufe zum Bett, drücke die Notfallklingel und hoffe, dass wir in dieser Klinik höchstens Sekunden auf das Eintreffen des Arztes warten müssen.

»Philipp …«, höre ich Rosy seufzen und sehe, wie sie an der Seite des Brutkastens niedersinkt und zu Boden gleitet. Drei Schritte und ich bin bei ihr.

»Rosemary!«

Aus schmerzvoll geweiteten Augen sieht sie mich an.

18

Stille

»Dass der Beatmungsschlauch seine Lage leicht verändert, ist nicht ungewöhnlich. Philipps Zustand hätte sich wahrscheinlich gleich wieder stabilisiert.« Dr. Brendergast reguliert die Frequenz von Rosys Infusion und kontrolliert den Sitz der Kanüle auf ihrem Handrücken. »Für Ausflüge zu Fuß ist es noch zu früh, liebe Mrs Escroyne.« Lächelnd betrachtet er sie vom Kopfende aus.

Philipp John wurde mittlerweile wieder in den Überwachungsraum zurückgebracht. Uns beiden ist bewusst, dass wir uns hysterisch, unkontrolliert und melodramatisch aufgeführt haben, so wie unerfahrene Eltern sich eben manchmal benehmen.

»Hätte ich zusehen sollen, wie mein Kind…?« Rosys Stimme ist sehr schwach.

»Sie hätten im Bett bleiben sollen. Ihr Mann hat das einzige Richtige getan und mich gerufen. Jetzt werden Sie gleich schlafen«, fügt er beruhigend hinzu. »Und Ihnen, Sir, lassen wir das Bett im Salon herrichten, damit Sie heute Nacht bei Ihrer Frau bleiben können.«

»Das Bett herrichten?«

»Der Zimmerservice kommt sofort.«

»Bitte bemühen Sie sich nicht. Ich kann mein Bett selbst machen.«

»Brauchen Sie Hygieneartikel, Zahnbürste oder Ähnliches?«

»Danke, nein. Ich hole meine Sachen aus der Pension.«

Rosys Blick folgt dem durchsichtigen Schlauch bis zum Infusionsbeutel. »Was haben Sie mir da gegeben?«

»Ein schwaches Beruhigungsmittel und etwas für Ihren Kreislauf.«

»Sie sedieren mich?«

»Ach, Mrs Escroyne, Sie lassen leider keine Gelegenheit aus, Dinge zu tun, die für Ihre Genesung nicht nützlich sind. Sie brauchen Ruhe, Stärkung und einen guten Schlaf.« Als wäre damit das letzte Wort gesprochen, wendet er sich um und nickt mir zu. »Wenn Sie doch etwas brauchen sollten, klingeln Sie einfach.« Im Schein der Deckenspots schreitet Brendergast aus der Apricot-Suite hinaus.

»Wenn ich gewusst hätte, dass ich bei dir schlafen darf, hätte ich das schon öfter gemacht.« Ich gehe ins Nebenzimmer, setze mich auf das bequeme Einzelbett und wippe auf der Matratze. »Die ist auf alle Fälle nicht so durchgelegen wie mein Bett drüben.«

»Komm zu mir«, haucht Rosy.

Kaum dass ich bei ihr bin, nimmt sie meine Hand und zieht mich zu sich. »Wir müssen jetzt aufhören, an irgendetwas anderes zu denken als an unsere Familie.« So ehrlich, so flehentlich und ratlos habe ich noch keinen Schwertlilienblick von Rosy geschenkt bekommen. »Alles, was über dich und mich und Philipp John hinausgeht, wollen wir von uns schieben, ja?«

»Du sprichst mir aus der Seele.« Vorsichtig, um ihre Narbe nicht zu berühren, umarme ich Rosy, ihr Kopf ruht an meiner Brust. »Bloß habe ich dir genau das Gleiche schon gesagt, seit du schwanger wurdest. Ich habe es dir Monat für Monat vorgebetet, jedes Mal, wenn der Job für dich wieder mal das Wichtigste zu werden drohte. Wie schön, dass du endlich von selbst draufkommst.« Ich hebe ihr Gesicht vor meines. »Alles, was uns drei nicht betrifft, hat ab jetzt keinerlei Bedeutung mehr, einverstanden?«

Sie nickt. »Danke, Arthur.«

»Gib mir die Hand drauf.« Ihre schmale Hand rutscht in meine, ich schüttle sie dreimal wie bei einem Ritual. »Das ist jetzt unser Pakt, Rosy. Mit dem Ermitteln und dem Grübeln und den Mordtheorien hat es ein für alle Mal ein Ende bis... na, sagen wir, zumindest so lange, bis wir drei gesund und glücklich nach Sutherly Castle zurückgekehrt sind.«

»Das ist ein guter Plan. Ich werde mich danach richten.«

»Das will ich dir raten. Du hast gerade einen Pakt darauf abgeschlossen.«

»Muss ich irgendwo mit Blut unterzeichnen?« Ein flüchtiges Lächeln in dem bleichen Gesicht.

»Du bist müde, ja?«

»Sehr. Wahnsinnig müde.«

»Weißt du was? Ich pfeife heute aufs Zähneputzen und bleibe gleich bei dir.«

»Fein«, höre ich sie flüstern, dabei dämmert Rosy schon ein. »Benutz doch meine Zahnbürste …«, sagt sie noch, dann ist sie eingeschlafen.

Ich betrachte ihre angestrengten Züge, die sich von Sekunde zu Sekunde mehr entspannen, streichle ihr Haar und werfe einen Blick auf die Kanüle, durch die Linderung in Rosys Körper geträufelt wird.

Unschlüssig, was ich als Nächstes tun soll, öffne ich das Fenster. Schwarz ist die Nacht, der Wind ist immer da, er streicht ums Haus, es riecht feucht, es wird regnen. Erst acht Uhr abends, es ist zu früh, um schlafen zu gehen. Ich habe nichts zu lesen dabei, fernsehen mag ich nicht. Ich schaue hinaus und lausche und hole mir aus der Stille, was die Stille gibt. Ich ziehe den Aprikosensessel ans Fenster, nehme eine Wolldecke aus dem Schrank und setze mich, die Beine auf den Heizkörper hochgelegt. Ich sitze nur da und lasse auf mich einwirken, was draußen und was drinnen ist. Was ich denke, ist gestaltlos, es will zu nichts führen. Auch wenn sich der Schlaf heranschleicht, versuche ich, wach zu bleiben, wach mit der Nacht zu sein. Ich kann nur hören, was draußen vorgeht, mein Auge durchdringt das Dunkel nicht. Der Wind trägt ein entferntes Motorgeräusch heran und das Plätschern des Flusses. Auf der Weide grasen die Kühe, ich meine, das satte Geräusch zu hören, wenn eine Kuh ein Büschel Gras ausreißt und zermalmt. Das Motorrad ist näher gekommen, es hält irgendwo im Umfeld der Klinik. Der Motor wird abgestellt. Ist das ein Pfleger, der zum Nachtdienst kommt? Ich vergesse das Motorrad wieder und ehe ich mich's versehe, bin ich im Besuchersessel eingenickt.

»Du kannst das nicht mit Rosy besprechen, weder jetzt noch ein andermal. Sie will nichts mehr davon wissen. Außerdem schläft sie noch.«

Da stehe ich als Wächter. Diesmal war ich im entscheidenden Augenblick zugegen, als sich ein Störenfried meiner Rosy unerlaubt nähern wollte. Es ist Roger, der Schreckliche. Seine Frisur sitzt heute Morgen etwas unordentlich, als ob er keine Zeit gehabt hätte, sie mit Brillantine zu formen. Das sonst glatt rasierte Gesicht umspielt der Schatten eines Bartes. Zwei Tage sind seit Rosys heilsamer Erkenntnis und unserem gemeinsamen Pakt vergangen.

»Wo kommst du überhaupt her um diese Stunde?«, frage ich den Cousin.

»Ich bin zeitig losgefahren.« Er weicht meinem Blick aus. »Es ist Vormittag. Wieso schläft Rosy noch?«

»Weil es ihr guttut.« Als Roger in die Suite spähen will, versperre ich ihm den Blick. »Du kannst nicht zu ihr, Roger.«

»Den ganzen Tag über?«

»So lange, bis sie aus Brendergasts Obhut entlassen wird.«

»Willst du mir verbieten, meine Cousine zu besuchen?«

»Du hast es erraten.«

»Ich habe spannende Neuigkeiten für Rosy.«

»Spannende Neuigkeiten sind Gift für sie.«

»Aber hör doch mal, Arthur, der Chauffeur von Miss Vandam hat kein Alibi.«

»Wozu braucht er ein Alibi?« Ich senke die Stimme, damit Rosy ein Reizwort wie *Alibi* nicht einmal im Schlaf zu hören bekommt.

»Für die Mordnacht, für den Zeitraum, in dem LeMarque erschlagen wurde.«

»Zehntausende Menschen in ganz Birmingham dürften für diesen Zeitpunkt kein Alibi haben«, erwidere ich abschätzig. »Wieso sollte Miss Vandams Chauffeur etwas mit der Bluttat zu tun haben?«

»Weil der Wagen der Lady in der Nähe von LeMarques Haus gesehen wurde – in der Mordnacht.« Auf mein erstauntes Schweigen fährt er fort: »Was hat das Auto der berühmten Schauspielerin ausgerechnet in der Nacht, als LeMarque erschlagen wurde, in Birmingham zu suchen?«

»Ein dunkelgrüner Jaguar ist nicht so selten. Es könnte das gleiche Modell von einem anderen Besitzer gewesen sein.«

»War es aber nicht«, widerspricht er großspurig. »Derek Bowles wurde nämlich bei dem Fahrzeug gesehen. Und du wirst zugeben, dass bei diesem Hünen eine Verwechslung kaum möglich sein dürfte.«

Ich trete vollends aus der Suite und ziehe die Tür

hinter mir ein wenig zu. »Wie bist du an all diese Informationen herangekommen?«

»Auf dem einfachsten Weg.« Roger stemmt die Hände in die Hüften. »Ich habe Detective Dougall gebrieft.«

»Die Mordkommission ist doch gar nicht deine Dienststelle.«

»Dougall weiß inzwischen, dass ich mich für den Brendergast-Fall interessiere. Er war meinen Argumenten gegenüber aufgeschlossen und ist der Sache nachgegangen. Zwei Officers haben sich mit einem Foto von dem Chauffeur in LeMarques Nachbarschaft umgehört. Mehrere unabhängige Leute konnten sich an den Zweimetermann erinnern.«

»Trotzdem begreife ich nicht, wie du von Tim Strathams Amoklauf zu der Schlussfolgerung kommst, der Chauffeur könnte mit dem Zuhältermord etwas zu tun haben.«

»Köpfchen und Intuition, mein Bester«, antwortet Roger blasiert.

»Nicht deine größten Stärken, würde ich sagen.« Ein kurzer Blick hinter mich. »Hat dich Rosy etwa auf diese Kombination gebracht?«

»Sie fand die Idee es wert, weiterverfolgt zu werden.«

Als Roger einen Versuch macht, sich der Tür zu nähern, verschränke ich die Arme. Ich bin größer als er, Roger besitzt allerdings die doppelte Muskelmasse.

»Na schön«, sage ich. »Da sich die Polizei von Birmingham jetzt um die Sache kümmert, braucht Rosy ja nicht mehr gestört zu werden.«

»Ich bin sicher, dass sie meine Neuigkeiten interessieren.«

»Und ich bin sicher, dass es nicht so ist.«

»Der Chauffeur wurde zum Verhör einbestellt, und zwar heute Nachmittag.«

»Viel Erfolg dabei.«

»Du lässt mich wirklich nicht zu ihr?«

»Wie heißt es so schön: *Nur über meine Leiche.*« Während ich keinen Inch vor ihm zurückweiche, schärfe ich meinen Blick auf jemanden, der hinter Roger herankommt. »Guten Morgen, Miss Hoffman«, rufe ich der Empfangsdame zu.

»Hallo, Mr Escroyne. Wie geht es Ihrer Frau?«

»Danke der Nachfrage. Sie schläft.«

»Ausgezeichnet. Waren Sie schon bei ihr drin, Mr Daybell?«, fragt sie Roger.

»Arthur lässt mich nicht zu ihr«, antwortet er, als ob er mich verpetzen wollte.

»So. Wie schade.« Ihr sylphidenhaftes Lächeln wandert zwischen uns hin und her. »Mr Escroyne wird gute Gründe dafür haben.«

»Die habe ich.«

»Dann müssen Sie sich wohl fügen, Mr Daybell.« Ohne Rogers Antwort abzuwarten, läuft Miss Hoffman durch den indirekt erleuchteten Korridor weiter. Heute trägt sie ein fliederfarbenes Kostüm.

19

Die Schlange

Seit dem *Vorfall* weiche ich Rosy nicht mehr von der Seite. Mehrmals am Tag besuchen wir unser Baby, wir plaudern mit Philipp John und streicheln ihn. Ich mag mich täuschen, aber er scheint zu wissen, dass wir es sind. Er wendet sich den Händen zu, die ihn sanft berühren, seine Augenlider zucken, wenn einer von uns mit ihm spricht. Unser Sohn erkennt die beiden Menschen, die sich schon bald rund um die Uhr um ihn kümmern werden.

Die Lösung des Mordfalles, der sich um den Leiter dieser Klinik rankt, ist mir ehrlich gesagt egal. Brendergast mag körperlich für die Tat zu schmächtig gewesen sein, weswegen tatsächlich ein anderer Täter infrage kommt; ein Chauffeur vielleicht, ein unglücklich verliebter Schauspieler oder ein bis jetzt noch völlig Unbekannter. Das alles hat mit dem Schicksal der drei Escroynes nicht das Geringste zu tun.

Sind wir etwa gezwungen, dem unsäglichen Roger Daybell auf der Fährte des Falles zu folgen? Müssen wir uns auf die Fersen dieses Taschenformat-Playboys heften, um Endgültiges über LeMarques Tod zu erfahren? Von Rosy wird keine Hilfe mehr kommen, genauso wenig wie von Ralph, der sich wieder den Fällen seines eigenen Polizeidistrikts zugewandt hat. Fast sieht es danach aus, als ob die Auflösung in Vergessenheit geraten könnte, wenn nicht ein Umstand eintreten würde, der eine seltsame Kettenreaktion nach sich zieht.

Am Abend nach Rogers verhindertem Besuch machen Rosy und ich es uns vor dem Fernseher gemütlich. Wir haben Philipp John eine gute Nacht gewünscht, als Antwort hat er in seine winzigen Hände geklatscht. Es ist beruhigend, nur ein paar Zimmer von ihm entfernt den Abend zu verbringen und zu wissen, der Tag rückt näher, an dem Brendergast die künstliche Beatmung beenden und Rosemary ihr Baby auf die Brust legen wird.

»Wir haben hier auch Pay-TV«, sagt sie, als ich unentschlossen durch die Kanäle zappe.

»Vielleicht finde ich ja was Interessantes.«

»Na was schon? Talkshows, Talentshows, Dokushows.«

»Gleich kommen die Nachrichten.«

»Die Gräueltaten von gestern werden die Gräueltaten von morgen sein.«

»Du bist ja auf unsere Medienlandschaft nicht besonders gut zu sprechen.« Zum Spaß zappe ich mit der Fernbedienung nach Rosy. »Jetzt hab ich dich auf lustig umgeschaltet.«

»Einen lustigen Film würde ich tatsächlich gern sehen.«

»Sekunde mal«, sage ich angesichts der Bilderfolge, die der stumm geschaltete Monitor präsentiert. »Ist das nicht...? Natürlich ist sie das.« Ich bin auf einen Film mit Scarlett Vandam gestoßen. Der Streifen muss vierzig Jahre alt sein, die große alte Dame ist ein platinblondes junges Ding, das scheinbar Dreck am Stecken hat. »Den kenne ich. Das ist Jahrzehnte her, seit ich den zuletzt gesehen habe.«

»Ist sie das auch wirklich?« Rosy zieht die Decke bis unter das Kinn.

»Wollen wir uns den angucken?« Ich stelle den Ton lauter. »Was zu trinken?« Und eile zur Hausbar.

»Einen Fruchtsaft bitte.«

»Ananas, Preiselbeere, Rhabarber-Erdbeer?«

»Bring auch was zum Knabbern mit.«

Ausgerüstet mit dem Nötigen kehre ich zurück und kuschle mich zu Rosy ins Bett.

Scarlett Vandam spielt eine junge Witwe, die einen Versicherungsagenten verführt, der es in der Hand hat, ihr die Versicherungssumme für ihren getöteten Mann vorzeitig auszuzahlen. Auf ihre unnachahmliche Weise schlägt Miss Vandam den Mann in ihren Bann. Doch der Lover ahnt, dass sie selbst den Ehemann umgebracht hat, er zögert, kämpft mit seinem Gewissen, lässt sich aber von der blonden Schlange einfangen und verfällt ihren Verführungskünsten rettungslos.

»Wieso begreift er nicht, dass sie die Mörderin ist?«, bemerkt Rosy trocken.

»Weil er sie liebt.«

»Weil er mit ihr ins Bett will.«

»Darf man mit Mörderinnen nicht ins Bett gehen?«

Rosy knufft mich in die Seite und langt nach den Potato Chips.

Der Film läuft noch eine ganze Weile, bis Rosy plötzlich tief durchatmet. Ich schenke dem noch keine Beachtung. Sie atmet ein zweites Mal und sehr tief durch.

»Was ist denn?«

»Sollte man diese Angelegenheit wirklich Roger überlassen?«

»Welche Angelegenheit?« Ich halte den Blick starr auf den Bildschirm gerichtet, obwohl ich ahne, worauf sie anspielt.

»Die Vandam-Sache.«

Abrupt drehe ich mich zu meiner Frau um. »War Roger bei dir? Hat er dir irgendwas erzählt?«

»Keine Sorge, er traut sich nicht mehr her, seit du ihn als Wachhund verschreckt hast. Aber er hat mir eine Nachricht geschickt.«

»Dieser Halunke!« Ich schlage auf die Decke, dass die Chips in alle Richtungen springen. »Ich dachte, du hast dein Handy ausgeschaltet.«

»Das dachte ich auch. Gestern Nachmittag war es plötzlich an.«

»Was meinst du mit *plötzlich*?«

»Ich hörte das Signal, dass ein Text reingekommen ist.«

»Handys schalten sich nicht von allein ein. Du

warst neugierig und hast gelinst, ob dir jemand geschrieben hat.«

»Ehrlich, Arthur, es war eingeschaltet, was soll ich sagen? Wahrscheinlich hatte ich es nicht richtig ausgemacht. Ich habe keine andere Erklärung.«

Per Knopfdruck lasse ich Miss Vandam verstummen. »Du brichst unseren Pakt nach nur drei Tagen, ist dir das klar? Du enttäuschst mich wirklich, Rosy.«

»Das habe ich nicht getan«, entgegnet sie vehement. »Eine Nachricht ist zu mir durchgedrungen, weiter nichts. Ich habe nicht darauf geantwortet. Ich hätte dir auch nichts davon erzählt, wenn wir nicht auf diesen Film gestoßen wären. Ich meine nur, du solltest noch einmal mit dieser Schauspielerin sprechen, auf einer … privaten Ebene. Der Polizei dürfte sie wahrscheinlich nichts verraten.«

»Weshalb sollte sie denn überhaupt verhört werden?«

»Ihr Chauffeur sitzt mittlerweile in U-Haft.«

»Was wird ihm vorgeworfen?«

»Es scheint erwiesen, dass er sich in der Mordnacht bei LeMarques Haus aufgehalten hat. Außerdem hat Mr Bowles eine Vorstrafe wegen schwerer Körperverletzung. Und weißt du, wo er die Strafe abgesessen hat?«

»Keine Ahnung.«

»Im selben Gefängnis, in dem auch LeMarque einige Zeit einsaß.«

»Willst du sagen, LeMarque und der Chauffeur kannten sich?«

»Es deutet alles darauf hin. Aber Bowles schweigt wie ein Grab. Die haben nichts aus ihm herausgekriegt.«

Während Scarlett Vandam im Film mit dem Auto durch die Nacht braust, beginne ich laut zu denken. »Bowles kannte LeMarque. Bowles war in der Mordnacht nahe dem Haus von LeMarque. Könnte Brendergasts Aussage also doch stimmen, dass er erst *nach* dem Mord dort eingetroffen ist?«

»Siehst du, es beschäftigt dich auch«, sagt Rosy und schmollt wie ein Kind. »Und mir machst du Vorwürfe.«

»Aber was sollte Bowles dazu gebracht haben, seinen Knastkollegen umzubringen?«

»Die Antwort liegt bei der blonden Schlange dort.« Rosys Finger pikt Richtung Bildschirm. »Es kann nur mit Angie Brendergast zu tun haben. Die Schauspielerin liebte dieses Mädchen. Kannst du mir sonst erklären, weshalb sie daran interessiert gewesen sein soll, das Erstlingswerk einer Anfängerin zu spielen? Miss Vandam liebte Angie und sie war glücklich für ihren leicht verhaltensgestörten Neffen, dass er so eine Frau für sich gewonnen hatte. Plötzlich aber verlässt Angie Tim, sie geht in eine andere Stadt, wird drogenabhängig und lässt sich zur Prostitution verleiten. Wenn Miss Vandam das gewusst haben sollte, muss es sie genauso aufgeregt haben wie Doktor Brendergast.«

»Schließlich beging das Mädchen sogar Selbstmord«, spinne ich den Faden weiter. »Das muss für die alte Frau schrecklich gewesen sein.«

»Siehst du?« Rosy lächelt. »Gemeinsam kommen wir der Wahrheit näher.« Sie trinkt von ihrem Saft. »Trotz seiner Vorstrafe hat Miss Vandam Derek Bowles als Chauffeur eingestellt. Entweder sie wusste nichts davon, oder sie tat es aus gutem Herzen. Jedenfalls kam sie irgendwie drauf, dass ihr Chauffeur den Mann kennt, der Angie auf dem Gewissen hat. Was könnte das bei Miss Vandam ausgelöst haben?«

»Du glaubst doch nicht, sie hätte dem Zweimetermann den Auftrag gegeben, zur Machete zu greifen?«

»Ich glaube zunächst gar nichts. Ich sehe nur zum ersten Mal eine konkrete Chance, Brendergasts Unschuldsbeteuerung zu untermauern.«

»Weshalb haben Vandam und ihr Neffe Angie aber nicht beschützt, *bevor* sie Selbstmord beging?«

»Vielleicht wussten sie nicht, wie ernst es um das Mädchen stand.«

»Und was soll das alles mit Tim Strathams Amoklauf zu tun haben? Weshalb hat er den Chauffeur verletzt?«

»Das ist genau das, was du herausfinden könntest, mein Lieber.«

»Warum ich? Weshalb überlässt du das nicht der zuständigen Behörde?«

»Weil ich annehme, es widerstrebt Detective Dougall, Brendergast als Mörder aus dem Visier zu lassen. Dougall dürfte Scarlett Vandam also eher sanft befragen. Und aus dem Chauffeur kriegt er laut Roger kein Sterbenswörtchen heraus.«

Ich starre auf den Rest der Chips in der Tüte, es sind fast nur noch Brösel. »Ich würde dir gern helfen, Rosy, und ich möchte natürlich auch nicht, dass ein Unschuldiger ins Gefängnis kommt. Aber ist es nicht genau das, was wir einander geschworen haben, *nicht* zu tun?«

»Ich weiß. Ich gebe dir vollkommen recht. Andererseits …«

Statt fortzufahren, macht Rosy den Ton wieder an. Die junge Vandam küsst den Versicherungsagenten und sagt: »Oh, Tom, würdest du das wirklich für mich tun?«

»Ich möchte Sie vor der Vorstellung nicht stören, Miss Vandam.«

»Hinterher werden wir uns aber kaum unterhalten können«, erwidert die Frau im schwarzen Bademantel. »Da wartet eine Menge Leute auf mich am Bühneneingang.«

»Das versteht sich.« So unauffällig wie möglich halte ich mich in der Ecke des schwach beleuchteten Zimmers auf. »Wenn Sie also jetzt ein paar Minuten Zeit hätten, wo könnten wir ungestört miteinander sprechen?«

»Hier.« Sie zeigt auf ihr kleines Reich.

»In Ihrer Garderobe?«

»Das ist der bestbehütete Ort von England.« Sie lächelt. »Vor meinem Auftritt darf mich niemand stören.«

Die Künstlergarderobe wirkt wie ein Museum englischer Schauspielkunst der letzten fünfzig Jahre. Sämtliche Größen, die auf unseren Bühnen gestrahlt haben, blicken mir von Fotografien entgegen; es sind zu viele, um sie aufzuzählen. Auch wenn Miss Vandam nur mitunter in Stratford gastiert, wird ihre Garderobe niemandem sonst zur Verfügung gestellt. Der Raum mutet wie ein Miniapartment an. Es gibt einen Kühlschrank, Wasserkocher und Espressomaschine, ein Ruhebett und ein TV-Gerät. Neben dem Fenster befindet sich der Schminktisch. Den Spiegel umrahmt eine Leiste aus Glühbirnen.

Scarlett Vandam beginnt, den Grundteint ihrer Maske aufzulegen.

»Sie schminken sich selbst?«, frage ich und wage mich immer noch nicht aus der Ecke.

»Nur bei einer zeitgenössischen Rolle wie dieser. Bei klassischen Stücken macht mich mein guter Charles zurecht.«

»Ich fürchte, ich kenne das Stück nicht, das heute Abend gespielt wird.«

»Da haben Sie nichts verpasst, Mr Escroyne.« Durch den Spiegel blickt sie zu mir hoch.

»Wollen Sie sagen, Sie mögen das Stück nicht, in dem Sie die Hauptrolle spielen?«

»Es ist nun einmal so, dass es für Damen meines respektablen Alters nicht mehr allzu viele gute Rollen gibt. Sogar Shakespeare hat keine einzige Hauptrolle für eine Großmutter geschrieben.«

»Aber Sie haben doch noch vor Kurzem Lady Macbeth und Titania gespielt.«

»Das ist zehn Jahre her. Und selbst damals hat ein Kritiker bei meiner Titania schon eine Bemerkung über die *geriatrische Elfenkönigin* gemacht. Warum setzen Sie sich nicht?« Sie weist auf die Ottomane.

»Hätten Sie aus diesem Grund auch das Stück von Angie Brendergast gespielt, weil eine gute Rolle für Sie drin war?« Ich nehme an der vordersten Kante Platz.

»Ich hätte es übernommen, weil es dem Mädchen viel bedeutet hat. Und weil man nur mit einer prominenten Besetzung die Mittel für so eine Produktion aufbringen kann.«

»Worin geht es in Angies Stück?«

»Lieber Mr Escroyne…« Den Schminkschwamm in der Hand wendet sie sich zu mir. »So viel Zeit haben wir leider nicht, um über Angies Werk zu plaudern. Warum kommen Sie nicht zur Sache?«

Von ihrer direkten Art überrumpelt, hasple ich ein paar nichtssagende Worte, bis Miss Vandam mich erneut unterbricht.

»Sie sind im Auftrag Ihrer Frau hier, das ist mir bewusst. Als Sie mich anriefen und sagten, Sie wollten den üblen Nachgeschmack unserer letzten Begegnung fortspülen, hatte ich zunächst keine Lust, Sie noch einmal zu treffen. Ich tue es trotzdem. Wissen Sie, warum?«

Ich gebe zu erkennen, dass ich nicht die geringste Ahnung habe.

»Weil ich möglicherweise in eine üble Situation geraten bin und für den armen Derek sieht es noch schlimmer aus.«

»Was für eine Situation?«

»Die Polizei, genau genommen dieser unerfreuliche Mensch, wie heißt er noch... *Dayton... Daybill?*«

»Roger Daybell«, helfe ich ihr auf die Sprünge.

»Dieser lästige Officer ist im Begriff, die Polizei von Birmingham davon zu überzeugen, mein Chauffeur könnte der Mörder von LeMarque gewesen sein. Und es steht bereits die Vermutung im Raum, Derek könnte in meinem Auftrag gehandelt haben.«

»Ich habe davon gehört«, gebe ich zurückhaltend zu. »Ich habe auch gehört, der Verdacht rühre daher, dass Mr Bowles in der Mordnacht in der Nähe von LeMarques Haus gewesen sei, und zwar mit Ihrem Wagen.«

Miss Vandam öffnet eine Schatulle, in der ich kleine Farbpaletten entdecke. »Das halte ich für unwahrscheinlich.«

»Zwei unabhängige Zeugen wollen ihn aber dort gesehen haben.«

»Ich wüsste nicht, was Derek in jener Nacht nach Birmingham geführt haben soll.«

»Mit anderen Worten, Sie wussten gar nicht, dass er dort war? Könnte Ihr Chauffeur den Jaguar ohne Ihr Wissen gefahren haben?«

»Das wäre nicht ungewöhnlich. Er macht häufig Besorgungen für mich.«

»Wie kam es dazu, dass Sie einen vorbestraften Mann in Ihre Dienste genommen haben?«

»Das ist für den aktuellen Fall nicht von Bedeutung.« Sie wechselt augenblicklich das Thema. »Weswegen ich Sie heute zu mir gebeten habe, Lord Escroyne …« Sie schickt ihrer förmlichen Anrede einen Blick hinterher. »Ihre Frau interessiert sich für diesen Fall, das weiß ich. Ich halte Ihre Frau für einen vorurteilslosen Menschen, ganz im Gegensatz zu den Beamten der Mordkommission von Birmingham.« Ein Stirnrunzeln. »Dieser Detective Dougall hat sich mir gegenüber ziemlich ungehörig benommen.«

»Wirklich? Rosy dachte, er würde Sie mit Samthandschuhen anfassen.«

»Wie kam Ihre Frau zu dieser Ansicht?«

»Weil Dougall sich die Indizienkette, wonach Brendergast der Täter war, nicht durcheinanderbringen lassen will.«

»Das ist leider Schnee von gestern, Mr Escroyne. Mittlerweile hat der Detective den Staatsanwalt im Nacken. Der zögert, Anklage gegen jemanden zu erheben, von dem er nicht mit hoher Wahrscheinlichkeit annehmen kann, dass er auch verurteilt werden wird. Der Staatsanwalt will sich absichern, deshalb geht Dougall dieser unsinnigen Spur sehr gründlich nach.«

»Verstehe ich Sie richtig, dass Sie sich von meiner Frau irgendeine Form von Hilfe erwarten?«

»Zumindest Objektivität.«

»Aber Miss Vandam …« Ich spüre, wie mir in plötzlicher Panik der Schweiß ausbricht. »Rosy ist nicht zuständig für den Fall und sie ist absolut nicht in der Verfassung, in die Ermittlungen einzugreifen.«

»Weshalb hat sie Sie dann hergeschickt?«, entgegnet die Schauspielerin und fängt an, dunklen Lidschatten aufzulegen.

Ratlos lasse ich den Kopf sinken und betrachte meine regennassen Schuhe auf dem hellen Teppich. Wie ich es auch anstelle, welches Mittel ich auch anwende, es scheint unmöglich, die Familie Escroyne aus diesem Fall herauszuhalten.

»Meine Frau möchte wissen, weshalb Tim Stratham Ihren Chauffeur neulich auf der Probe tätlich angegriffen hat«, erwidere ich ohne rechten Schwung.

»Natürlich will sie das wissen. Es ist der Schlüssel zu allem.« Aus dunkel geschminkten, faszinierenden Augen sieht mich die Schauspielerin an.

20

Öl ins Feuer

Derek Bowles und Gerard LeMarque saßen zusammen im Ashfield-Gefängnis in Gloucestershire ein, beide wegen Körperverletzung in mehreren Fällen. Zwei Jahre lang teilten sie sich eine Zelle, danach wurde LeMarque entlassen. Während der gebürtige Frankokanadier ein Verbrecher mit künstlich gebleichter weißer Weste wurde, ein großer Fisch im Drogenhandel, blieb Derek Bowles ein armer Teufel, der es auch nach seiner Entlassung nie so recht zu etwas brachte. Es mag an seiner auffälligen Statur gelegen haben, dass keiner dem vorbestraften Schläger einen Job geben wollte. Das änderte sich, als die Royal Shakespeare Company einen Statisten suchte, der den Henker von London spielen sollte. Während die Ausschreibung noch lief, entdeckte Scarlett Vandam den riesenhaften Bowles auf der Straße und sprach ihn an. Er bekam die Rolle des Henkers, ihm wurde der Zutritt in die heiligen Hallen der RSC gewährt. Während der Proben erzählte Bowles seiner Gönnerin seine traurige Lebensgeschichte, nach und nach fasste sie Vertrauen zu ihm und stellte ihn schließlich als Chauffeur ein.

Was Derek Bowles Miss Vandam nicht erzählt hatte, war, dass er den Kontakt zu LeMarque nie abgebrochen hatte und seit einiger Zeit Botengänge für den Drogendealer machte. Bowles war also unverhofft zum Diener zweier Herren geworden: Er chauffierte die berühmte Schauspielerin in ihrem dunkelgrünen Jaguar von der Wohnung zum Theater und erledigte Besorgungen für sie, zugleich ließ er sich auch weiterhin manchmal von LeMarque einspannen.

Einige Zeit später tauchte Angie Brendergast in der Shakespeare Company auf und fing ein Verhältnis mit Miss Vandams Neffen an, das für Tim Stratham mehr Bedeutung besaß als für Angie. Die hübsche Hospitantin wuchs der alten Dame ans Herz, Miss Vandam nahm das Pärchen unter ihre Fittiche. Angie schrieb ihr erstes Theaterstück, es gelang ihr, die alte Dame für das Werk zu gewinnen. Trotz dieser erfreulichen Entwicklungen hatte es den Anschein, als ob Angelina sich in Stratford bald zu langweilen begann. So faszinierend die Shakespeare-Welt nach außen sein mochte, die Achtzehnjährige hatte sich das Theater offenbar aufregender vorgestellt. Außerdem wohnte sie immer noch bei ihren Eltern und übernachtete nur von Zeit zu Zeit bei Tim.

Nach Miss Vandams Einschätzung war Angelina ein neugieriges kleines Biest, das herausgefunden hatte, dass man über Derek, den Chauffeur, an Drogen kommen konnte. Es begann mit ein bisschen Gras und Pot, aber bald probierte Angie auch Kokain aus. Zu diesem Zeitpunkt muss Derek sie wohl darauf hingewiesen haben, dass er jemanden kenne, bei dem es das weiße Zeug in Hülle und Fülle gebe – unter gewissen Umständen sogar gratis.

»Willst du mir etwa erzählen, dass dieser Chauffeur Angie und LeMarque zusammengebracht hat?« Mit einer Tasse heißer Schokolade in der Hand blickt Rosy zu mir auf.

»Es ist sogar wahrscheinlich, dass Derek Bowles Angie Brendergast die Tür zu ihrem Verderben geöffnet hat.«

Als ich vorhin in die Apricot-Suite geschlichen kam, war es nach Mitternacht gewesen. Rosy hatte geschlafen, ich wollte sie nicht stören, doch als ich leise zu meinem Bett huschte, erwachte sie und wollte sofort wissen, wie es mit Miss Vandam gelaufen war. Ich berichtete von einem belanglosen Theaterabend, der ohne den Star noch belangloser verlaufen wäre. Das interessierte Rosy wenig, sie wollte hören, was Miss Vandam mir erzählt hatte.

»Wenn sie die Wahrheit gesagt hat, wusste Miss Vandam lange Zeit nichts von der Gefahr, in die Angie geraten war«, setze ich fort. »Bowles blieb ihr treuer Diener, der zu jeder Tages- und Nachtzeit verfügbar war. Möglich, dass auch Bowles Angie aus den Augen verlor, nachdem sie in LeMarques Fänge geraten war. Kann sein, dass er wusste, dass das Mädchen sich an den Sexpartys beteiligte, jedenfalls nahm die Geschichte, wie wir sie kennen, ihren Lauf. Tim Stratham geriet in eine Lebenskrise, weil Angie ihn verlassen hatte, und verzweifelte daran, dass er sie nicht erreichen konnte. Er fuhr zu LeMarque, wollte Angie zurückholen und wurde von dessen Leuten hinausgeworfen. Auch Doktor Brendergast suchte nach seiner Tochter, erreichte aber genauso wenig. Schließlich entschloss sich Angie zu der letzten Flucht in ihrem Leben, sie beging den tragischen Selbstmord.«

Rosy ist während meines Berichts so munter geworden, dass sie sich aufgesetzt hat und die nackten Füße aus dem Bett baumeln lässt. »Und das rief Tim Stratham und Brendergast zum zweiten Mal auf den Plan.«

»Natürlich unabhängig voneinander.«

»Wer sagt uns das? Könnten sich die beiden nicht zusammengetan und den Drogenboss gemeinsam getötet haben?«

»Dafür gibt es keinen Anhaltspunkt.«

»Was sagte Miss Vandam dazu, dass Bowles in der Nacht des Mordes nahe LeMarques Haus gesehen wurde?«

»Sie glaubt nicht daran.«

»Ist ihr das Fehlen ihres Wagens nicht aufgefallen?«

»Offenbar nicht. Sie hat jetzt allerdings ziemliche Angst davor, dass die Polizei von Birmingham sie in Zusammenhang mit dem Mord bringen könnte.«

»*Falls* der Chauffeur der Täter war.«

»Genau.«

»Es gibt also noch keine Erklärung für Bowles' Fahrt nach Birmingham in der Mordnacht?«

»Nein. Ich habe allerdings eine mögliche Erklärung, weshalb Stratham vor ein paar Tagen durchgedreht hat. Offenbar hat er erst zu diesem Zeitpunkt erfahren, dass Bowles es war, der Angie an die Drogen herangeführt hat.«

»Wer hat Timmy das verraten?«

»Das weiß ich nicht, auch Miss Vandam konnte es mir nicht sagen.«

»Verstehe, gut, gut.« Rosy trinkt und leckt sich Schokolade von den Lippen. »Und jetzt interessiert mich, wie viel von dieser Geschichte die Schauspielerin Detective Dougall gestanden hat.«

»Darüber haben wir nicht gesprochen«, antworte ich, überrascht, dass es mir jetzt erst auffällt. »Ich war vor allem darauf konzentriert, mir alles zu merken, was Miss Vandam erzählte. Es lag ihr spürbar viel daran, die Story loszuwerden, und noch mehr, dass ich es dir so präzise wie möglich weitergebe.«

»Schon merkwürdig, oder?« Rosy wippt mit den Beinen. »Zuerst Roger, der mich über die Ermittlungen unbedingt auf dem Laufenden halten will, jetzt die alte Dame mit ihrer Redseligkeit. Warum kaprizieren sich die Leute nur so darauf, mich in die traurige Geschichte der Angie Brendergast hineinzuziehen?«

»Miss Vandam sagt, sie hoffe auf deine Objektivität.«

»Unsinn. Detective Dougall ist bestimmt genauso objektiv wie ich. Außerdem bin ich geschwächt, befinde mich im Mutterschutz und hätte, selbst wenn ich wollte, keine Möglichkeit, in den Verlauf der Ermittlungen einzugreifen. Trotzdem landen sämtliche neuen Erkenntnisse über den Fall in meinem Krankenzimmer.«

»Auch die Sache mit deinem Handy, das sich von selbst eingeschaltet hat...«

Einen Moment lang schweigen wir nachdenklich.

Rosy gibt mir ihre leere Tasse. »Es könnte also sein, dass die Polizei von Birmingham die gleichen Informationen hat wie wir. Was mag Dougall jetzt tun? Wird er auf Bowles als Tatverdächtigen umschwenken oder versucht er, die neuen Informationen in die Indizienkette gegen Brendergast einzubauen?«

Ein Blick zur Leuchtanzeige des TV-Monitors. »Himmel, weißt du, wie spät es ist? Fast halb zwei. Wir sollten morgen weiterreden.«

Auch wenn das Anspannen der Bauchmuskeln sie Schmerzen kostet, zieht Rosy ihre Füße unter die Decke zurück. »Ach, Arthur, das hast du großartig gemacht«, sagt sie mit zusammengebissenen Zähnen.

»Ich weiß nicht, wie großartig es ist, dass ich wieder Öl ins Feuer gegossen habe.«

»Ich passe schon auf mich auf. Während du draußen ermittelt hast, lag ich brav im Bett und habe geschlafen.«

»Wie geht es Philipp John?«

»Er war vier volle Stunden bei mir, wir haben uns unterhalten. Er freut sich darauf, wenn wir endlich miteinander kuscheln können.«

»Hat er das gesagt?«

»Ich habe es in seinen Augen gelesen.«

Wir lachen, wir umarmen uns. So bleiben wir eine ganze Weile liegen, bis Rosy eingeschlafen ist. Ich schlüpfe nach nebenan und mache mich für die Nacht bereit.

21

Kontaktaufnahme

Jedes neugeborene Säugetier sucht Sicherheit beim Körper der Mutter. Wenn Ihr Baby mit seinem Bauch die Mama spürt, dann fängt es meistens bald an, über Nahrung nachzudenken.«

Dr. Brendergast lehnt lässig an der Anrichte in Rosys Suite, ein Bein über das andere geschlagen. Er steht da, als spürte er nicht, dass zwei Leute fast außer sich sind vor Anspannung, Neugier und Vorfreude.

»Sie brauchen dabei nichts weiter zu tun, als Philipp John in die Position zu bringen, damit er seine Nahrungsquelle selbstständig erreichen kann. Ob er dabei von Ihrer Schulter nach unten rutscht oder schon mit dem Gesicht in der Nähe der Brust startet, macht keinen Unterschied. Sobald er hungrig ist, wird sein Kopf wie ein Specht auf- und abnicken, dann beginnt er, nach der Brust zu suchen.«

Brendergast ist klar, dass Rosy und ich Beschreibungen dieser Art in allen möglichen Büchern gewälzt haben, er weiß, dass wir es wissen und wissen, dass er es weiß. Er überbrückt einfach die Zeit, bis der große Moment gekommen ist.

»Neugeborene können sich vorwärtsbewegen, aber nicht rückwärts«, fährt er fort. »Philipp erwartet Ihre Brustwarze deshalb oberhalb seines Gesichts zu finden und nicht unterhalb seines Kinns.« Brendergast wendet sich um, im Korridor hat sich die Tür geöffnet.

Da kommt Philipp, der Prinz, unter Tüchern fast verborgen, in den Armen einer Schwester. Auch wenn sie sich mit normalen Schritten nähert, ist es uns, als ob ein Schutzengel hereinschweben würde. Philipp John ist eine Frühgeburt, er hat Schwächen, seine Lunge muss noch ausreifen, er hat elf Zehen, aber für Rosy und mich erscheint gerade die Hauptperson unseres künftigen Lebens auf der Bildfläche.

»Hallo, mein Liebling«, sagt sie schlicht. »Da bist du ja endlich.«

Die Schwester legt den Kleinen auf Rosys Brust.

Und da ist es mit mir vorbei. Die Tränen schießen mir in die Augen, ich weine stimmhaft, weine vor Freude und weil ich in dieser Situation gar nicht anders kann, als vor Glück zu heulen.

»Arthur, Lieber, was hast du denn?« Die Mutter mit dem Kind sieht mich aus Schwertlilienaugen an, während der Prinz sich an sie kuschelt, als hätte er nur auf diesen Augenblick gewartet.

Rosy ist plötzlich ganz jung, sie ist eine junge, von innen leuchtende Mutter. Die Beschwernisse, die Sorgen und Schmerzen fallen von ihr ab, jetzt da die Verbindung stattgefunden hat. Das Band zwischen Mutter und Kind ist geschlossen.

»Ich heule, das siehst du doch«, stoße ich unter gerührten Seufzern hervor.

»Willst du ihn nicht auch begrüßen?« Rosy streckt den Arm aus.

Während ich ehrfurchtsvoll näher trete, sehe ich aus dem Augenwinkel, wie Brendergast der Schwester ein Zeichen gibt, dass sie uns allein lassen soll.

»Ich habe Ihnen nun alle guten Ratschläge erteilt«, sagt er mit sonnigem Lächeln. »Philipp John wird Sie wissen lassen, wenn er Hunger hat. Das Babybett steht bereit und wenn Sie irgendwelche Fragen haben…« Er deutet zur Klingel. »Es ist immer jemand für Sie da.«

»Sind Sie sicher, dass er mühelos selbstständig atmen kann?«, frage ich an Rosys Seite.

»Das tut er schon seit zwei Tagen. Ich habe seine Fortschritte genau beobachtet. Vertrauen Sie mir, Ihr Sohn ist so weit, die Luft der großen Welt zu schnuppern.«

Aus ernsten, zugleich dankbaren Augen sieht Rosemary zu ihrem Arzt hoch. »Das haben Sie wunderbar gemacht, Doktor Brendergast.«

»Sie auch, Mrs Escroyne.« Ein letztes Nicken, dann verlässt er beschwingten Schrittes das Zimmer.

»Dieser Mann ist kein Mörder«, sagt Rosy leise, als ob Philipp John das nicht mitbekommen solle. »Ich kann mir einfach nicht vorstellen…«

»Pst«, mache ich, sinke neben ihr aufs Bett und lege meine Hand auf die Schulter meines Sohnes. Seine Augen sind halb geschlossen. »Schläft er?«

»Ach wo. Er zappelt und krabbelt.«

Noch während sie es sagt, zieht Philipp die Beine an und streckt sie heftig wieder aus. Irgendetwas scheint ihm nicht zu behagen. Sein Kopf ruckt nach vorn, eine Hand hebt sich und fährt schwungvoll auf Rosys Kinn nieder.

»Du haust die Mama gleich bei unserem ersten Rendezvous?«, lacht sie.

Die Unruhe des Kindes wird stärker.

»Soll ich die Schwester rufen?«

»Nein. Er soll sich erst mal an mich gewöhnen.«

»Schau, das Köpfchen wird ganz rot.«

Philipp druckst und gluckst und windet sich. Auf einmal hören wir einen Laut, den wir von ihm noch nie gehört haben. Ein heiseres Krächzen war das, ein Quengeln wird daraus, ein Quäken und jetzt stößt unser Sohn seinen ersten Schrei aus, nicht gerade furchterregend, aber es ist ein deutlich vernehmbarer Babyschrei. Der Schrei dringt durch die Apricot-Suite, er ist das Signal des jüngsten Escroyne, dass er angekommen ist, dass er Aufmerksamkeit möchte. Nachdem der Schrei heraus ist, folgt die nächste Sensation. Das Zwerchfell des 37. Earls schnellt nach unten und zieht die ausgeatmeten Lungenflügel mit sich, die sich erneut mit Luft füllen wollen – Philipp John macht einen tiefen Atemzug. Der natürlichste Vorgang des Lebens erscheint uns angesichts unseres krähenden Sohnes als das größte Wunder. Er schreit, er atmet, er windet sich auf der Mutterbrust.

»Was sollen wir tun?«, rufe ich über den Lärm hinweg. »Was will er denn?«

Rosy öffnet ihr Nachthemd bis nach unten und legt den schreienden Jungen so zurecht, dass er sich nur noch zu bedienen braucht.

»Hilf ihm«, will ich eingreifen. »Mach es ihm doch nicht so schwer.«

»Wieso? Ich lasse ihm sein Erfolgserlebnis.«

Wir beobachten, wie der Kleine unter Quieken und Quengeln das Köpfchen so weit vorschiebt, bis er die Quelle als Großes und Ganzes entdeckt, aber noch nicht den zentralen Punkt. Er presst sich an Rosys Brust, taucht in die Herrlichkeit ein, lässt den Kopf daran entlanggleiten, aber der letzte Genieblitz fehlt ihm noch.

»Hilf ihm, Rosy, woher soll er das denn wissen?«

»Instinkt.« Sie gibt dem Köpfchen einen hilfreichen Stups und damit erreicht Philipp John das gelobte Land. Seine Lippen, sein Näschen, seine Finger, der ganze winzige Körper wird auf die neue Sensation aufmerksam. Er ist auf der Suche nach Genuss, dem Nektar, den er zwar schon in seinem Magen hatte, aber noch nie schmecken durfte. So ist es nicht verwunderlich, dass der kleine Mann schlagartig mit dem Quengeln aufhört und sich der Lust des Trinkens hingibt. Dazu muss er die Vorzüge des Saugreflexes nicht erst erlernen, Natur und Instinkt sind ihm verlässliche Ratgeber. Sekunden nach dem Andocken saugt Philipp nach Herzenslust, als ob er sein kurzes Leben lang nie etwas anderes getan hätte. Sanft und glücklich schaut Rosy zu ihm hinunter, wehmütig und ein wenig vertrottelt lächelnd betrachte ich die beiden.

»Da ist er, unser Junge«, spreche ich Unbedeutendes aus, weil mir nichts Bedeutendes in den Sinn kommt.

»Ja, da ist er. Und da soll er auch bleiben.« Rosy ist ganz versunken in den Anblick und ihre Aufgabe, sie ist wie verwandelt. Es ist der erste Moment, in dem ich die Kommissarin in ihr vollständig vergessen kann und nur noch die Mutter sehe.

»Gott sei Dank«, schicke ich einen Stoßseufzer an die Decke. »Jetzt hast du es wirklich geschafft.«

»Zumindest bis er sein Bäuerchen gemacht hat. Das wird die nächste Herausforderung sein.«

Detective Inspector Francis Dougall kümmert sich nicht um einen Termin bei der Patientin des Sanatoriums. Detective Dougall klopft einmal kurz an die Tür der Apricot-Suite und betritt sie danach einfach. Er überrascht eine schlafende Kommissarin samt schlafendem Kind neben ihrem schlafenden Earl.

»Guten Morgen«, sagt der Chef der Mordkommission von Birmingham. »Sie schlafen noch?«, ist seine erste Reaktion auf die unerhörte Situation, die er selbst geschaffen hat. Der Detective ist nicht allein, er hat einen Constable bei sich, einen Mann in Uniform mit Schnäuzer.

Da Rosy wie üblich nicht so schnell um ihre Nachtruhe zu bringen ist, setze ich mich als Erster auf. »Wer sind Sie?«, murmle ich schlaftrunken.

Eine Polizeimarke taucht vor mir auf. »Dougall, Mordkommission Birmingham.«

»Wie kommen Sie hier herein?«

»Unten am Empfang war niemand, da haben wir uns die Freiheit genommen, gleich heraufzukommen.«

Der Schreck, die Indiskretion, die Anmaßung lassen meinen Blutdruck hochschießen. »Sie betreten unerlaubt ein Krankenzimmer?«, fahre ich ihn an. »Verschwinden Sie augenblicklich.«

»Mr Escroyne, nehme ich an?«, erwidert der Kommissar.

»Für Sie immer noch Lord Escroyne!«

Ich erhebe meine Stimme und mich selbst in die Senkrechte, bis ich merke, dass ich das Pyjama-Unterteil nicht angezogen habe, sondern nur die Jacke. »Raus mit Ihnen, ich rufe Brendergast.«

Eine warme und vertraute Hand schiebt sich unter der Decke über meine. »Lass, Arthur. Ist vielleicht ganz gut, dass der Detective mich besucht«, sagt Rosy leise, aber nicht so verhalten, dass Dougall es nicht hören könnte.

Auch sie kommt langsam hoch. Rotbraun umflockt das wilde Haar ihre Stirn, ihre Augen sind auf den Kollegen der anderen Dienststelle gerichtet. Auf ihrer Brust hält Rosy den schlafenden Philipp John.

Dieser Anblick überwältigt sogar den hartgesottenen Kriminalisten. »Oh, Sie haben Ihr Kind dabei? Das wusste ich natürlich nicht, Kollegin«, haspelt er.

»Wo soll ein Kind wohl anders sein als bei seiner Mutter?«

»Meinen herzlichen Glückwunsch übrigens.« Der Detective will seinen Fauxpas wiedergutmachen.

»Glückwunsch«, schließt sich der Constable an.

»Danke. Was führt Sie zu mir, meine Herren?«

Mit diesem königlichen Satz schiebt Rosemary mir den Säugling zu. Ich habe ihn während der Nacht einige Zeit im Arm gehalten, aber die volle Verantwortung so plötzlich übertragen zu bekommen, ist ungewöhnlich.

»Geben Sie mir die Möglichkeit, mich anzuziehen«, sage ich zu den Polizisten. Auf einen Wink von Dougall ziehen sich die beiden in den Flur zurück.

»Soll ich nicht doch lieber Brendergast rufen?« Ich steige in meine Hosen.

»Wozu? Ich wusste, dass Dougall früher oder später auftauchen würde.«

»Aber im Morgengrauen?« Ein Blick ins Freie zeigt mir, dass ich damit falschliege.

»Es ist halb zehn.« Rosy lächelt. »War das nicht eine wunderbare Nacht?«

Ein Kuss auf ihre Stirn. »Das war sie.«

»Und er ist nur vier Mal wach geworden.«

»Ein Engel. Ein absolutes Vorzeigefrühchen.« Angekleidet hole ich die Polizisten wieder herein.

Rosy weist auf ihren Sohn. »Er wird bald Hunger kriegen. So lange können wir reden.«

Behutsam schiebe ich das Baby im Rollbett nach

nebenan. »Ich lasse die Tür offen«, sage ich fürsorglich. Die Detectives sollen nicht glauben, dass die Schwertlilie ihnen schutzlos ausgeliefert ist.

»Danke, Arthur.«

Rosemary bleibt mit den Kollegen allein. Es kam mir nicht so vor, als ob sie vor der Aussprache nervös gewesen wäre. Rosy scheint vielmehr zu erwarten, dass sie aus der Diskussion mit dem Ermittler im Brendergast-Fall um einiges schlauer hervorgehen wird.

Ich betrachte unser Baby. Ich mag mich täuschen, aber nach der ersten Nacht bei seinen Eltern kommt mir Philipp John rundlicher, kompakter und selbst im Schlaf fröhlicher vor.

22

Harscher Ton

Detective Dougall ist verunsichert.«

Rosy hat den Jungen wieder an der Brust. Nach nur einem halben Tag wirken die beiden schon wie ein eingespieltes Team. Rosy gibt, er nimmt und schlemmt in vollen Zügen. Sein Gesicht bekommt dabei einen Ausdruck der Verklärung. Wenn er satt ist oder die Quelle versiegt, absolviert er den erforderlichen Rülpser, lässt sich zur Seite sinken, rekelt sich noch ein bisschen auf dem Bauch der Mutter und macht das nächste Nickerchen. Der 37. Earl schläft viel und Dr. Brendergast ist zufrieden damit. »Er sammelt Kräfte«, antwortete er auf meine besorgte Frage, ob das normal sei. »Er schläft und nährt sich und er wächst. Hunderte Prozesse sind bei Ihrem Sohn gerade in Gang. Das ist für den kleinen Organismus anstrengender als ein Marathonlauf. Es könnte eigentlich gar nicht besser laufen.« Der weiße Haarkranz des Arztes erschien mir nach dieser Antwort wie ein Heiligenschein: *Es könnte gar nicht besser laufen.*

»Ja, Dougall ist verunsichert«, wiederholt Rosy.

»Er hatte alles auf Rot gesetzt, doch jetzt beginnt er zu befürchten, dass die Kugel auf Schwarz fallen könnte. Trotzdem glaube ich, dass er Brendergast weiterhin für den Täter hält.«

»Wie will Dougall vorgehen?«

»Er lässt sämtliche Beweisstücke noch einmal testen, und zwar auf DNA-Spuren des Chauffeurs. Sollte sich herausstellen, dass Bowles zur Tatzeit bei LeMarque war, sieht die Sache übel für den großen Kerl aus. Dann müsste auch Miss Vandam wahrscheinlich mit einem Verfahren rechnen, im günstigsten Fall wegen Mitwisserschaft. Dabei *will* Dougall eigentlich keine Beweise gegen Bowles finden. Er sichert sich lediglich ab. Für ihn ist der Mörder Brendergast.«

»Ich kann Dougall verstehen.« Da ich ein Bewegungsdefizit bei mir feststelle, beginne ich, in der Suite auf und ab zu laufen. »Brendergast hatte ein extrem starkes Motiv, Rache für den Tod seiner Tochter. Bei Bowles sehe ich nichts dergleichen. Warum sollte er ausgerechnet den Mann töten, der ihm einen Job gegeben hatte?«

»Weißt du, was ich mittlerweile glaube?«

Ich bleibe stehen. Nicht, weil ich des Marschierens müde bin, sondern weil ich das siegessichere Schwertlilienlächeln an Rosy entdecke. Dieses besondere Lächeln überfällt sie nur in Momenten, wenn sich die Lösung eines Falles plötzlich vor ihr zu entblättern beginnt. So unerhört es sein mag, dass eine kürzlich entbundene Mutter einen Mordfall vom Kindbett aus lösen könnte, Rosy traue ich es zu.

»Ich glaube, dass der Mord nicht vorsätzlich geschah. Wer immer LeMarque aufgesucht hat, tat es wahrscheinlich nicht, um ihn umzubringen.«

»Und die Pistole, die Brendergast dabeihatte?«

»Selbstschutz, Vorsicht, Imponiergehabe, was weiß ich. Trotzdem nehme ich nicht an, dass er LeMarque erschießen wollte. Ich glaube immer mehr, dass ein Streit vom Zaun gebrochen wurde und dass der Täter im Zustand namenloser Wut zur Machete gegriffen hat. Für diese Waffe gibt es keine andere Erklärung als Mord im Affekt.«

Nachdenklich nehme ich meinen Rundgang durch das Apartment wieder auf.

Detective Dougall ist vorhin nicht gänzlich unverrichteter Dinge, aber auch nicht mit dem Ergebnis, das er erhofft hatte, wieder abgezogen. Sein Vorwurf, Rosy möge sich nicht in laufende Ermittlungen einmischen, war harmlos ausgefallen. Der Mann aus Birmingham hatte sie offensichtlich nicht verprellen wollen, denn Rosy sitzt an der Quelle. Sie verkehrt täglich mit dem Hauptverdächtigen und hat einen Eindruck von Brendergast bekommen. An diesem Eindruck war Dougall interessiert. Ob Brendergast mit Rosy über den Fall gesprochen hätte, wollte er wissen, sie musste ihn enttäuschen: Brendergast hätte nicht ihren Rat gesucht, sondern ihr im Gegenteil jede Beschäftigung damit verboten. Mit der schwachen Verwarnung, Rosy möge fortan vermeiden, durch ihr Eingreifen zu Verwerfungen während der Ermittlungen zu sorgen, waren die Männer aus Birmingham wieder gegangen.

»Was für Verwerfungen?«, frage ich in der Tür zum Nebenzimmer.

»Roger ist anscheinend die Verwerfung.« Rosy wechselt das Kind an die andere Brust. »Mein Cousin hat sich mittlerweile in der Asservatenkammer beurlauben lassen, um sich mit großem Eifer in die Brendergast-Sache hineinzuknien. Er hat förmlich darum gebettelt, zu dem Fall abkommandiert zu werden.«

»Dieser Roger«, schnaube ich. »Der Typ ist wie Mundgeruch, den man nicht loswird.«

»Mich macht neugierig, wieso er das tut. Roger hat sich beruflich noch nie ein Bein ausgerissen. Woher der plötzliche Feuereifer?«

»Er will dir imponieren.«

»So nahe stehen wir uns eigentlich nicht. Aber man kann in die Menschen nicht hineinschauen. Wenn Roger sich in den Kopf gesetzt hat, das Rätsel um Derek Bowles zu lösen, kann es mir nur recht sein.«

»Wie lange darf die Polizei den Chauffeur in U-Haft behalten?«

Rosy betrachtet ihr glücklich trinkendes Kind. »Bowles ist einschlägig vorbestraft, bei seiner Freilassung besteht Verdunkelungs- und Fluchtgefahr. Der Richter könnte hier eine Haftverlängerung verhängen.«

»Bleibt die Frage nach dem Motiv«, rufe ich vom

Fenster aus. »Aus welchem Grund soll der Chauffeur den Drogendealer erschlagen haben?«

Statt einer Antwort verändert Rosy von einer Sekunde zur nächsten ihren Ton: »Ja, war das fein? Bist du satt? Geht es dir gut? Ich sehe doch, dass es dir gut geht.« Sie lächelt, legt sich den Kleinen über die Schulter und tätschelt seinen Rücken, damit sich das Bäuerchen Luft machen kann. Ihr Gesicht neben seinem Popo, runzelt Rosy die Nase. »Arthur?«

»Ja?«

»Da wäre etwas zu erledigen.«

Ich eile zum Babybett und von dort mit einer frischen Windel zu Rosy. Auch wenn uns angeboten wurde, dass dafür eine Schwester zur Verfügung steht, lasse ich mir das Privileg, meinen Sohn zu wickeln, nicht nehmen.

Es ist alles weg. Ich habe mein einziges Sparbuch bis zum letzten Pfund aufgelöst. Dieses Geld hatte ich für Philipp John gespart. Stattdessen musste ich es in den Schlund des Bankhauses Anstruther & Son werfen. Dafür ist Geld schließlich da, dachte ich im ersten Moment, man braucht es, also benützt man es. Mit diesen Ersparnissen habe ich die erste Hypothekenrate bezahlt und mir damit einen Monat Luft verschafft. Womit ich die nächste Rate zahlen soll, ist mir schleierhaft.

»Da es Rosy ja erheblich besser geht, habe ich mir überlegt…« Schon stocke ich. »Ich habe darüber nachgedacht, wie lange sie wohl noch in stationärer Behandlung bleiben muss.«

Mit der freundlichen Hilfe von Miss Hoffman habe ich einen Termin beim Chef persönlich bekommen. Es ist nicht leicht, Dr. Brendergast außerhalb der Visiten zu Gesicht zu kriegen. Der Doktor verfügt über ein Chefbüro, doch beide Male, als ich dort vorstellig wurde, war er nicht da. Erst der Weg zu Miss Hoffman hat sich ausgezahlt.

»Ist Ihre Frau denn nicht zufrieden mit uns?« Brendergast lächelt, weil er sich nicht vorstellen kann, dass jemand anders als überglücklich sein könnte, von ihm behandelt zu werden.

»Rosy ist mehr als zufrieden«, beeile ich mich zu sagen. »Ich dachte nur, ob wir wegen ihrer erfreulichen Genesung nicht bald nach Gloucester zurückkehren könnten.«

Während ich es ausspreche, geht mir zum hundertsten Mal durch den Kopf, dass sich nur durch Brendergast alles zum Guten gewendet hat. Zugleich führt nichts an der Tatsache vorbei, dass jeder weitere Tag in dem Luxuskrankenhaus meine finanzielle Situation nur verschlechtern kann.

»Nach Hause?«, erwidert er mit hochgezogenen Augenbrauen. »Das ist ausgeschlossen, Mr Escroyne. Mutter und Kind sind noch lange nicht so weit, aus der ärztlichen Aufsicht entlassen zu werden.«

»Was meinen Sie mit *noch lange nicht*? Von wie vielen Tagen sprechen wir?«

»Von Wochen, Mr Escroyne. Philipp John ist ein besonders zartes Frühchen. Nur weil seine Entwicklung im Moment zufriedenstellend vorangeht, heißt das nicht, dass nicht jederzeit neue Komplikationen auftreten könnten.«

»Zum Beispiel?«

»Seine Lunge, sein Herz, wir müssen auch seine Verdauungstätigkeit erst prüfen.«

»Ich habe vorhin die Windel gewechselt«, gebe ich zu bedenken. »Das sah alles normal aus.«

»Was soll denn die plötzliche Eile, Sir?« Auch wenn Brendergasts Ton freundlich bleibt, fasst er mich scharf ins Auge. »Ich möchte Sie und Ihr Kind in einem Zustand entlassen, dass Sie drei mit gutem Gewissen nach Hause zurückkehren können.«

Die nächste Frage fällt mir besonders schwer. »Und wenn wir einfach ins Krankenhaus nach Gloucester zurückgehen würden?«

Der Weißhaarige legt den Kopf ein wenig schief. »Jetzt müsste ich eigentlich beleidigt sein. Wir tun hier alles, um Ihrer Frau den Aufenthalt so schön wie möglich zu gestalten, und Sie kommen mit so einem Vorschlag?«

»Das ist es ja gerade«, setze ich hinzu. »Es ist alles *zu schön.* Wir können uns eine Klinik wie Ihre einfach nicht leisten.« Ich wage nicht, der Koryphäe in die Augen zu sehen.

»Geht es um die Kosten?«, fragt er mit einem derart überraschten Lächeln, dass man glauben kann, die Idee wäre ihm von selbst nie gekommen. »Machen Sie sich darum bitte keine Sorgen, da finden wir schon eine Lösung.«

Seine pauschale Antwort kann mich nicht beruhigen. »Ich sehe nur nicht, wie. Rosys und meine Versicherung decken den Aufenthalt in einem normalen Krankenhaus, nicht aber in dieser Klinik.«

»Ich werde anweisen, dass man Ihnen die Möglichkeit zur Ratenzahlung gibt.«

Wie gern würde ich mich damit zufriedengeben und das unerfreuliche Thema beenden. Doch Ratenzahlungen nützen mir nichts, da sie das Problem nur aufschieben würden.

»Ich möchte Rosy trotzdem in die Klinik nach Gloucester bringen«, beharre ich mit schrecklich schlechtem Gewissen.

»Dazu kann ich meine Zustimmung nicht geben.« Brendergasts Ton klingt wie ausgewechselt. Schärfe, Härte, Kompromisslosigkeit schwingen in seiner Stimme mit. »Glauben Sie, die Geburt Ihres Sohnes war ein Kinderspiel? Bei der Verfassung Ihrer dreiundvierzigjährigen Frau und bei der Lage des Fötus war es eine Entbindung auf Leben und Tod.«

Gerade noch saß mir Brendergast im Drehsessel gegenüber, nun tritt er vor das Fenster.

»Auch die Behandlung des Jungen, der mit einer weitgehend untauglichen Lunge zur Welt kam, war ein heikler Eingriff. Heute mag Ihnen sein Zustand selbstverständlich erscheinen, doch Philipp John braucht nach wie vor spezielle ärztliche Aufmerksamkeit. In diesem Punkt lasse ich mir von keinem meiner geschätzten Kollegen in Gloucester in die Suppe spucken.«

»Natürlich, ich wusste ja nicht... Wie konnte ich ahnen?«, stammle ich.

Brendergast fällt mir ins Wort. »Lassen Sie mich meinen Job machen und kümmern Sie sich vorerst nicht um die Kosten. Die Gesundheit von Mutter und Kind sollten vor allem anderen stehen.«

Wie unendlich peinlich, mir diese schlichte Wahrheit von Rosys Arzt sagen lassen zu müssen. Wie stehe ich denn da? Wie ein Sparfuchs, der jedes Pfund zweimal umdreht, der für Frau und Kind nicht alles opfern würde, was er hat. »Entschuldigen Sie bitte, jetzt sehe ich klarer. Danke, dass Sie mir das plausibel gemacht haben.«

Meine Verabschiedung ist kurz, ich meide den Blick des Weißhaarigen, doch seine schroffe Erwiderung geht mir noch lange nach. Hätte er mir die Sachlage nicht auch ruhig erklären können? Weshalb die scharfe Abfuhr, der harsche Ton? Ich werde den Verdacht nicht los, dass Brendergast in Panik geraten ist, als er hörte, dass ich Rosy seiner Obhut entziehen will. Und das kommt mir doch ein wenig sonderbar vor.

23

Das verborgene Telefon

Rosy stillt den Jungen, es ist fünf Uhr morgens. Als der Kleine wieder eingeschlafen ist, bleibt sie wach. Sie wirft einen Blick zum angrenzenden Zimmer, wohin ich mich auf das Einzelbett zurückgezogen habe, es ist bequemer für uns drei. Zwei Nächte neben dem Neugeborenen fordern ihren Preis, ich habe einiges an Schlaf nachzuholen.

Rosy macht die Leselampe an. Ihr Blick schweift über die Wände, die Bilder, den Spiegel mit dem Goldrahmen; im warmen Kunstlicht schimmert die Aprikosenfarbe dunkler. Rosy verschränkt die Arme unter dem Kopf.

Vor ihrem Geist öffnet sie das Buch der Fragen. Sie zieht die Fakten zurate, die ihr zur Verfügung stehen. Dafür braucht sie keine Akten oder Dateien, nur ihren brillanten Verstand. Erwiesen ist, dass Dr. Brendergast machtlos zusehen musste, wie sein einziges Kind zugrunde ging. Seine Ehe ist am Zerbrechen, er hat eine Geliebte. Diese junge, kühle Frau nimmt eine merkwürdige Sonderstellung in der Klinik ein. Rosy stellt sich erneut die Frage, wieso Brendergast mit ihr bisher nie über den Mord sprechen wollte. Verhielt er sich nur aus ärztlicher Sorge so zurückhaltend? Weshalb wollte er dann aber um jeden Preis verhindern, dass Rosy seine Klinik vorzeitig verlässt? Liegt ihm ihr Schicksal wirklich so am Herzen oder steckt etwas anderes dahinter? Wo ist seine Wunde, wo ist die Lücke, durch die man ins Innere dieses Mannes sehen kann, der sein Sanatorium wie ein Imperium leitet und es genießt, für den unumschränkten Meister seines Fachs gehalten zu werden?

Rosy dreht sich zur Seite. Sanft lässt sie die Hand auf ihr Baby gleiten. Philipp Johns Atemzüge sind kurz und so schwach, dass sie kaum vermögen, Rosys Hand zu heben. Immer noch mutet sein Körper neben einer ausgewachsenen Menschenhand winzig an. Rosy verliert sich in zärtliche Gedanken an ihren Sohn, in Pläne, Fragen und so manche Sorge.

Ihre Gedanken wandern zu dem ungleichen Gaunerpaar, das erst vor Kurzem in dem Mordfall sichtbar wurde. LeMarque, der Hai, der den Drogenhandel in Mittelengland kontrollierte, und Derek Bowles, der kleine Fisch, der für ihn gearbeitet hat. Bowles, der gleichzeitig für zwei feindliche Parteien tätig war: Obwohl er eine Vertrauensstellung bei einer großen Schauspielerin besaß, gab er Miss Vandams Protegé an den Drogendealer preis. Damit hatte sich Bowles an Angies Tod mitschuldig gemacht. Wie ging er damit um? War er loyal zu LeMarque geblieben oder hatte ihn Miss Vandam dazu getrieben, Rache an LeMarque zu üben? Tim Stratham hatte ein schlüssiges Motiv, um dem Drogenboss den Tod zu wünschen. Wie sah es bei Miss Vandam aus? Und bei Derek Bowles? Den Zusammenhang, wie die drei in die Sache verwickelt sind, kann Rosy noch nicht erkennen. Den Zusammenhang, den ein bestimmter Mann verbissen herstellen möchte. Was hat Roger Daybell, Rosys sonst so ambitionsloser Cousin, von seinem Aktionismus? Was treibt ihn an? Warum interessiert er sich ausgerechnet für diesen Fall? Dass er Rosy imponieren will, genügt der Kommissarin nicht als Antwort.

Seufzend wirft sie einen weiteren Blick zu meinem Zimmer und wünscht sich, dass ich mich rühren möge. Sie würde jetzt gern mit mir reden und mir sagen, dass ich meine Tätigkeit als Wachhund vorübergehend aufgeben soll, damit sie Roger noch einmal auf den Zahn fühlen kann. Doch aus dem Nebenraum dringen nur meine gleichmäßigen Atemzüge herüber. Rosy muss sich gedulden, bis entweder die Morgensonne oder das Morgengeschrei meines Sohnes mich wecken wird.

Das Fenster ist geöffnet. Fürsorglich prüft sie, ob Philipp John gut zugedeckt ist. Er hat eine winzige Baumwollmütze auf, damit er auch am Kopf nicht friert. Irgendwo, ziemlich nah, startet ein Motor auf dem Klinikgelände. Das tiefe Brummen dringt entfernt zu Rosy, das Fahrzeug zieht an, schon entfernt es sich. Kein Scheinwerfer ist zu sehen. Eine Weile kann sie das Geräusch noch hören, dann verliert es sich in der belebten Stille des Morgengrauens. Sie dreht sich auf den Rücken und beschließt, noch ein wenig zu schlafen. Philipp John ist ein hungriger junger Mann, er dürfte bald seine nächste Mahlzeit fordern.

»Aber wir dürfen nur plaudern.« Rosy bietet Roger seinen gewohnten Platz im Aprikosensessel an.

»Schon klar.« Der Cousin ist ungewohnt adrett gekleidet, keine Lederkluft, sondern ein Cordanzug in Beige, er hat der Cousine Blumen mitgebracht; sie prangen in einer Vase.

»Wann sehe ich denn deinen Kronprinzen wieder?«, fragt Roger sanft.

»In einer Dreiviertelstunde dürfte er Hunger kriegen. Arthur fährt ihn solange im Park spazieren.«

»Er darf raus ... ich meine, der Junge? Ist das nicht ein bisschen früh?«

»Doktor Brendergast hat es befürwortet.« Rosy streckt den Arm nach dem schwenkbaren Tablett aus. »Die beiden bleiben in der Nähe der Klinik.«

»Ich freu mich so, dass alles für euch ein gutes Ende nimmt.«

»Ein Ende? Unser Leben mit Philipp John fängt ja gerade erst an.«

Roger springt auf. »Warte, lass mich das machen.«

»Danke. Könntest du den Tee eingießen?«

Ein kleiner Imbiss steht bereit, Rosy hat ihn für ihren Besucher kommen lassen.

»Leckere Sachen kriegt ihr hier.« Roger begutachtet die Sandwiches, gibt Rosy eine Tasse, nimmt sich selbst, setzt sich gesittet und rührt den Tee um.

»Erzähl schon«, sagt sie lächelnd, »sonst platzt du noch.«

»Erzählen?«

»Über deine Fortschritte.«

»In dem Fall? Ist das Thema denn nicht tabu?«

»Da du diesmal alles allein geschafft hast, kann ich mich zurücklehnen, Tee trinken und dir zuhören.«

»Aber Arthur sagte doch …«

»Arthur ist besorgt um mich, das ist verständlich. Aber ich bin ein großes Mädchen und kann selbst entscheiden, ob ich dir zuhören möchte oder nicht.«

Rosy ist ein großes Mädchen. Allerdings hat sie es nicht allein entschieden. Wir haben zehn Minuten darüber gestritten, bis das Geschrei von Philipp John uns zum Frieden zwang. Danach haben wir weiterdiskutiert. Rosy hat versprochen, nicht zu *ermitteln*, sie will lediglich auf den letzten Stand gebracht werden. Und niemand, sagt sie, säße derzeit dichter an der Quelle als ihr Cousin. Überflüssig zu erwähnen, dass ich nicht begeistert bin. Aber da Rosy im Übrigen alle Merkmale einer glücklichen Mutter an den Tag legt, da unser Junge mit seiner Mama zufrieden ist und mit bewundernswerter Präzision seine Mahlzeiten einfordert, da im Moment alles den Anschein hat, als ob es aufwärtsgeht, finde ich mich damit ab, dass das Glück der jungen Mutter Hand in Hand mit ihrem kriminalistischen Verstand geht. Insgeheim stimme ich ihr zu, Roger auf den Zahn zu fühlen: Der Schwachkopf scheint sich regelrecht in die Rolle eines Detektivs verliebt zu haben. Irgendetwas hat diesen Impuls bei ihm geweckt und selbst ich finde es interessant, herauszufinden, was das sein könnte.

Roger nimmt ein Sandwich. »Ich habe die Verbindung zwischen Derek Bowles und LeMarque ganz allein entdeckt«, sagt er mit unverhohlenem Stolz.

»Da war ich echt sprachlos, als Detective Dougall mir das erzählte«, antwortet Rosy. »Das war tolle Arbeit von dir.«

»Dir gegenüber hat Dougall mich gelobt?« Wie ein Schüler, der ein Fleißkärtchen bekommt, beugt Roger sich zu Rosy. »Wenn er mit mir spricht, tut er immer so, als wäre ich ihm lästig.«

»Weil er die Lorbeeren allein einheimsen will«, erwidert sie im Brustton der Überzeugung. »Verstehst du nicht: Dougall war auf der falschen Spur. Er glaubte, Brendergast als Täter schon dingfest gemacht zu haben. Und plötzlich kommt mein Vetter aus der Asservatenkammer und präsentiert ihm einen neuen Tatverdächtigen.«

»Da hat das Ego von Dougall wohl einen Dämpfer gekriegt«, lacht Roger dämlich.

»So sind die Vorgesetzten. Jeder will als der Beste dastehen.«

»Glaubst du auch, dass ich Brendergast quasi vom Strick losgeschnitten habe?«

»Sie hätten ihn zwar nicht gehängt, aber du hast dem Fall eine unerwartete Wendung gegeben.«

Keine Auszeichnung und kein Polizeiorden könnten Roger mehr bedeuten als das Lob seiner brillanten Cousine. Der junge Mann mit der Schmalzlocke blüht förmlich auf. »Es hat wirklich alles Hand und Fuß«, fährt er mit Feuereifer fort.

»Bis auf das Motiv.« Rosy legt den Finger auf den strittigen Punkt.

»Derek Bowles war in der Mordnacht vor LeMarques Haus. Derek Bowles hat seit Jahren für LeMarque gearbeitet. Er ging bei dem Drogenboss ein und aus.«

»Das würde erklären, wieso LeMarque ihn einfach in sein Haus ließ. Es ergibt aber noch kein Motiv für den Mord«, argumentiert Rosy. »Würdest du mir deine Einschätzung erklären?«

»Sicher, gern.« Angestachelt durch ihre Zuwendung legt er das Sandwich, das er bereits angebissen hat, beiseite und steht auf. »Wegen der ungewöhnlichen Tatwaffe halte ich es für einen Mord im Affekt.«

»Sehr gut«, nickt sie, als wäre dieser Punkt für Rosy nicht längst geklärt.

»Wegen des brutal geführten Schlages muss der Täter ein äußerst kräftiger Mann gewesen sein.«

»Unbestritten. Aber weshalb sprichst du von *einem* Schlag? Es wurden bei der Leiche über zehn Wunden festgestellt, die von der Machete rühren.«

»Der entscheidende, der tödliche Schlag war der erste.« Auf ihren überraschten Blick fährt er fort: »Das hat die zweite Obduktion ergeben.«

»Eine *zweite* Obduktion?« Rosy presst die Fingerspitzen gegeneinander.

»Dougall rollt alles noch einmal auf, er lässt sämtliche Indizien erneut prüfen. Da LeMarques Leiche noch nicht freigegeben wurde, hat er eine zweite Obduktion angeordnet. Mithilfe einer lasergestützten Fluoreszenztechnologie wurde eine spezielle Prüfung der Gewebeschichten durchgeführt.«

Durch ihr Nicken deutet Rosy an, dass sie von Rogers Detailkenntnis beeindruckt ist.

»Die Untersuchung hat ergeben, dass es nicht irgendein Schlag war, mit dem LeMarques Genick durchtrennt wurde, sondern der allererste. Die anderen Wunden scheinen ihm entweder im Affekt oder zur Ablenkung beigebracht worden zu sein.«

»Ein gezielter Mord, der als Raserei getarnt werden sollte?«

»Möglich.«

»Konntest du den Chauffeur persönlich verhören?«

»Ich war bei einigen Befragungen dabei und habe ihm meinerseits Fragen gestellt.« Roger seufzt. »Leider sieht der Junge nicht nur aus wie ein Berg, er benimmt sich auch so. Es ist, als ob man auf taubes Gestein einreden würde. Er sei es nicht gewesen, das ist alles, was er sagt. Zwei Zeugen haben ihn bei einer Gegenüberstellung einwandfrei als den Mann wiedererkannt, der in der Mordnacht beim Tatort war. Aber er sagt nur: *Ich habe es nicht getan.*«

»Und die DNA-Überprüfung der Beweisstücke?«

»Haben bis jetzt noch keinen Hinweis auf Bowles ergeben.«

»Dann dürfte Detective Dougall seinen ursprünglichen Hauptverdächtigen ziemlich schnell wiederbeleben.«

»Brendergast war es aber nicht«, erwidert Roger vehement.

»Wieso bist du so sicher?«

»Ich weiß es einfach. Der Täter muss in dem Dreieck Bowles – Miss Vandam – Tim Stratham zu finden sein.«

»Glaubst du tatsächlich, Miss Vandam hätte einen Mord in Auftrag gegeben?«

»Ich glaube, Bowles hat es letztlich aus freien Stücken getan. Vielleicht aus schlechtem Gewissen, weil er Angie Brendergast an LeMarque ausgeliefert hatte, vielleicht aus Loyalität zu seiner Gönnerin, vielleicht gab es wirklich einen Streit.«

»Verzeih mir, Roger …« Rosys Ton wird mütterlich. »Wenn du das weder durch Indizien noch durch ein Geständnis beweisen kannst, steht deine Theorie auf dünnen Beinen. Ich frage mich …« Sie macht eine winzige Pause. »… weshalb du dich an dem Chauffeur als Täter derart festbeißt.«

»Ich beiße mich nicht fest«, entgegnet er energisch. »Ich kann mir nur nicht vorstellen, dass der Kerl *zufällig* am Tatort war, ausgerechnet in der Nacht, als Brendergast LeMarque aufgesucht hat. Das würdest du doch auch nicht glauben.«

»Gäbe es dafür nicht noch andere Erklärungen?«

»Zum Beispiel?«

»Bowles könnte Brendergast von Stratford aus gefolgt sein.«

»Woher hätte er wissen sollen, dass Brendergast vorhatte, den Drogendealer ausgerechnet an diesem Abend aufzusuchen?«

»Könnte er ihn nicht beschattet haben?«

»Es lässt sich keinerlei Verbindung zwischen dem Doktor und dem Chauffeur feststellen. Die Klinik und die Royal Shakespeare Company liegen an unterschiedlichen Enden der Stadt, auch eine zufällige Begegnung scheint ausgeschlossen. Woher könnte Bowles erfahren haben, was Brendergast plant?«

Rosy schweigt. Sie ist ein wenig müde, das Gespräch strengt sie an. Sie sehnt sich nach ihrem Kind, freut sich darauf, ihm die Brust zu geben; das sind Minuten der Stille und der tiefen Verbundenheit. Sie spürt, dass eine grundsätzliche Frage aufgeworfen wurde: Wieso kamen Brendergast und Bowles zur gleichen Zeit an den Tatort? Sie begreift, dass Roger keine schlüssige Antwort hat, allerdings mit starken Hinweisen aufwarten kann. Sie fragt sich nach wie vor, weshalb er es mit solchem Feuereifer tut.

Rosy und ich haben abgemacht, dass sie mich ruft, wenn sie mit Roger fertig ist oder meine Hilfe braucht. Ihr Handy liegt unter der Bettdecke versteckt. Rosys Finger tasten sich dorthin, sie schickt die Nachricht per Knopfdruck ab. Der Text enthält nur ein einziges Wort: *Komm.*

Als mich die SMS erreicht, mache ich mit dem Kinderwagen auf der Stelle kehrt und laufe auf die Klinik zu. Mit jedem Schritt komme ich mehr ins Rennen, Philipp John wird ein wenig durchgeschüttelt. Überrascht öffnet er die Augen.

»Wir fahren zur Mama«, beruhige ich ihn. »Freust du dich auf die Mama? Hast du Hunger?«

Ich deute sein Quäken als Zustimmung und fahre in vollem Tempo die rollstuhl- und kinderwagenfreundliche Rampe hoch. Im Entree winkt mir Miss Hoffman freundlich zu.

24

Also doch

Es regnet schon die halbe Nacht. Das prasselnde Geräusch verschluckt die meisten anderen Laute. Rosy liegt wach. Nicht weil das Baby sie am Schlafen hindert, Rosy bereitet sich vor. Es ist kurz nach zwei. Sie lauscht auf meine Atemzüge nebenan. Es wurde zur Gewohnheit, dass ich bei offener Tür im Nebenzimmer übernachte; Rosy scheint es lieber so zu sein. Warum, das verschweigt sie mir. Vorsichtig hebt sie die Beine aus dem Bett. Seit Tagen steht der Rollstuhl daneben bereit. Rosy ist es leid, die Leibschüssel zu benutzen, selbstständig sucht sie die Toilette auf. Aber nicht jetzt.

Ein anstrengender Tag liegt hinter uns, Philipp John war unleidlich, hat oft geweint und ließ sich kaum beruhigen. Wir waren in Sorge, eine Kinderärztin untersuchte ihn, er bekam ein Zäpfchen. Gegen Abend wurde es besser. Nach den Spätnachrichten legten wir uns schlafen.

Die Wiege steht auf der meinem Zimmer zugewandten Seite. Rosy betrachtet das schlafende Baby im Schein der Nachtbeleuchtung. Der Kleine ist ein solider Schläfer, Hunger dürfte er so bald nicht kriegen. Auch wenn Rosy das Gehen schwerfällt, schiebt sie die Wiege ein Stück in meine Richtung. Die Beine sind noch schwach, die Narbe schmerzt. Sie presst die Hände auf den Bauch, kehrt um, erreicht mit ein paar tapsenden Schritten den Rollstuhl und greift zum Bademantel. Kaum hat sie ihn an, lässt sie sich in den Stuhl sinken und schlüpft in ihre Hausschuhe. Ein Blick zum Fenster, der Regen hält an. Rosy überzeugt sich noch einmal, dass Philipp schläft. Die Wiege steht nur wenige Yards von mir entfernt; sollte er erwachen, wäre ich sofort zur Stelle. Trotzdem plagt Rosy ihr Gewissen, es fühlt sich an, als ob sie ihr Baby im Stich lassen würde.

Warum hat sie mich nicht eingeweiht oder bat mich, für sie in die Bresche zu springen? Hätte ich mich geweigert? Ich weiß es nicht, denn ich schlafe. Entschlossen bewegt Rosy die Schwungräder auf die Tür zu, greift sich im Vorbeifahren meinen Regenschirm und legt ihn über ihre Beine. Sie öffnet, sieht sich draußen um und verlässt die Apricot-Suite.

Dieses Haus verfügt über alle Annehmlichkeiten für Patientinnen, die vorübergehend nicht laufen können, doch Rosy darf diese Wege nicht benützen. In den Bereitschaftszimmern sitzen die Schwestern, es gibt den Nachtservice, falls die Schwangeren nachts Hunger kriegen, es gibt einen Nachtwächter am Empfang. Lautlos passiert die Rollstuhlfahrerin das Zimmer, wo die Nachtärztin Dienst tut und keine Ahnung hat, dass eine Patientin gerade ihrer Obhut entflieht.

Rosy rollt in Richtung Serviceaufzug. Dort wird unbemerkt transportiert, was die Patientinnen nicht zu sehen brauchen: schmutzige Wäsche, benutzte Tabletts und der Müll. Rosy hat sich vergewissert, dass man für den Aufzug keinen Extraschlüssel braucht. Rot leuchtet der Druckknopf im dämmerigen Korridor, Rosy bedient ihn. Während sie wartet, sieht sie sich nach allen Seiten um. Jetzt könnte sie noch abbrechen, was sie vorhat. Wenn Rosy sich etwas in den Kopf gesetzt hat, bricht sie niemals ab. Die Türen öffnen sich, schwungvoll fährt sie in den Aufzug.

Der Hinterausgang im Erdgeschoss ist unbewacht. Sollte die Tür alarmgesichert sein? Rosy drückt die Klinke, nichts geschieht, sie rollt ins Freie. Die Luft ist kalt und frisch, Rosy tut ein paar hastige Atemzüge, sie ist nervös. Ein Blick zur Behindertenrampe zeigt ihr, dass es ein Problem gibt. An ihrem Ende parkt ein Transporter und versperrt die Ausfahrt; auf diesem Weg kann Rosy das Gebäude nicht verlassen. Vor ihr führen vier Stufen in die Tiefe. Sie hat starke Arme, doch sie ist untrainiert, war krank und ist noch schwach. Dennoch senkt Rosy den Rollstuhl auf die erste Stufe. Mit eiserner Beherrschung schafft sie auch die zweite. Ihre Bauchmuskeln sind angespannt, die Narbe schmerzt. Stufe drei und vier werden zu viel für sie, unkontrolliert holpert sie weiter und klammert sich an den Schwungrädern fest. Sie spürt, dass sie das Gleichgewicht verliert, wirft den Oberkörper zurück, Kies knirscht, als sie ebenes Terrain erreicht. Die Räder stocken, der Schwung treibt den Rollstuhl weiter, Rosy stürzt. Sie reißt die Hände hoch und fängt sich ab. Der Rollstuhl kippt zur Seite und liegt still, das obere Rad dreht sich weiter.

Rosy hat Schmerzen im Bauch, an den Händen, sie ist wütend über sich selbst. »Arthur«, will sie rufen, »Hilfe!«, sollte sie rufen. Doch die gestrandete Kommissarin rappelt sich auf. Der blütenweiße Bademantel ist beschmutzt, Feuchtigkeit dringt hindurch. Etwas Feuchtes an Rosys Knie stammt nicht vom Regen, das könnte Blut sein.

Rosy gibt nicht auf. Kniend kippt sie den Rollstuhl in die aufrechte Position und hievt sich hoch. Sie verschnauft und wartet, bis der Schmerz verklingt. Nach wenigen Sekunden stellt sie fest, dass sie gleich klitschnass sein wird, wenn sie nichts dagegen unternimmt. Rosy hält den aufgespannten Regenschirm schützend über sich.

Entweder kann man einen Rollstuhl antreiben oder den Regenschirm halten, beides zur gleichen Zeit geht nicht. Rosy lässt den Schirm auf ihre Schulter sinken und arretiert den Griff im Gürtel des Bademantels. So hat sie die Hände frei, Rosy rollt voran.

Es geht bergab und um die Kurve. Der Klinikpalast liegt auf dem höchsten Punkt des Hügels. Dahinter, in der Senke, verbergen sich Gebäude, die den Patientinnen verborgen bleiben sollen – Lagerhallen, der Fahrzeugpark und die Unterkünfte. Brendergasts Angestellten steht es frei, in der Stadt oder den umliegenden Dörfern zu wohnen. Doch er hat während des Umbaus des Herrenhauses zur Klinik auch die ehemaligen Nebengebäude renovieren lassen, die Scheunen, Ställe und die Cottages wurden zu modernen Wohnungen umgestaltet. Dort wohnt die Mehrzahl der Klinikcrew.

Ohne Hast lässt Rosy sich die abfallende Straße hinunterrollen, wo schon die Häuser sichtbar werden. Nirgendwo brennt noch ein Licht, bis auf ein einziges Häuschen am Rande. Es ist ein altes Cottage, Rauch steigt aus dem Schornstein, zwei Fenster sind erleuchtet. Es gäbe keinen Grund für Rosy, ausgerechnet dieses Haus aufzusuchen, hätte sie dort nicht etwas entdeckt. Ihr Blick streift die seitliche Feuerdornhecke, dort parkt ein Fahrzeug. Seine Farbe ist Rot, die Gabel seines Lenkers ist geschwungen, die massive Unterkonstruktion lässt auf einen kräftigen Motor schließen. Rosy sieht dieses Motorrad nicht zum ersten Mal. Der Umstand allein beweist schon viel, doch das genügt ihr nicht.

Zielstrebig fährt sie weiter, zögert einen Moment, weil sie ins Licht der Straßenlaterne eintaucht. Wer wird um diese Uhrzeit wohl aus dem Fenster sehen, wer vermutet eine Patientin im Rollstuhl auf der verregneten Straße?

Gleich darauf hält Rosy keine zwanzig Yards vor dem Cottage an. Ein Jägerzaun versperrt das Näherkommen, die Jalousien sind heruntergelassen. Kann man vielleicht durch die Lamellen schauen? Rosy beugt sich vor. Um besser sehen zu können, schiebt sie den Regenschirm nach hinten. Regentropfen fallen auf ihre Stirn, ins Haar. Jetzt erkennt sie etwas, nicht sehr genau, doch der Anblick genügt, um Rosy trotz ihrer ungemütlichen Lage zum Lächeln zu bringen. Ein zufriedenes Grinsen steht auf dem Gesicht der Kommissarin.

»Also doch«, murmelt sie. »Sieh mal an, also doch.«

25

Lapislazuli

»Meine Bitte ist ungewöhnlich, aber ich weiß wirklich nicht, an wen ich mich sonst wenden könnte.«

Rosy ist schon wieder obenauf, obwohl sie kaum geschlafen hat. Als ob Philipp John nur auf sein Stichwort gewartet hätte, begann er in dem Moment zu krähen, als Rosy in die Apricot-Suite zurückkehrte. Drei Schwünge mit dem Rollstuhl und sie hatte ihn im Arm. Drei Babyschreie und ich war wach. Schlaftrunken vergaß ich, Licht zu machen. Ich sah die Mutter inmitten des Zimmers sitzen, sie beruhigte das Kind und machte sich bereit, es zu stillen.

»Wieso bist du nicht im Bett?«

»Pst«, machte Rosy und fing an, das kleine französische Lied zu singen, das Philipp John so gerne hört. *»C'est presque au bout du monde, ma barque vagabonde…«*

Ich warf den Bademantel über. »Ich mache dir was zu trinken.« Damit ging ich zum Wasserkocher und drehte das Licht an. »Ich weiß gar nicht, wie spät…« Weiter kam ich nicht. Im harten Licht der Deckenfluter entdeckte ich meine Frau im Rollstuhl, mit klitschnassen Haaren, in einem verdreckten Bademantel, mit einer Schürfwunde am Knie.

»Rosy!«, stieß ich hervor.

Ihr Zustand schien sie nicht zu stören, sie lächelte mit triefnassem Gesicht. »Alles in Ordnung, Arthur. Lass mich dem Kleinen seine Milch geben, dann erzähle ich dir alles. Machst du uns Tee?«

Ich machte Tee, ich machte ihr Vorwürfe, ich machte mir keine Vorstellung davon, was Rosy mir berichten würde. Ihr Rückweg war mühsam, auf der Fahrt den Hügel hoch fühlte sich der Rollstuhl tonnenschwer an. Doch die Gewissheit, die der Ausflug ihr verschafft hatte, gab ihr die Kraft, die Steigung zu bewältigen. Dem Nachtportier am Haupteingang erzählte sie eine harmlose Lüge, weshalb sie draußen gewesen war, und all das tat sie in bester Laune.

Bis zum Morgengrauen saßen wir zusammen und redeten. Meine besorgten Vorwürfe hatten sich bald aufgebraucht, es waren die gleichen wie immer. Bald konnte ich jedoch nicht anders, als mich in ihre Geschichte hineinzudenken, wir bewegten uns auf der gleichen Wellenlänge. Rosy lag gewaschen und verbunden im Bett und schlürfte ihren Tee. Ich hatte eine Packung Crackers aufgemacht.

Seit ihrem Abenteuer und seinem Ausgang versteht es sich von selbst, dass Rosy nicht länger eine engagierte Beobachterin bleiben kann. Sie muss eingreifen, nur sie kann es auf die rechte Weise tun. Zuletzt legten wir uns schlafen, eng aneinandergekuschelt hielt ich meine brillante Frau im Arm. Wer außer ihr wäre auf diesen Schachzug gekommen?

»Was für eine Bitte, Mrs Escroyne?« Keira Hoffman steht an Rosys Bett. Als Empfangsdame findet sie es wohl unpassend, sich im Zimmer einer Patientin zu setzen. Sie trägt ein lapislazulifarbenes Kostüm, das die Farbe ihrer Augen unterstreicht. Sie trägt das Haar wie immer offen und über die Schultern fallend, es sieht frisch gewaschen aus. Die Frau wirkt wie eine langstielige Blume.

Rosy lässt ein wenig naive Ratlosigkeit in ihren nächsten Satz einfließen. »Ach, es ist schwer, damit zu beginnen.«

»Keine Hemmungen, Mrs Escroyne.« Keira kommt einen Schritt näher. »Ich kümmere mich gern um die kleinen Sorgen unserer Patientinnen.«

»Ich fürchte, es ist eine große Sorge.« Seufzend zieht Rosy ein Papiertaschentuch aus der Box und putzt sich die Nase.

»Was bedrückt Sie?«

»Es ist das leidige, leidige Geld«, antwortet sie bekümmert. »Aus diesem Grund werde ich wohl bald aus Doktor Brendergasts Klinik auschecken müssen. Arthur und ich, wir können uns den Luxus einfach nicht mehr leisten.«

»Haben Sie schon persönlich mit dem Chef über Ihr Problem gesprochen?«

»Mein Mann hat es versucht. Aber Ihr Herr und

Meister ließ keinen Zweifel daran, dass er mich nicht so bald von hier fortgehen lassen wird.«

»*Herr und Meister*«, wiederholt Keira lächelnd. »Doktor Brendergast möchte nur Ihr Bestes. Ich habe vor einiger Zeit mit Lord Escroyne über Finanzierungsmodelle gesprochen und hatte den Eindruck, er wäre mit dem Bankhaus Anstruther & Son zu einer Lösung gekommen.«

»Das hilft uns aber auf Dauer nicht weiter. Je länger ich hierbleibe, desto höher wird die Rechnung und umso schwieriger wird es, uns aus den Schulden wieder herauszuarbeiten.« Ein sorgenvolles Stirnrunzeln. »Sie können sich vorstellen, dass es mir nicht leichtfällt, Sie auf unsere dumme Misere anzusprechen.«

»Danke, dass Sie sich mir anvertrauen«, antwortet Keira und verlagert das Gewicht aufs andere Bein. »Allerdings weiß ich nicht, wie *ich* in diesem Fall helfen könnte. Die Entscheidung Ihrer Entlassung kann nur der Doktor fällen.«

»Aber wie es heißt, hätten Sie … einen beträchtlichen Einfluss auf Doktor Brendergast.«

Sofort steht Miss Hoffman wieder auf beiden Beinen, ihre Haltung ist die pure Reserviertheit. »Was soll das heißen?«

»Dieses Krankenhaus ist wie eine große Familie.« Rosy wählt den Vertrauenston unter Frauen. »Und in jeder Familie wird manchmal getratscht.«

»Ich weiß immer noch nicht, was Sie meinen.«

»Doktor Brendergast ist ein faszinierender, charismatischer und trotz seines Alters attraktiver Mann.«

»Mrs Escroyne, ich muss Sie bitten …«, setzt Keira zu einer Verteidigungsrede an, doch im nächsten Augenblick geht eine merkwürdige Veränderung in ihr vor. Ihre Augen verdunkeln sich, der Gesichtsausdruck wird gleichsam madonnenhaft, es ist, als ob sie Rosy mit ihrem Lächeln umarmen würde, doch es geschieht in absoluter Kälte. »Ich kenne das Gerücht.« Keira setzt die Tiefe ihrer wohlklingenden Stimme ein. »Es ist schrecklich, dass immer gleich geredet wird, wenn zwei Menschen sich gut verstehen.«

»Das kann ich mir vorstellen«, geht Rosy geschmeidig darauf ein.

»Ohne Doktor Brendergast säße ich wahrscheinlich immer noch an der Supermarktkasse.«

»Erzählen Sie mir davon«, entgegnet Rosy warmherzig. »Und bitte setzen Sie sich doch.«

»Ich habe die Schule geschmissen.« Miss Hoffman gleitet in den Aprikosensessel. »Etwas zu lernen schien mir damals nicht so wichtig, weil ich schon von klein an …« Sie zögert.

»Weil Ihnen mit Ihrem Aussehen von Anfang an alles viel zu leicht gemacht wurde.«

»So könnte man es nennen.« Keira wirft Rosy einen dankbaren Blick zu. »Zu Beginn standen mir alle Türen offen. Aber ich war faul, vielleicht auch ein wenig eitel.« Sie zuckt die Schultern. »Heute verfluche ich diese Zeit. Ich hätte etwas lernen sollen. Mit Mitte zwanzig landete ich im Supermarkt. Das war eine dunkle Zeit.«

»Aber sie endete, als Doktor Brendergast Sie entdeckt hat?«

»Er war großartig, von Anfang an. Sicher habe ich ihm auch als Frau gefallen, aber das war nicht das Entscheidende. Er gab mir das Selbstvertrauen wieder, dass ich noch nicht am Ende meines Weges angekommen war.«

»Er machte Ihnen das Angebot, für ihn zu arbeiten?«

»Erst nach einer Weile«, erwidert Keira rasch. »Und ich musste dabei von ganz unten anfangen. Zuerst als Lernschwester, aber die Krankenpflege lag mir nicht so. Also habe ich ein wenig Buchhaltung gelernt und Management und schließlich gab mir der Doktor diese Vertrauensstellung. Dafür werde ich ihm immer dankbar sein.«

Rosy weiß, dass Miss Hoffman ihr eine kleine Vorstellung gibt, dass sie von Dankbarkeit spricht statt von Kalkül, von Herzlichkeit und nicht von Leidenschaft. Rosy weiß auch, dass jede Lüge dem Gehirn des Lügners entspringt, und sie genießt es, im Gehirn von Keira Hoffman spazieren zu gehen.

»Und wie hat sich das zwischen Ihnen beiden weiterentwickelt?« Auf Keiras Zögern setzt Rosy nach: »Ich sollte Ihnen sagen, dass Lynne Brendergast mich vor einiger Zeit besucht hat. Ich weiß also, dass es um die Ehe der beiden nicht zum Besten steht. Mrs Brendergast hat angedeutet…« Rosy scheut sich nicht, dem Gespräch diese Wendung zu geben, denn Brendergast dürfte seiner Geliebten bestimmt vom Besuch seiner Frau bei der Kommissarin erzählt haben.

»Lynne hat mich überall angeschwärzt«, antwortet Keira. »Sie glaubt, ich hätte ihr den Mann weggenommen. Das ist eine schreckliche Lüge und entspringt dem Kopf dieser traurigen und gedemütigten Frau.«

Als ob ihr der private Tratsch plötzlich peinlich wäre, hebt Rosy beide Hände. »Verzeihen Sie, Miss Hoffman, wie sind wir nur auf dieses Thema gekommen? Ihr Privatleben geht mich nicht das Geringste an.« Übergangslos bewölkt sich ihre Miene. »Von Berufs wegen muss ich Ihnen leider sagen, dass mich das Schicksal unseres Doktors nicht sehr zuversichtlich stimmt.«

»Wieso? Haben Sie etwas Bestimmtes gehört?«, hakt die andere sofort nach.

»Kennen Sie Roger Daybell?«, fragt Rosy mit entwaffnender Offenheit. »Meinen Cousin, der mich öfter besucht hat?«

»Gewiss«, antwortet Keira. »Mr Daybell und ich plaudern manchmal am Empfang.«

»Ein netter Bursche. Manchmal vielleicht ein bisschen ... zu direkt.« Rosy hält den Blick auf die Bettdecke gesenkt. »Roger ist bei der Polizei wie ich, durch ihn bekam ich so einiges über den Brendergast-Fall zu hören.«

»Wirklich?« Nichts an Hoffmans wächsernem Lächeln verrät ihre Neugier.

»Ich will Ihnen etwas gestehen.« Rosy beugt sich

hinüber. »Ich bin überzeugt, Doktor Brendergast hat die Tat nicht begangen.«

Keira strafft den Rücken, kerzengerade sitzt sie da, ohne zu antworten.

»In meinem Beruf lernt man die Menschen kennen, Miss Hoffman, das ist nicht unbedingt eine ermutigende Erfahrung. Doch wenn man in so viele Augen gesehen hat wie ich, tauchen von Zeit zu Zeit immer wieder die gleichen Muster auf. In Doktor Brendergasts Augen lese ich, dass er zu einem Mord nicht fähig wäre, nicht auf diese Art. Sosehr ihn der Verlust seiner Tochter auch geprüft hat, so verzweifelt er sich wünscht, ihren Tod zu sühnen, könnte dieser Mann nicht *zum Schwert greifen,* um mich bildlich auszudrücken. Andere wären dazu imstande«, setzt sie hinzu, »und würden dabei noch kalt und berechnend bleiben.«

In der makellosen Fassade der Hoffman vollzieht sich eine Veränderung. Als ob ihr Gesicht stromlinienförmig zulaufen würde, bekommt sie plötzlich etwas von einer Füchsin. »Es tut so gut, das von Ihnen zu hören.«

»Vom Bett aus kann ich natürlich nicht viel zu Brendergasts Entlastung beitragen. Außerdem ist mein Mann strikt dagegen, dass ich mich damit beschäftige.«

»Aber Sie haben einen Verdacht?«

Rosy lacht mütterlich. »Ein Verdacht? Ach wo, weit davon entfernt. Mein kleiner Prinz hält mich tagtäglich zu sehr auf Trab.«

»Hat Ihr Cousin Ihnen denn nichts weiter über den Stand der Dinge erzählt?«

»Roger?« Als ob Rosy sich erst besinnen müsste, schiebt sie die Unterlippe vor. »Ich weiß nicht, ob ich Ihnen das erzählen darf. Es handelt sich immerhin um interne Ermittlungen.«

Miss Hoffman gelingt es, das Folgende in vollkommener Offenheit auszusprechen. »Ich will natürlich nicht in Sie dringen.«

Als ob ihr das gerade erst einfiele, wendet Rosy den Kopf. »Entschuldigen Sie, halte ich Sie nicht auf? Sie haben bestimmt viel zu tun.«

»Ein paar Minuten kann ich noch bleiben.«

Ein Schwertlilienblick durchbohrt Miss Hoffman, um im nächsten Moment wieder sanft und verbindlich zu werden. »Der zuständige Detective in Birmingham ist voreingenommen. Er hält Brendergast felsenfest für den Schuldigen, obwohl es eine neue interessante Spur gibt.« Mit wenigen Sätzen umreißt Rosy den Verdacht gegen den Chauffeur von Miss Vandam. »Ich halte es für möglich, dass die Schauspielerin und ihr Neffe in die Sache verwickelt sind. Allerdings gibt es dabei ein Problem.«

»Was für ein Problem?«, fragt Miss Hoffman mit unwandelbarer Ruhe.

»Es ist doch merkwürdig, wieso Doktor Brendergast und Derek Bowles in derselben Nacht zu LeMarques Haus gefahren sein sollen. Wenn Bowles der Mörder war, wie konnte er wissen, dass Brendergast unmittelbar nach der Tat eintreffen und sich dort im höchsten Grad verdächtig machen würde?«

Nachdenklich hebt Keira die Schultern. »Haben Sie denn eine Annahme?«

»Eine äußerst vage. Es gibt zwischen diesem Krankenhaus und der Royal Shakespeare Company nur ein einziges Bindeglied – Lynne Brendergast.«

»Sie meinen …« Etwas liegt Keira auf der Zunge, aber sie verschweigt es.

»Ich spreche damit keinen Verdacht aus, aber nur Brendergasts Frau konnte gewusst haben, dass ihr Mann an jenem Juliabend nach Birmingham fahren würde.«

»Sie meinen, Lynne hat es diesem Chauffeur erzählt?«

»Ach nein.« Rosys Ausdruck bekommt etwas geduldig Gönnerhaftes. »Mrs Brendergast könnte jedoch Miss Vandam gegenüber eine Andeutung gemacht haben. Nehmen wir mal an, alles spielte sich genauso ab, wie der Doktor es zu Protokoll gab: Er fuhr zu LeMarque, um ihn zur Rede zu stellen. Die Tür stand offen, er entdeckte die Leiche und hinterließ bedauerlicherweise seine Spuren am Tatort. Diese Folge von Ereignissen hat ihn in eine ziemlich aussichtslose Lage gebracht.«

»Sie glauben dagegen, Miss Vandam und ihr Neffe könnten den Mord geplant haben und wollten ihn Brendergast in die Schuhe schieben?« Es hält Keira nicht länger im Sessel, sie steht auf.

»Tatsache ist, Bowles konnte unbehelligt in Le-

Marques Haus gelangen. Vom Personal war niemand da, er hätte die Tat begehen und sie wie ein Strafgericht aussehen lassen können. Ich halte es für möglich, dass Vandam und Stratham, die sich von Berufs wegen mit *Dramatik* beschäftigen, auf diese Idee gekommen sind. Tatsache ist auch, dass nur ein kräftiger Mensch LeMarque auf diese grausame Weise erschlagen konnte, was für Bowles zutrifft. Entweder er verschwand danach sofort oder war sogar noch am Tatort, als Brendergast dort eintraf. Der Doktor sprach nämlich von Geräuschen, die ihn aus LeMarques Haus vertrieben hätten. Das könnte der Chauffeur gewesen sein.« Plötzlich versiegt Rosys enthusiastischer Redefluss. »Auch wenn Logik dahintersteckt, ich weiß nicht, es hört sich alles doch nach einer Räuberpistole an. Finden Sie nicht auch?«

»Ich?« Ein überraschtes Lachen. »Nicht in hundert Jahren käme ich auf eine derartige Schlussfolgerung.«

»Vielleicht sind meine Überlegungen nur das Hirngespinst einer überforderten Mutter, die nachts vier bis fünf Mal geweckt wird und deren Gedanken etwas wirr werden.«

»Ich finde Ihre Theorie sogar plausibel.«

»Leider gibt es nicht den geringsten Beweis für meine Annahme.« Rosy seufzt. »Nur ein einziger Mensch könnte den Beweis liefern.«

»Wer?«

»Derjenige, der am Tatort war, Doktor Brendergast selbst.«

»Er hat der Polizei alles gesagt.«

»Vielleicht hat er etwas übersehen. Vielleicht gibt es einen winzigen Hinweis, der beweisen könnte, dass Bowles vor Brendergast im Haus war. Die Schwierigkeit liegt nur darin...«

»Ja?«

»Dass Ihr Chef mit mir nicht über die Angelegenheit sprechen will. Er hat sogar gedroht, mich zu sedieren, falls ich mit meinen Kombinationen nicht aufhöre.«

Keira schweigt mehrere Sekunden. »Das ist nur seine berufliche Fürsorge, nehme ich an.«

»Redet er mit Ihnen denn nie über seine Sorgen?«

Miss Hoffman hebt den Blick. »Theodore Brendergast ist ein Gentleman, müssen Sie wissen. Er geht mit seinen Problemen nicht hausieren, die macht er mit sich allein ab.«

»Ich fürchte, es gibt nicht mehr viele Männer seiner Art«, bemerkt Rosy.

Keira tritt ans Fußende des Bettes. »Sie haben recht. Es gibt nicht mehr viele von ihnen.«

26

Das Baby

Ich habe Philipp John fallen gelassen. Ich werde meines Lebens nicht mehr froh. Ein harmloser, dutzendmal vollzogener Vorgang: Ich übernahm das Kind von Rosy, die ihn gestillt hatte, trug ihn zur Wiege, die wegen des freundlichen Sonnenscheins am Fenster stand. Gerade beugte ich mich mit dem Kleinen nach unten, als ich über meinen Regenschirm stolperte. Wieso er dort im Weg lag, ist mir schleierhaft. Durch die vorgebeugte Haltung konnte ich mein Gleichgewicht nicht wiederfinden, die Hand, mit der ich Philipps Köpfchen hielt, schlug auf den Rand der Wiege auf, das Baby entglitt mir. Während ich selbst fiel, versuchte ich, das stürzende Kind zu fangen. Mit der Hüfte stieß ich dabei die Wiege um. Zwar hielt ich noch die Beine des Jungen fest, doch der kleine Kopf schlug auf dem Boden auf. Die Wiege begrub ihn unter sich. Nichts Schlimmeres ist vorstellbar, als das eigene Kind zu verletzen.

Der Junge fängt nicht an zu weinen, er bleibt stockstarr liegen. Rosy schreit auf, im nächsten Moment drückt sie die Notfallklingel.

»Nein, nein, nein …«, stammle ich, während ich die Wiege hochkippe. Der Holzclown baumelt mir entgegen, die Stoffsterne haben sich verheddert. Da liegt Philipp regungslos, mit offenen Augen. Als ich ihn hochheben will, höre ich eine scharfe Stimme.

»Fass ihn nicht an!«

»Aber …«

»Beweg ihn nicht. Falls etwas mit der Wirbelsäule ist, darf er nicht bewegt werden. Lauf und hol Hilfe.«

So glasklar und nüchtern erteilt die Kommissarin ihre Befehle, dass ich reflexhaft aufspringe und zur Tür eile.

»Hilfe!«, schreie ich und renne mit Riesenschritten durch den Korridor, bis ich merke, dass das Bereitschaftszimmer in der Gegenrichtung liegt. Ich mache kehrt, da kommt mir die Ärztin schon entgegen. Mit unziemlicher Lässigkeit nähert sie sich der Apricot-Suite und telefoniert dabei sogar.

»Schnell«, rufe ich. »Machen Sie schon!«

Verdutzt bleibt sie stehen, spricht aber weiter in ihr Handy.

»Weg damit!« Ich schlage es ihr aus der Hand. Das ist kein Verhalten, das ich von mir kenne und tolerieren würde, läge mein Sohn nicht leblos auf dem Boden.

»Was fällt Ihnen ein?«, will sie sich aufplustern.

Ich packe die Ärztin an den Schultern und treibe sie vor mir her. »Der Junge, Rosy, schnell … ist gestürzt, atmet nicht … kommen Sie.«

»Wer ist gestürzt?« Über die Schulter versucht die Ärztin, den Verbleib ihres Telefons zu orten.

»Philipp.«

Kaum eingetreten, sehen wir das lautlose Kind. Rosy hat sich zu ihm geschleppt, sie steht da, die Arme auf die Oberschenkel gestützt.

»Haben Sie seine Lage verändert?«, fragt die Ärztin.

»Nein.«

Die andere greift nach ihrem Diensthandy, erinnert sich, dass es ihr geraubt wurde, und eilt zum Zimmertelefon. Sie gibt kurze Anordnungen, spricht von »OP3« und »auf die Intensiv«. Was will sie mit dem winzigen Wesen in einem Operationssaal, was gibt es an ihm zu operieren? Sein Genick, seine Schädeldecke? Verzweifelt rede ich mir ein, dass bei Babys alles noch wunderbar weich sei, dass sie bei Stürzen oft einen Schutzengel hätten. Weshalb schreit mein Sohn dann nicht? Wieso beschwert er sich nicht krähend darüber, dass ihn sein tollpatschiger Vater fallen ließ? Warum sehe ich in der Miene der Ärztin kein Anzeichen dafür, dass der Sturz glimpflich ausgegangen sei und wir uns über Gebühr aufregen?

»Informieren Sie den Chef.« Sie beendet das Gespräch. Das Telefon noch in der Hand kniet sie neben dem Säugling nieder und fühlt seinen Puls.

»Und?«, fragt Rosy nach einer Pause, die mir wie eine Ewigkeit erscheint.

»Sehr schwach. Es könnte der Schock sein, vielleicht ein Koma.«

»Koma bei einem Neugeborenen?«, stoße ich in unverhüllter Verzweiflung hervor.

»Bald wissen wir mehr.«

Schon öffnet sich die Tür und eine Armada an Gerätschaften wird in die Suite geschoben. Ärzte, Schwestern, Fachleute drängen sich um Philipp, nur der Zauberer ist nicht dabei. Der Mann, dessen Urteil Rosy und ich blindlings vertrauen, die Hauptperson, wenn es um die Rettung unseres Babys geht. Wo ist Brendergast? Weshalb lässt er uns im Stich?

»Ein Koma ist es nicht.«

In der Haltung eines Menschen, der an seine physischen Grenzen gekommen ist, sitzt Dr. Brendergast im Besuchersessel. Den Ellbogen auf der Armstütze massieren seine Finger die vorgeneigte Stirn. Schweißflecken sind durch das Hemd gedrungen und zeichnen sich auf dem weißen Mantel ab.

»Ein Koma wäre Ausdruck einer schweren Störung der Großhirnfunktion«, fährt er fort. »Deshalb haben wir alle Tests gemacht, die bei einem Säugling möglich sind.«

»Mit welchem Ergebnis?«, fragt Rosy atemlos.

»Philipps Gehirn ist in Ordnung.«

Könnte man einen Seufzer der Erleichterung bildhaft ausdrücken, würde er sich in diesem Moment als Welle in der Farbe des Morgenrots um Rosys Bett ausbreiten. Wir beide, die geängstigten Escroynes, sitzen dicht aneinandergedrängt da.

»Was die Schockstarre betrifft, die der Sturz bei

Ihrem Sohn ausgelöst hat, können wir nur abwarten. Seine vitalen Funktionen sind weitgehend normal. Wir haben ihn wieder in den Brutkasten gelegt, weil er dort Tag und Nacht unter Kontrolle ist.«

»Wie lange kann das dauern?«

»Es braucht jetzt vor allem Geduld. Ich warte zunächst das Laborergebnis ab, ob Philipp …«

Unvermittelt lässt Brendergast die Luft ausströmen, verstummt und schließt die Augen. Er lässt sie mehrere Sekunden lang geschlossen.

»Entschuldigen Sie«, flüstert er, »bitte entschuldigen Sie.« Schwer hievt er sich aus dem Sessel und öffnet das Fenster hinter Rosys Bett. »Ich brauche eine Pause, bitte.«

Sie und ich sehen uns an. »Können wir etwas für Sie tun, Herr Doktor?«

Er versucht zu lächeln, es wird eine betrübte Grimasse daraus. »Wenn Sie mir nur eine Nacht gesunden Schlaf schenken könnten …«

»Leiden Sie schon länger unter Schlaflosigkeit?« Um den Doktor am Fenster zu sehen, muss Rosy sich im Bett umdrehen.

»Seit meiner Jugend. Aber in den letzten Wochen ist es qualvoll geworden. Meistens schlafe ich nicht mehr als zwei Stunden pro Nacht.«

»Das ist schlimm«, erwidert Rosy einfühlsam.

»Wir haben alle unsere Probleme.«

Normal wäre nun wohl, dass Dr. Brendergast seine gewohnte Chefarzt-Attitüde zurückgewinnen und uns eine ermunternde Prognose über Philipps Genesung geben würde. Schließlich hat er noch viele Patientinnen, die auf seinen Zuspruch warten. Weshalb bleibt der Mann im Zwielicht stehen? Nur um frische Luft zu schöpfen?

Rosy schenkt mir einen ermunternden Blick. »Arthur…« Hinter diesem Wort lauert eine Aufforderung.

»Ja, Rosy?«

»Holst du mir bitte eine Suppe?«

»Eine *Suppe*, jetzt?«

»Ich möchte etwas Warmes essen.«

»Soll ich beim Service anrufen?«, frage ich in beschämender Begriffsstutzigkeit.

»Und wenn du sie mir einfach selbst holen würdest? Unterwegs könntest du nach dem Baby schauen.« Rosys Satz folgt ein mimisches Ballett, bestehend aus hochgezogenen Augenbrauen und einem schief gelegten Kopfnicken Richtung Tür.

Dass sie mich loswerden will, habe ich verstanden, nicht aber den Grund. Trotzdem komme ich vom Bett hoch und spiele ihr Spiel mit. »Irgendeine besondere Geschmacksrichtung?«

»Eine klare Brühe.« Sie schließt ihr Nachthemd bis oben hin und bündelt das Haar im Nacken. Sie sieht frisch aus und angriffslustig.

»Ich bin gleich wieder da.«

»Nimm dir nur Zeit.«

Brendergast hat sich während unseres Wortwechsels umgedreht. »Eine Suppe tut Ihnen nach all der Aufregung bestimmt gut.«

Ich verlasse die Suite, nehme den langen Korridor und das Treppenhaus. Allmählich begreife ich, warum die Kommissarin mit dem Arzt allein sein möchte. Diese Suppe könnte auf ihrem Weg zu Rosemary ungewöhnlich lange brauchen.

»Was für Probleme?«, fragt Rosy.

Brendergast schaut in den grauen Tag. »Wie meinen Sie?«

»Sie sagten vorhin: *Wir haben alle unsere Probleme.*«

»Heißt es nicht allgemein so?«

»Ihre Probleme sind spezieller Natur, denke ich.« Rosy gibt es auf, sich nach ihm umzudrehen, und betrachtet das Gemälde an der gegenüberliegenden Wand. Es ist ein Original, abstrakte Formen in Weiß und Blau. »Handelt es sich um das Problem, über das Sie nicht mit mir sprechen wollten?«

Erst schließt er den einen Fensterflügel, dann den anderen und schweigt.

»Ist es ein Problem, das Sie einfach nicht länger verdrängen können, weil die Anklageerhebung durch den Staatsanwalt unmittelbar bevorsteht?«, setzt die Kommissarin nach.

Vier leise Schritte und der Arzt steht neben ihr. »Meinen Sie nicht, dass Sie heute schon genügend Aufregungen hatten, Mrs Escroyne?«

Sie mustert sein ebenmäßiges alterndes Gesicht wie eine Landschaft. »Sie sehen schrecklich müde aus, Herr Doktor, wirklich zum Erbarmen.«

»Ihre direkte Art ist erfrischend.« Lächelnd seufzt

er. »Also schön: Darf ich mich Ihnen anvertrauen, Rosemary?«

»Sehr gern.«

Rosy ist eine Frau mit Verständnis und Einfühlungsvermögen, ihre Mutterschaft hat diese Eigenschaften noch verstärkt. Zugleich ist Rosy eine Kommissarin mit wirklichkeitsnahem Verstand. Sie ahnt, weshalb Brendergast seinen Panzer ablegt und endlich reden will. Rosy möchte die Wahrheit hören. Sie nimmt allerdings an, dass es nur ein Echo der Wahrheit sein wird, ein Spiegelbild vielleicht. Rosy muss aufpassen, damit sie den Spiegel nicht mit der Wahrheit verwechselt.

Brendergast beginnt einen langsamen, gleichsam peripatetischen Gang durch das Zimmer. »Meine sämtlichen Versuche, mich reinzuwaschen, sind gescheitert. Mein Anwalt sagte mir, dass der Staatsanwalt die Anklageschrift fertig vorbereitet hat. Es ist nur noch eine Frage der Zeit.«

»Wollen Sie mir mit Ihren eigenen Worten schildern, was in der Tatnacht wirklich vorgefallen ist?«

»Es gibt nur wenig, was nicht schon im Protokoll steht.«

»Lassen Sie uns auf das *wenige* konzentrieren.«

»Ich kam zu LeMarques Haus.«

»Um wie viel Uhr?«

»Kurz nach halb zehn. Die Tür stand offen. Ich ging hinein und fand ihn.«

»Wie erklären Sie sich, dass kein Personal in der Nähe war?«

»Da ich ihn gleich nach meinem Eintreten auf dem Boden fand, stellte sich mir diese Frage nicht. Ich war offenbar der Erste, der ihn entdeckte.«

»Haben Sie sich nicht gefragt, ob der Mörder noch im Haus sein könnte?«

»Die offene Tür ließ mich annehmen, dass er bereits geflohen war.«

»Sie haben nach Lebenszeichen bei LeMarque gesucht und deshalb Ihre Pistole neben sich gelegt.«

»Das stimmt.«

»Lebte er noch?«

»Er war tot.«

»Gab es irgendwelche Anzeichen auf einen Kampf?«

»Mehrere. Gegenstände waren von LeMarques Schreibtisch gefallen, wahrscheinlich hat er sie mit sich gerissen, als er niedergeschlagen worden war.«

»Was waren das für Gegenstände?«

»Eine Schachtel mit Zigarren, sie lagen auf dem Boden verstreut, eine leere Kaffeetasse und ich glaube, ich habe auch ein Kreuz gesehen.«

»Ein Kreuz?« Rosys Ton verändert sich bei der Frage um eine Winzigkeit.

»Es sah ein wenig kitschig aus, wie so ein Ding, das man billig bei einem Straßenhändler kauft.«

»Und das Kreuz lag auf dem Boden?«

»Ist das wichtig?«

»Normalerweise legt man ein Kruzifix nicht auf den Schreibtisch. Man hängt es an die Wand oder um den Hals. Hing eine Kette daran?«

»Keine Ahnung. Ich weiß nur, es war schwarz und sah aus, als ob es aus Holz geschnitzt worden sei.«

»Ein solches Kreuz wurde in der Akte nicht erwähnt. War LeMarque denn ein religiöser Mann?«

»Das würde mich sehr wundern.«

»Wieso erinnern Sie sich erst jetzt an diesen Gegenstand?«

»Bis jetzt hat mich niemand gefragt, was mir auf dem Boden aufgefallen ist, bis auf die Mordwaffe.«

»Die Sie berührt haben?«

»Leider.«

»Und während Sie die Machete in der Hand hielten, hörten Sie Geräusche.«

»Ja. Aus dem Inneren des Hauses.«

»Sie sind aufgestanden und haben die Machete fallen lassen?«

»Nein, ich habe sie leise hingelegt.«

»Nicht abgewischt?«

»Ich dachte kurz daran, aber die Geräusche kamen näher.«

»Mussten Sie nicht fürchten, dass der Verdacht auf Sie fallen würde?«

»Ich hatte vielleicht gehofft, dass LeMarques Leute, wenn sie ihn fänden, die Spuren verwischen würden.«

»Sie flohen aus dem Arbeitszimmer, bevor Sie sahen, wer die Geräusche verursacht hatte?«

»So war es.« Brendergast macht eine entschiedene Geste. »Hinaus zur Tür, auf die Straße und zu meinem Auto.«

»Haben Sie sich nicht umgedreht, ob Ihnen jemand folgte?«

»Ich war viel zu sehr außer mir. Ich wollte nur fort.«

»Haben Sie vielleicht einen grünen Jaguar bemerkt? Ist Ihnen ein ungewöhnlich großer Mann aufgefallen?«

»Nein, Mrs Escroyne. Sie müssen sich vorstellen, ich bin wie durch Watte gelaufen, wie durch einen Nebel aus Furcht. Ich stieg ins Auto und bin losgerast.«

»Wann haben Sie bemerkt, dass Sie Ihre Pistole vergessen hatten?«

»Da hatte ich Birmingham schon hinter mir gelassen.«

»Kein Impuls, umzukehren und die Waffe zu holen?«

»So kaltblütig war ich nicht. Keine zehn Teufel hätten mich noch einmal in dieses Haus zurückgebracht.«

»Sie fuhren heim und erzählten Ihrer Frau, was passiert war?«

»Und daraufhin informierte ich die Polizei.«

Rosy gleitet mit dem Finger ihren Nasenrücken entlang. »Sonderbar, dass man dieses Kruzifix nicht gefunden hat. Es wurde im Bericht der Spurensicherung nicht erwähnt.«

»Könnte das von Bedeutung sein?« Brendergast steht auf der gegenüberliegenden Seite des Raumes.

Rosy hat gezockt, der Einsatz war hoch, es scheint, als ob er sich gelohnt hätte. Trotzdem fühlt sie sich plötzlich schwach und ausgelaugt. »Wo nur Arthur mit der Suppe bleibt?«

»Wahrscheinlich ist er bei Philipp John«, antwortet Brendergast.

27

Teufelskreis

Du wirst wieder gesund, das verspreche ich dir, es ist nur eine Frage der Zeit. Der Doktor hat uns versichert, dass bei dir alles ganz normal verläuft. Du bist erschrocken, das versteht sich, wir beide sind auch zu Tode erschrocken, als du plötzlich auf dem Boden lagst. Entschuldige, mein Liebling, dass ich dich fallen ließ, bitte entschuldige tausendmal.

Ich sitze vor dem Brutkasten und halte Zwiesprache. Philipp John wirkt, als ob er friedlich schlafen würde. Trotzdem fühlt sich die Sorge um ihn wie eine eiserne Klammer um meine Brust an. Es ist, als ob mein Kind wieder in den Zustand vor seiner Geburt zurückgesunken wäre, als ob er sich die Sache mit dem *Leben* noch einmal anders überlegt hätte. Bleib bei uns, denke ich, die Zeit ist eine wunderbare Sache, weil man sie gemeinsam verbringen kann. Die Vergänglichkeit ist etwas Großartiges, höher einzuschätzen als die Ewigkeit. Sei mit uns. Ich liebe dich.

Während ich leise mit ihm rede, hoffe ich auf ein Strampeln, ein Winken, eine winzige Veränderung im Gesicht. Ich fasse durch die Öffnung in den Brutkasten und streichle seine Hände, die ineinander verschränkt sind. Ich spüre die winzige Welle, wenn der Atem durch ihn hindurchgeht. Ich will ihm Wärme geben und bleibe einfach bei ihm sitzen. Hinter mir steht das Tablett mit Rosys Suppe. Sie ist inzwischen kalt geworden.

Der Tag vergeht und noch ein zweiter, die Sorge bleibt. Tagsüber lässt sich Rosy ihren Kummer nicht anmerken. Sie gibt sich zuversichtlich für uns beide und tut alles, um meine Selbstvorwürfe zu lindern. Ich habe das Kind nicht absichtlich fallen lassen, trotzdem geschah es durch meine Schuld. Ein anderer als ich hätte noch im Sturz das Baby an seine Brust gerissen und lieber sich selbst als den Kleinen verletzt. Wahrscheinlich habe ich sogar den vermaledeiten Regenschirm dorthin gelegt, wo er mich zum Stolpern brachte.

Abends, nachdem wir uns von dem kleinen Menschen im Brutkasten verabschiedet haben, holt die Furcht auch Rosy ein. Dann sitzt sie da und starrt vor sich hin. Sie spricht kaum noch, die zuversichtlichen Sätze sind ihr ausgegangen. Irgendwann schleiche ich ins Nebenzimmer und lege mich ins Bett. Ich liege da und warte, bis Rosy drüben das Licht ausschaltet. Dann drehe ich mich zur Wand, der Schlaf will nicht kommen. Manchmal weine ich lautlos.

Die Sorge um Philipp erschwert die Durchführung von Rosys Plan. Wir brauchen Brendergast, nur sein Können und seine Erfahrung sind imstande, uns unseren Sohn wiederzugeben. Zugleich ist es der Mordfall, der Rosy von Zeit zu Zeit auf andere Gedanken bringt. Brendergast bestimmt also ihr Bewusstsein, in ihrem sehnlichen Wunsch, Philipp John möge gesund werden, aber genauso in Rosys Absicht, das Dickicht des Mordes endlich zu durchdringen.

Angezogen sitzt Rosy im Rollstuhl, Ralph ihr gegenüber. Ich stehe am Heizkörper, denn es ist kühl geworden, der Herbst regiert. In dünnen Perlenketten rinnt der Regen über das Fensterglas.

»Natürlich gehört dieses Kruzifix Derek Bowles. Hast du etwas anderes erwartet?«, fragt Rosy ihren Sergeant. »Es ist auch keine Überraschung, wer das Kreuz gefunden hat: Roger natürlich, mein neunmal verblödeter Cousin!« Wütend schlägt sie auf die Armlehne.

Rosy hat die Würfel rollen lassen. Sie übermittelte die Information, die Brendergast ihr gegeben hatte, telefonisch an Roger Daybell. Der informierte daraufhin Detective Inspector Dougall, der eine Haussuchung in der Wohnung des Chauffeurs anordnete. Wie Rosy vorausgesehen hatte, fand die Spurensicherung ein handgeschnitztes Kruzifix aus Ebenholz in einer Schublade. Derek Bowles gab sogar unumwunden zu, dass es ihm gehörte.

»Roger ist der Held des Tages«, knurrt Rosy unwillig. »Er hat keine Ahnung, dass er damit auch seinen Kopf in die Schlinge gelegt hat.«

»Willst du ihm nicht reinen Wein einschenken?« Ralph fährt sich durch das feuchte Haar; selbst auf dem kurzen Weg vom Parkplatz wurde er nass.

»Irgendwann wird es sich nicht mehr vermeiden lassen. Doch bis dahin ist der leichtsinnige Roger mein Köder.« Rosy dreht den Rollstuhl abrupt in meine Richtung. »Du warst vorhin bei ihm? Irgendeine Veränderung?«

Ich brauche einen Moment, um zu begreifen, dass sie von Philipp John spricht. »Seine Beinchen zucken manchmal. Ich habe es der Stationsärztin gesagt, sie meinte, das seien lediglich Reflexe.«

»Und seine Werte sind weiterhin normal?« Sorgenfalten zeichnen Rosys Stirn.

»Die Gehirnkurve ist sogar angestiegen.«

»Angestiegen, hörst du, Ralph?«

»Das klingt definitiv nach einer Besserung«, antwortet der Sergeant. Danach ist es eine Zeit lang still.

»Soll ich uns was zu essen kommen lassen?«, frage ich, um die Beklemmung loszuwerden.

»Danke, ich kann jetzt nicht.« Rastlos fährt Rosy im Zimmer auf und ab.

»Nicht für mich«, sagt auch Ralph und folgt ihr mit dem Blick. »Wie gehen wir weiter vor?«

»Der Zeitpunkt ist das Entscheidende.«

»Zu viel Zeit sollten wir uns nicht mehr lassen.«

»Dann eben morgen.«

»Morgen schon?«, werfe ich ein. »Wollt ihr euch nicht noch einmal absichern?«

»Es gibt nur eine Person, die ein Geständnis ablegen wird, dafür müssen die Voraussetzungen stimmen«, entgegnet Rosy. »Ich muss diese Voraussetzungen schaffen.«

»Das wird schwierig.« Ich löse meinen Hintern vom Heizkörper.

»Natürlich. Wir haben es mit einem äußerst gerissenen Gegner zu tun.«

»Soll ich noch einmal mit Lynne Brendergast sprechen«, schlägt Ralph vor, »um uns gegenüber Bowles und Miss Vandam abzusichern?«

»Gute Idee. Sie soll dir die betreffende Unterredung in allen Einzelheiten schildern.«

Ich trete zwischen die beiden. »Du willst wirklich alles auf eine Karte setzen, Rosy?«

»Das muss ich sogar. Es ist das Ass, das wir im Ärmel haben. Wenn wir diese Karte nicht ausspielen, geht unser Täter frei aus.«

»Woher willst du das wissen?«

»Weil die Indizien nicht ausreichen. Wir müssen zur rechten Zeit das richtige Gefühl entfachen. Das einzige Gefühl, das uns ein Geständnis bringt.«

»Bloß ein Gefühl?« Ich beobachte, wie Ralph die Knopfleiste seines Hemdes entlangstreicht. Ihm ist nicht wohl bei Rosys Vorhaben. Mir geht es genauso, aber keiner von uns hat den Schneid, der Frau im Rollstuhl zu widersprechen.

»Dann soll es also morgen sein.« Sie wendet den Stuhl und rollt zur Tür. »Ich fahre jetzt zu meinem Sohn.«

»Ich begleite dich.« Während ich ihr folge, kommt Ralph aus dem Sessel hoch.

»Ich würde lieber mit ihm allein sein«, sagt sie unumwunden. »Ist das in Ordnung, Arthur?«

»Sicher, wie du willst.«

Es ist nicht in Ordnung. Es ist Ausdruck von Rosys Nervosität. Alles macht sie nervös, ihr Baby, ihr Arzt, der Mörder, sogar ich. Rosy möchte diesen Teufelskreis gern durchbrechen. Sie weiß nur noch nicht, wie.

28

Der Mann im Spiegel

Ich glaube, ein Gespräch wie dieses hat noch nie in einem Krankenzimmer stattgefunden.« Rosy lacht. »Ich bin nur froh, dass wir genügend Stühle haben.«

Ihre Heiterkeit ist ansteckend. Als Erster beginnt Roger zu lachen, das verwundert nicht, er ist das simpelste Gemüt von allen. Miss Hoffman zeigt ihr Madonnenlächeln und überschlägt die Beine. Scarlett Vandam trägt wieder einmal ihr wetterfestes Wollkostüm; obwohl sie lacht, lese ich in ihrem Blick Misstrauen. Doktor Brendergast bleibt ernst.

»Ich habe Sie hergebeten«, fährt Rosy fort, »weil in der Angelegenheit des Kapitalverbrechens gegen Gerard LeMarque eine Wendung eingetreten ist, die alle Anwesenden interessieren dürfte.«

Auf das Wort *Wendung* schwillt Rogers Brust sichtlich an. Er reckt den Hals, als wollte er sagen: Was tätet ihr nur, wenn es mich nicht gäbe?

Rosy bemerkt seine Reaktion. »Dafür möchte ich zunächst Officer Daybell meinen Dank aussprechen, dessen detektivisches Gespür die Ermittlungen neu in Gang gebracht hat.«

»Ach was«, winkt Roger in peinlicher Bescheidenheit ab.

»Wenn wir heute etwas Entscheidendes zu besprechen haben, verdanken wir das vor allem dir«, entgegnet Rosy ernsthaft.

Miss Hoffman wirft das Haar zurück und sieht den Lederjackenträger wohlwollend an.

»Wir alle wissen, dass ich nicht der zuständige Detective in diesem Fall bin.« Rosy hebt den Zeigefinger. »Doch ich denke, das Ergebnis unseres Treffens dürfte Inspector Dougall interessieren.«

Rosy wirkt gelassen und selbstsicher. Niemand außer mir weiß, dass sie sich Kraft und Stärkung bei ihrem Sohn geholt hat. Im Rollstuhl saß sie vor dem Glaskäfig, beide Hände um den Körper des Kindes gelegt. Sie sprach zu ihm, sie sang etwas für ihn und allmählich konnte ich beobachten, wie Rosemary vollkommen ruhig wurde. Nachdem sie Philipp John ein letztes Mal gestreichelt hatte, wandte sie sich zu mir. »Er hat gesagt, dass es gut gehen wird.«

»Er hat… gesprochen?«

»Natürlich hat er das.« Rosy rollte hinaus.

Dr. Brendergast verschränkt die Arme und schaut unauffällig auf die Uhr. »Wollen Sie anfangen, Mrs Escroyne?«

»Fangen wir am besten gleich mit Ihnen an, Sir«, nickt sie. »Sie waren es, der das verräterische Kruzifix am Tatort entdeckt hat. Da niemand außer Ihnen das Kreuz gesehen hat, das der Spurensicherung gewiss aufgefallen wäre, ist die einzig mögliche Schlussfolgerung, dass der Täter, während Sie LeMarques Leiche untersuchten, noch in der Nähe war. Nachdem Sie Hals über Kopf das Haus verlassen hatten, muss er hervorgekommen sein, hat das Holzkreuz an sich genommen und LeMarques Haus ebenfalls verlassen.«

»Du sprichst von Derek Bowles, nicht wahr?«, fragt Roger, den Sätze von solcher Länge ein wenig ratlos machen.

»Tue ich das?«, erwidert Rosy.

»Das halte ich für Unsinn«, sagt eine kräftige Stimme.

Rosy wendet den Rollstuhl der Schauspielerin zu. »Wieso, Miss Vandam?«

»Derek ist seit zwei Jahren bei mir angestellt. In der ganzen Zeit habe ich niemals dieses Kreuz an ihm gesehen.«

»Es wurde in seiner Wohnung gefunden. Er hat zugegeben, dass es ihm gehört.«

Miss Vandam stößt unwillig die Luft aus. »Das ist mir völlig unverständlich.«

»Ist Ihr Chauffeur ein religiöser Mensch?«

»Nein.« Miss Vandam lässt ihr Taschentuch von einer Hand in die andere gleiten. »Das heißt, er hat mich manchmal zum Gottesdienst gefahren. Mir fiel auf, dass er nicht im Wagen wartete, sondern hinten im Kirchenschiff blieb.«

Rosy macht eine winzige Pause. »Seltsam kommt mir bei der Sache nur vor, dass Mr Bowles am Tatort sonst nicht die geringste Spur zurückgelassen hat, obwohl die Ermordung von LeMarque eine ziemliche Schlachterei gewesen sein muss. Es gibt keinen Fingerabdruck von ihm, keine Hautpartikel, keine Gewebespuren. Es sieht tatsächlich so aus, als ob ein Phantom die Tat begangen hätte und es danach Ihnen überließ, in die Falle zu tappen, Doktor Brendergast.«

»Das könnte auch die Absicht gewesen sein«, bringt Roger sich mit Verve ein.

»Dummes Zeug«, geht Miss Vandam dazwischen. »Derek hat nicht den Grips, sich so etwas auszudenken.«

»Er vielleicht nicht«, erwidert Roger.

»Was wollen Sie damit sagen?«

»Bowles könnte im Auftrag gehandelt haben.«

»In wessen Auftrag?«

Bevor der Wortwechsel heftig wird, hebt Rosy die Hand. »Haben Sie Geduld. Wir wissen inzwischen, dass Mrs Brendergast am Nachmittag vor dem Mord in Stratford ins Theater kam. Sie war unruhig, besorgt und erzählte Ihnen, Miss Vandam, dass ihr Mann am nämlichen Abend nach Birmingham fahren würde, um mit LeMarque zu sprechen.« Rosy mustert die Schauspielerin. »Stimmt das?«

Ein Schulterzucken. »Im Großen und Ganzen.«

»Was glauben Sie, weshalb erzählte Ihnen Mrs Brendergast vom Vorhaben ihres Mannes?«

»Das liegt wohl auf der Hand. Angelina war erst vier Tage zuvor gestorben. Wir alle, Tim und ich, auch Lynne standen immer noch unter dem Schock.

»Könnte Ihr Chauffeur die Unterredung mit Mrs Brendergast belauscht haben?«

»Er war vielleicht zufällig in der Nähe.«

»Er könnte also aufgeschnappt haben, was Mrs Brendergast Ihnen anvertraut hat?«

»Das weiß ich nicht.«

»Natürlich wissen Sie das«, poltert Roger. »Sie wollen es bloß nicht zugeben, weil es Sie selbst belasten könnte. Wieso ist Mrs Brendergast eigentlich nicht hier?«

Dr. Brendergast richtet sich auf. »Weil ich darum gebeten habe, dass sie diesem Treffen fernbleibt.«

Miss Vandam fällt es sichtlich schwer, Ruhe zu bewahren. »Mrs Escroyne, ich habe mich auf Ihre Bitte hin für dieses Gespräch zur Verfügung gestellt. Wenn ich mich allerdings von diesem Officer anpöbeln lassen muss, werde ich augenblicklich gehen.«

»Einen Moment noch, Miss Vandam. Ich glaube, Sie dürften noch froh sein, hergekommen zu sein.« Mit ausgesuchter Freundlichkeit wendet sich Rosy an ihren Cousin. »Roger, wie kamst du überhaupt auf die Idee, Derek Bowles mit dem Fall in Verbindung zu bringen?«

»Die Idee?« Er nestelt an der Lederjacke. »Das lag doch auf der Hand.«

»Eigentlich nicht. Im Grunde ist die Theorie, die sich mittlerweile so wundersam zu bestätigen scheint, ziemlich weit hergeholt.«

»Wieso? Bisher hast du immer gesagt …« Roger sieht Rosy überrascht an.

»Wenn du dich an die Idee nicht mehr erinnerst, was war denn der erste Impuls, der dich auf den Gedanken gebracht hat?«

»Na ja…« Ein Blick zur Linken, dort steht Doktor Brendergast, dort sitzt Miss Hoffman. »Der Impuls kam wohl nach dem Streit im Theater.«

»Richtig: Als Ihr Neffe Ihren Chauffeur mit einem Stuhl attackiert hat«, nickt Rosy in Richtung von Miss Vandam.

»Genau«, bestätigt Roger erleichtert. »Als ich davon erfuhr, kam mir die Eingebung.«

»Ein Streit in der Royal Shakespeare Company könnte etwas mit dem Mord in Birmingham zu tun haben?« Rosy lächelt anerkennend. »Eine tolle Eingebung, muss ich sagen.«

»Du selbst hast meine Schlussfolgerung brillant gefunden.« Roger wird ruppig. »Außerdem hat sich alles bewahrheitet: Bowles ist vor LeMarques Haus gesehen worden. Und er muss drin gewesen sein, denn sein Kruzifix wurde gefunden.«

»Lassen wir das Kreuz erst mal beiseite. Wenn Bowles in jener Nacht in Birmingham von Passanten gesehen wurde, könnte er doch auch von jemand anderem gesehen worden sein, nicht wahr?«

»Von wem?«, fragt Miss Vandam wachsam.

»Von Ihnen, Doktor Brendergast.« Rosys Ton ändert sich nicht im Geringsten, als sie das sagt.

»Ich?« Der Doktor wirkt, als ob er gerade aus dem Schlaf gerissen worden wäre. »Ich habe diesen Mann nicht gesehen«, antwortet er konsterniert. »Ich kenne ihn überhaupt nicht.«

»Das glaube ich Ihnen. Aber irgendjemand *muss* Bowles gesehen haben. Jemand, der es später an dich weitergegeben hat, Roger.«

Es ist ein ungewöhnlicher Anblick, wenn jemand mit tief gebräuntem Gesicht plötzlich blass wird. »Weitergegeben? Was meinst du mit *weitergegeben*, Rosy?«

»Die Schlussfolgerung, nur weil Bowles einen Eisenstuhl an den Kopf gekriegt hat, könnte er etwas mit dem Mord zu tun haben, erscheint mir einfach zu weit hergeholt.« Als Roger dazwischengehen will, schneidet sie ihm das Wort ab. »Jemand muss dich auf diese Spur gesetzt haben. Wer war es?« Jetzt klingt Rosy um einiges energischer.

»Ich weiß nicht, was du von mir willst.« Unruhig rutscht Roger auf dem Stuhl hin und her.

»Wissen Sie es?« Ein Ruck mit dem Rollstuhl und Rosy hält vor Miss Hoffman.

Der Blick der Empfangsdame ist eisig, aggressiv und rätselhaft. »Woher sollte ich so etwas wissen?«

»Weil Ihnen diese Angelegenheit sehr am Herzen liegt, Miss Hoffman.«

»Darauf solltest du nicht antworten.« Brendergast macht einen Schritt auf seine Angestellte zu.

»Weshalb können wir nicht darüber sprechen?«, fragt die Kommissarin.

»Weil Miss Hoffman mit der Sache nicht das Geringste zu tun hat.«

»Ach, Doktor Brendergast«, erwidert Rosy mit einem traurigen Seufzer. »Ich habe mir die ganze Zeit gewünscht, ich könnte Ihnen das ersparen. Leider ist es nicht möglich.« Sie dreht sich zu Keira. »Sie wussten, dass Derek Bowles in der Mordnacht vor LeMarques Haus war.«

»Nein.« Ihr Gesicht wird zur wächsernen Maske. »Ich war bei dem Gespräch zwischen Mrs Brendergast und Miss Vandam ja nicht zugegen. Woher sollte ich es wissen?«

»Zugegeben, das stimmt. Aber Sie waren in Birmingham.«

Schwer liegen Keiras Lider über ihren Pupillen. »Ich verstehe Sie nicht.«

»Sie sind zusammen mit Ihrem Chef nach Birmingham gefahren.«

»Was für eine absurde Behauptung.« Wieder ergreift Brendergast das Wort. »Ich war allein.«

»Sie haben die ganze Zeit auf bewundernswerte Weise versucht, Miss Hoffman zu schützen«, erwidert Rosy warmherzig. »All die vergangenen Wochen haben Sie Keira aus den Untersuchungen herausgehalten. Beinahe hätte ich Ihnen geglaubt, dass es die Wahrheit ist, wenn ich Sie und Ihren Charakter nicht besser kennengelernt hätte.«

»Was hat das mit meinem Charakter zu tun?«

»Sie sind ein großartiger Arzt, Sir. In Ihrem Beruf sind Sie ein Mann der Tat. Aber Sie sind weder ein Mörder noch jemand, der ein Racheschwert erheben würde.«

»Das versuche ich ja, die ganze Zeit zu beweisen«, meint der Doktor mit verhaltenem Ton.

»Allein wären Sie niemals zu LeMarque gefahren. Sie brauchten einen Zeugen für Ihre Begegnung mit dem Zuhälter Ihrer Tochter. Sie brauchten den Halt eines Menschen, der stärker ist als Sie. Darum hat Ihre Geliebte Sie begleitet. Vielleicht hatte sie sogar die Idee zu dem Besuch. Ich bin übrigens auch davon überzeugt, dass Sie beide nicht dorthin fuhren, um LeMarque zu töten. Sie wollten mit dem Mann sprechen, der Ihnen Ihr Kind entfremdet hatte, Sie wollten das Eingeständnis seiner Schuld.«

»Das ist die verrückteste Geschichte, die ich je gehört habe«, antwortet Brendergast nach einer Pause, in der alle im Raum die Frau im Rollstuhl anstarren. »Zu einer derart absurden Idee hat sich nicht einmal Detective Dougall verstiegen.«

»Weil Dougall Sie als Täter überführen will. Aber ich sagte Ihnen schon einmal: Sie haben es nicht getan.«

»Was? Was!«, bricht es aus Brendergast hervor. »Was wollen Sie damit behaupten? Wenn ich es nicht getan habe, dann muss es ja der Chauffeur gewesen sein!«

Von nun an ist der Dialog kaum zu verstehen, da alle durcheinanderreden. Roger poltert, Brendergast tritt argumentierend vor Rosy hin, Miss Vandam widerspricht dem Doktor, Miss Hoffman wiederholt das Wort *lächerlich* mehrmals.

»Bleiben wir zunächst bei dem Verdacht gegen

Derek Bowles!«, übertönt Rosy das Stimmengewirr mit Stentorstimme. Sie fasst die Schwungräder und zieht sich zurück, damit sie alle Anwesenden gut im Blick hat.

Da ich dicht hinter ihr stehe, raune ich ihr zu: »Überanstreng dich nicht, Rosy.«

»Keine Sorge.« Sie tätschelt meine Hand auf ihrer Schulter.

»War es deiner Meinung nach also doch Derek Bowles?«, greift Roger den Faden mit sichtlicher Erleichterung auf.

»Nein, Roger.« Rosys Antwort klingt ein wenig traurig. »Und wenn du ehrlich bist, glaubst du auch nicht daran.«

»Was? Aber es war doch meine Idee.«

»Das war es nicht.« Hoch aufgerichtet thront die Kommissarin im Rollstuhl. »Es war die Idee deiner Geliebten.«

Ich beobachte Miss Hoffman. Ihre Miene bleibt gelassen, doch ihre weißhäutigen Fäuste sind auf den Schenkeln geballt.

»Wer ist das nun wieder?« Überrascht blickt Brendergast in die Runde. »Was kümmert uns die Geliebte dieses Officers?«

»Leider sehr viel.« Rosy fällt es schwer, das Kommende auszusprechen. Es ist, als ob sie das Fallbeil über jemandem niedersausen lassen muss, der ihre Hochachtung besitzt. »Mein Cousin Roger hat eine Affäre mit Miss Hoffman.«

Hier passt kein Bild besser als das von der Stecknadel, die man fallen hören könnte. Miss Vandam zieht ihre Brauen hoch und lässt eine Geste mit dem Tüchlein folgen. Rogers Kinnlade klappt nach unten, der Doktor sieht aus, als ob er geohrfeigt worden wäre. Nur Miss Hoffman verharrt in kühler Ruhe.

»In den letzten Tagen hatte ich ein bestimmtes Problem«, fährt Rosy fort. »Ich konnte mir einfach nicht erklären, was dich angetrieben hat, Roger. Wir kennen uns seit unserer Kindheit. Wenn dir eine Eigenschaft grundsätzlich fehlt, dann ist es Eigeninitiative. Das Einzige, was dich dazu bringt, deinen Hintern hochzukriegen, sind die Frauen. Schon bei deinem ersten Besuch hast du mir anvertraut, wie sehr unsere Empfangsdame dich beeindruckt hätte. Zwischendurch hatte ich dieses Gespräch vergessen, ich musste schließlich ein Kind zur Welt bringen.« Sie schmunzelt. »Doch als du mir dann überraschend mit deinen neuen Verdachtsmomenten kamst, als du sogar den leitenden Ermittler dafür interessieren konntest, wurde ich misstrauisch. Dein Pech ist …«, mitfühlend sieht sie den bleichen Braungebrannten an, »… dass du ein ziemlich markantes Motorrad fährst und dass ich, seit ich Philipp stille, in der Nacht oft wach werde.«

»Was heißt das?«, fragt Brendergast angespannt.

»Das bedeutet, dass mein Vetter Miss Hoffman hier besucht hat, und zwar ziemlich häufig.«

»Das ist lächerlich.« Der Doktor zögert, bevor er weiterspricht. »Ich selbst war an mehreren Abenden bei Miss Hoffman zu Besuch.«

»Das glaube ich Ihnen, Sir, aber Sie sind ein hart arbeitender Mann, der unter Schlafstörungen leidet und trotzdem morgens früh aufstehen muss. Viel länger als bis Mitternacht dürften Sie nicht durchgehalten haben«, antwortet Rosy mit allem gebotenen Respekt.

»Wieso sollte ich nicht bei Keira übernachtet haben?«

»Weil sie es Ihnen ausgeredet hat.« Rosy nimmt Brendergasts Schweigen zum Anlass nachzusetzen: »Das stimmt doch, nicht wahr? Der Grund dafür ist einfach und schrecklich traurig. Miss Hoffman bat Sie zu gehen, weil sie gegen zwei Uhr morgens ihren Liebhaber empfing. Roger blieb bis kurz nach fünf und fuhr im Morgengrauen nach Birmingham zurück. Das war anstrengend für ihn, aber in seinem Alter nimmt man so etwas noch in Kauf.«

»Unsinn, Unsinn!«, schreit Brendergast. »Wie kommen Sie dazu, Lügen über Keira in die Welt zu setzen?« Er sucht den Blick der Empfangsdame, doch Miss Hoffman wendet sich ab.

»Der Verdacht hat sich bei mir erhärtet, als mein Handy eines Morgens wie durch Zauberhand eingeschaltet war, obwohl ich es ausgemacht hatte. Als bald darauf eine SMS von dir durchkam, Roger, begann ich zwei und zwei zusammenzuzählen. Bei Roger war es Leidenschaft, vielleicht Liebe«, fährt sie verständnisvoll fort. »Es war das Verlangen, mit dieser schönen Frau zu schlafen. Ihr Motiv dagegen sah anders aus, Miss Hoffman. Sie haben die Verliebtheit meines Vetters ausgenutzt, weil Sie ihm die Informationen geben mussten, die er kurz darauf als seine famose Theorie bekannt gegeben hat. Dazu verfügten Sie über ein Wissen, das Ihnen entscheidend half: Sie hatten Derek Bowles in der Mordnacht gesehen, als er beim Wagen seiner Chefin stand und wartete. Sie wussten, die einzige Chance, den Mordverdacht von Doktor Brendergast abzuwenden, bestand darin, Bowles als Sündenbock zu missbrauchen.«

Bevor Brendergast für sie in die Bresche springen kann, ergreift Miss Hoffman das Wort. »Der Chauffeur muss der Mörder gewesen sein«, entgegnet sie nüchtern. »Sein Kruzifix wurde am Tatort gefunden.«

»Ach ja, das Kruzifix.« Rosy macht eine verächtliche Geste. »Das war ein armseliger letzter Versuch, den Chauffeur als Täter zu brandmarken. Ich hatte Ihnen eine Falle gestellt, Miss Hoffman.«

»Wirklich?« Keiras Hand streicht über ihren Schenkel.

»Ich sagte Ihnen, Doktor Brendergast könne seine Unschuld nur beweisen, wenn er sich an bestimmte Details am Tatort erinnern würde. Zwei Tage nach diesem Gespräch tauchten Sie bei mir auf, Doktor, und erzählten mir die hanebüchene Geschichte von dem Kruzifix, das Sie auf dem Boden gesehen haben wollen. Auf welche Weise Sie dieses Kreuz in Bowles' Wohnung aufgespürt haben, werden Sie vor Gericht erklären müssen, Miss Hoffman. Ich nehme an, dass Ihnen Roger auch dabei geholfen hat. Sicher ist, dass das Kruzifix sich nie am Tatort befunden hat. Somit war es der letzte Beweis für mich, wo ich den Täter zu suchen hatte.«

»Widersprich doch, Keira.« Die Stimme des Arztes ist dunkel und rau, als ob der beißende Rauch des Misstrauens durch sie hindurchginge. »Sag, dass du nicht mit diesem Mann geschlafen hast. Sag es endlich!«, fährt er sie an.

Mit angehaltenem Atem sitzt Rosy da. Das ist der Moment, um den es geht. Das ist jenes besondere Gefühl, mit dem sie rechnet: Eifersucht. Die Eifersucht eines alternden Mannes, der sich brüsten durfte, die Liebe einer jungen Frau gewonnen zu haben. Nun hatte sie ihn hintergangen. Dass sie es für ihn tat, ist in diesem Augenblick egal, es spielt für Brendergast keine Rolle. Der Arzt sieht nichts als das Bild vor sich, wie Keira in den Armen eines jungen Mannes stöhnt, wie sie von ihm genommen wird.

Rosy gießt noch Öl ins Feuer. »Um Ihr Ziel zu erreichen, haben Sie zum stärksten Mittel gegriffen, das Ihnen zur Verfügung steht, Miss Hoffman: Ihre Ausstrahlung und Ihre Attraktivität. Sie haben mit Roger geschlafen, um ihn dazu zu bringen, die Dinge so zu sehen, wie Sie wollten.«

»Widersprich ihr endlich!«, schreit Brendergast. »Sag mir die Wahrheit, Keira.« Brutal fasst er in ihr dichtes, langes Haar.

»Ich habe es für dich getan«, antwortet Miss Hoffman unter Schmerzen. »Weil ich dich retten wollte.«

»Du hast jede Nacht, nachdem ich dich verlassen

habe, mit diesem Mann geschlafen? Du sagtest mir, dass du lieber allein sein würdest.«

»Ich weiß. Aber Roger war unsere einzige Chance, Theo.«

»Keira«, flüstert Roger und starrt sie an. »Wieso?« Er begreift, was für ein Narr er gewesen ist.

Hoch aufgerichtet steht Brendergast hinter Keiras Stuhl. »Du hast mich betrogen. Ich weiß nicht, warum ich länger schweigen soll. Ich weiß nicht, weshalb ich mein Leben für deines opfern soll.«

»Nein, Theo.« Sie will aufspringen, eisern halten seine Hände sie fest.

»Keira und ich sind am 12. Juli gemeinsam zu LeMarque gefahren. Es war ihre Idee. Sie sagte, es gebe eine Möglichkeit, LeMarque zu zwingen, zuzugeben, dass er meine Tochter in den Tod getrieben hätte. Ich glaubte ihr. Ich nahm meine Pistole mit. Wir hatten nicht die Absicht, den Mann zu töten, wir wollten nur mit ihm reden.«

»Hör auf, Theo.«

»Bitte weiter, Doktor«, sagt Rosy.

»Wir hatten damit gerechnet, von LeMarques Leuten in Empfang genommen zu werden. Doch seltsamerweise öffnete er selbst die Tür.«

»Weil er jemand anderes erwartet hat«, geht Rosy dazwischen. »Eine vertraute Person: Derek Bowles.«

Brendergast lässt Keira los. »LeMarque wollte die Tür sofort wieder schließen, aber ich hatte meine Waffe zur Hand. Ich zwang ihn, uns einzulassen.

Wie sich herausstellte, war er tatsächlich allein. Wir gingen in sein Arbeitszimmer.«

»Mit vorgehaltener Pistole?«

»Ja. Gleich darauf klingelte es an der Tür. Vielleicht war das …«

»Der Chauffeur«, vervollständigt Rosy.

»Durch das Läuten habe ich mich kurz umgedreht, da schlug mir LeMarque die Waffe aus der Hand. Im nächsten Moment hatte er sie selbst. Die Situation hatte sich umgedreht. LeMarque spielte seine Überlegenheit aus. Er hielt mir die Pistole ins Gesicht, zwang mich, meinen Mund zu öffnen, und steckte den Lauf hinein. Er beschimpfte mich als Schwächling, den er nun fertigmachen würde. Dabei achtete er wohl nicht auf Keira.«

»Theo, ich bitte dich …« Miss Hoffmans Satz klingt tonlos, wie ein Ruf, der nichts mehr ändern kann.

»Keira ist eine unglaublich starke Person, eine Frau mit unbeugsamem Willen«, geht Brendergast darüber hinweg. »Aber so etwas hätte nicht einmal ich ihr zugetraut. Während ich keuchend mit offenem Mund dastand, die Pistole zwischen meinen Zähnen, sah ich, wie sie zur Wand trat, etwas packte und im nächsten Moment hinter LeMarque auftauchte. Ich sah es aufblitzen und niedersausen. Dann sah ich den Mann vor mir umfallen, er sank leblos hin. Die Pistole rutschte aus meinem Mund und fiel zu Boden. Unter Schock beobachtete ich, wie Keira ein zweites Mal zuschlug. Jetzt war Blut zu sehen. Das Blut breitete sich rund um LeMarques Kopf aus.«

Brendergasts Wangen sind gerötet, sein Haar ist an den Schläfen nass von Schweiß. Während er sich sammelt, steht Miss Hoffman langsam auf.

»Du dummer Mensch«, sagt sie, als ob es eine gebräuchliche Anrede wäre. »Du verdammter eifersüchtiger Idiot. Für wen habe ich das alles getan? Nur für dich. Deine Launen habe ich ertragen, deine Angst vor dem Altwerden gelindert, dir die Furcht genommen, eine neue Beziehung einzugehen. Du bestehst aus nichts als Angst, Theo. Täglich brauchst du die Bestätigung deiner Patientinnen, denn nur im Kreise deiner schwangeren Kühe vermagst du deine Angst ein wenig abzulegen.«

Ohne eine Reaktion von Brendergast abzuwarten, wendet sie sich zu Rosy. »Ja, da war Blut. Blut trat aus dem Hals von LeMarque aus. Er zuckte noch, er keuchte noch, er rang noch mit dem Tod. Sein Blut muss Theo aus der Erstarrung gerissen haben, denn plötzlich lachte er wie verrückt. Er entriss mir die Machete und begann, auf den wehrlosen LeMarque einzuschlagen. Als ob er ihn zerstückeln wollte, hieb er immer wieder zu. Schließlich schleuderte er die Machete triumphierend von sich.«

Die große, schlanke Frau mustert Brendergast. »Du hast Rache genommen, Rache für dein totes Kind. Ich freute mich für dich und war glücklich, deine Komplizin zu sein. Diese Tat würde uns für immer zusammenschweißen. Aber ich werde nicht allein dafür büßen, Theo. Wir haben den Mord gemeinsam begangen.«

»Laut Obduktion war bereits der erste Hieb tödlich«, sagt die Kommissarin. »Doch das ist Haarspalterei.«

Wir, die sechs Menschen in dem Zimmer, werden uns allmählich der grotesken Lage bewusst, in der wir uns befinden. Als ob wir in einem Kriminaldrama mitgespielt hätten, wissen wir nicht mehr, wie der letzte Akt ausgehen soll. Kein Vorhang fällt, kein Applaus markiert das Ende der Vorstellung.

»Ich hätte meine Aussage wohl besser nicht vor meiner Patientin gemacht, sondern vor dem zuständigen Polizeikommissar«, sagt Brendergast schließlich.

»In diesem Punkt kann ich Ihnen helfen, Doktor.«

Rosy nickt mir zu, ich durchquere den Raum und öffne die Badezimmertür. Vor dem Spiegel steht ein Mann. Der wachsame Blick von Detective Inspector Francis Dougall trifft mich. Neben ihm hantiert ein Beamter der technischen Einheit mit einem Laptop. Das Geräusch meines Eintretens löst Frequenzausschläge auf dem Bildschirm aus, die sich fortsetzen, als ich sage: »Würden Sie bitte zu uns kommen, Detective?« Das Gespräch im Krankenzimmer wurde aufgezeichnet.

Der ermittelnde Kommissar tritt in die Apricot-Suite. »Ich bin Ihnen dankbar, Mrs Escroyne«, beginnt er nach einem Blick auf Miss Hoffman und Doktor Brendergast. »Ich fand es unwahrscheinlich, dass wir heute zu einem Geständnis kommen würden. Sie haben mich eines Besseren belehrt.«

Er wendet sich zu Roger. »Officer Daybell, Sie sind bis zum Beginn Ihres Disziplinarverfahrens vom Dienst suspendiert.«

Roger ist von den Wendungen des Geschehens so überwältigt, dass er sein eigenes Schicksal offenbar noch nicht bedacht hatte. »Ja, Sir«, ist alles, was er hervorbringt.

»Miss Keira Hoffman.« Dougall tritt vor die Mörderin und legt die Fingerspitzen aufeinander. »Wegen des dringenden Mordverdachts an Gerard LeMarque nehme ich Sie vorläufig fest. Von nun an ist es Ihnen gestattet, die Aussage zu verweigern. Jede Aussage, die Sie jedoch machen …«

Weiter kommt er nicht. Die stets gelassene, durch nichts aus der Ruhe zu bringende Miss Hoffman springt wie von der Tarantel gestochen auf, stößt Brendergast zur Seite, rennt zur Tür und ist im nächsten Moment draußen.

Während ihre Schritte sich entfernen, schreit Dougall: »Wer ist von unseren Leuten auf dem Korridor?«

Der Officer zuckt die Schultern.

»Keiner? Wieso nicht?« Er stürzt zur Tür. »Aufhalten!« Dougall greift zum Telefon.

Von Miss Hoffman ist nichts mehr zu hören und zu sehen.

29

Der Westturm

Blaulicht, wohin man blickt, überall hört man das knatternde Geräusch der Funkgeräte. Für einen Terrorangriff wäre ein derartiges Polizeiaufgebot angemessen, doch die Fahndung richtet sich gegen eine einzige Frau. Das Areal rund um Brendergasts Krankenhaus wurde weiträumig abgesperrt, die Beamten durchstreifen den Park, den Pinienhain, das Eichenwäldchen und sämtliche Gebäude.

In der Klinik selbst herrscht Notfallstimmung. Neben dem allgemeinen Schock, dass ihr oberster Chef, der liebe Gott des Unternehmens, verhaftet und in Handschellen abgeführt wurde, sind Ärzte, Schwestern und das *Bodenpersonal* fieberhaft bemüht, den Betrieb reibungslos weiterlaufen zu lassen. Das gelingt nicht in jedem Fall. Zwei Damen der oberen Gesellschaft haben bereits ihren Auszug bekannt gegeben: Sie können es nicht verantworten, ihr Kind im Sanatorium eines Mörders zu entbinden.

Rosy und mir geht es nicht anders. Es ist schwer vorstellbar, weiterhin in diesem Haus zu bleiben. Wäre unser Sohn nicht in jenem kritischen Zustand, würden wir die Verlegung von Mutter und Kind nach Gloucester sofort veranlassen.

»Ich rede mit Doktor Rogers.« In Reisekleidung stehe ich neben Rosy.

»Und ich spreche mit der hiesigen Kinderärztin.« Der Rollstuhl steht vor der Glasscheibe. Während wir diskutieren, sind Rosys Augen auf Philipp John gerichtet. »Das Krankenhaus befindet sich in Auflösung. Wir sollten hier bald verschwinden, wir alle drei.«

Der Mutter zugewandt liegt der Kleine im Brutkasten. Wie immer sieht es aus, als ob er schlafen würde. Doch die Elektroden an seinem Körper und die Magensonde erzählen von einer anderen Wirklichkeit.

»Wach auf, mein Liebling. Komm wieder zu uns zurück«, flüstert Rosy. Sie dreht sich um. »Wann fährst du?«

»Jetzt gleich.«

»Aber es wird schon dunkel.«

»Rogers sagte am Telefon, ich könne auch noch spät kommen.«

»Du hast recht, Arthur, wir wollen es hinter uns bringen.« Sie legt den Kopf schief, damit ich sie auf die Wange küssen kann.

»Bald holen wir dich nach Hause, Philipp«, sage ich zum Abschied.

Draußen, beim Aufschließen des Volvo, schicke ich ein Stoßgebet zum Himmel, dass die alte Mühle anspringen möge. Wenn er mehrere Tage lang nicht gefahren wurde, hat er die Angewohnheit, schwer zu starten. Ich drehe den Zündschlüssel – nur ein heiseres Keuchen ist die Antwort.

»Komm, bitte.« Ich gebe vorsichtig Gas und versuche es erneut. Der Volvo hat beschlossen, es mir schwer zu machen.

»O verdammt, verdammt.« Ich bestrafe ihn mit mehreren Schlägen auf das Lenkrad. »Du beschissene alte Karre!« Missmutig springe ich aus dem Wagen und lasse die hintere Ladeklappe hochgehen. Das Auto hat mir diesen Streich schon mehrmals gespielt. Weil ich nicht jedes Mal andere Autofahrer um Starthilfe bitten möchte, führe ich eine Ersatzbatterie mit mir. Ich schleppe sie zur offenen Kühlerhaube und schließe die Kabel an.

Der Volvo hat nun keine Ausrede mehr, gleich darauf kommt der Motor in Gang. Ich lasse ihn eine Weile laufen, bevor ich Notbatterie und Kabel wieder verstaue. Ich bin erregt und schlecht gelaunt, die Anspannung der letzten Tage sitzt mir in den Knochen. Es ist vorbei, rede ich mir zu, während ich ein paar Schritte auf dem Parkplatz tue, von nun an kann es nur noch besser werden. Bald werde ich meine Familie nach Gloucester bringen, in die Obhut des guten alten Dr. Rogers. Während Rosy und der Junge sich im Krankenhaus erholen, werde ich Sutherly Castle für die Ankunft des Prinzen vorbereiten. Ich werde Montageschaum kaufen und die schlimmsten Ritzen an den Fenstern abdichten. Mein Sohn soll in keinem zugigen Zimmer liegen. Ich werde den

Durchlauferhitzer im Bad reparieren. Mich lauwarm zu rasieren geht ja noch an, aber Rosy und das Baby sollen in heißem Wasser planschen können.

Während ich sinniere, habe ich mich ein Stück vom Parkplatz entfernt. Mit raschen Schritten kehre ich um, werfe einen Blick zu dem palastartigen Gebäude hoch, in dem mein Kind entbunden wurde. Die Eingangstür steht offen, der Empfangsschalter von Miss Hoffman ist verwaist.

Der Volvo knattert gleichmäßig, ich steige ein und fahre los. Tausend Gedanken, Pläne, Befürchtungen gehen mir unterwegs durch den Kopf. Was, wenn unser Junge sich nicht vollständig erholt? Was wäre, wenn von der Frühgeburt oder seinem Sturz etwas zurückbleiben würde? Welche Auswirkungen hätte das auf sein Leben – und auf unseres? Darüber kannst du nachdenken, wenn es so weit ist, versuche ich mich zu beruhigen. Doch die Sorge bleibt: Philipp John wurde schwach geboren. Wir werden ihm Stärke geben, denke ich.

Nach einer halben Stunde taucht die vertraute Landschaft rund um Trench-upon-Water auf, nun ist es nicht mehr weit. Ich beschließe, beim Schloss Zwischenhalt zu machen und die Heizung aufzudrehen. Wenn ich später von Dr. Rogers zurückkomme, wird es oben schon warm sein. Ich fahre durch das Städtchen und parke schließlich auf der Anhöhe am Fuße von Sutherly Castle. Kaum habe ich die untersten Stufen genommen, fällt mir ein, dass ich besser meine warme Jacke anziehen sollte.

Sie liegt auf dem Rücksitz. Als ich umkehre, sehe ich die Bewegung.

Es gab eine Zeit, in der ich einen Hund im Wagen transportiert habe, Porgy, meinen schwarzen Cockerspaniel. Das war nicht zu Zeiten dieses Volvo, sondern seines Vor-Vorgängers. Trotzdem mutet jene Bewegung im Auto an, als ob mein Hund gleich aus dem Auto springen würde. Es ist kein Hund. Es ist eine Frau, die erkennt, dass man die Heckklappe nicht von innen öffnen kann. Daher klettert sie auf den Rücksitz, um von dort auszusteigen. Die Tür geht auf. Miss Hoffman trägt Jeans und eine schwarze Jacke. Sie hat nicht damit gerechnet, dass ich zum Auto zurückkommen würde, und erschrickt.

»Lord Escroyne«, stößt sie hervor. Durch das gebückte Aussteigen ist sie unfähig, durch die gegenüberliegende Tür zu entkommen.

»Bleiben Sie, wo Sie sind«, sage ich, weil man die Redewendung in einer Situation wie dieser gut gebrauchen kann.

Miss Hoffman lässt sich nicht beeindrucken, stößt die Tür auf und mich damit beiseite. Sie will losrennen, doch die Ausmaße meines Parkplatzes lassen das nicht zu. Sie müsste eine fast senkrechte Böschung von fünf Yards hinunterspringen. Miss Hoffman entschließt sich anders.

»Lassen Sie mich laufen, Mr Escroyne«, sagt sie mit der allerliebsten Stimme. So einfühlsam, so flötend habe ich die Schönheit noch nie reden hören. Gleichzeitig lehnt sie ihr Hinterteil gegen den Tankdeckel des Volvo und drückt das Kreuz durch. Sie kann bezirzen, diese Hoffman, aber ich bin ein Escroyne und nicht anfechtbar durch billige Verführungskünste.

»Es ist vorbei, Miss Hoffman. Machen Sie es uns nicht schwer und begleiten Sie mich zur Polizei.«

»Nein.«

»Ich bin stärker als Sie und ich lasse Sie nicht vorbei.«

Das mit der Stärke müsste erst bewiesen werden, doch die Behauptung reicht, um Miss Hoffman nach Alternativen suchen zu lassen. Sie wählt die falsche. Sie beginnt, die hundertsechs Stufen nach Sutherly Castle hochzurennen.

»Dort kommen Sie nicht weiter«, rufe ich. »Es gibt keinen anderen Weg als diesen!«

Entweder hört sie mich nicht, oder sie will es nicht wahrhaben. Keira läuft weiter. Rechts und links wird die Treppe von undurchdringlichen Ginsterbüschen gesäumt, kurz vor dem Schloss findet man zu beiden Seiten nur noch blanken Fels.

Ich öffne die Heckklappe, nehme den metallenen Hebel des Wagenhebers heraus – dieser Frau sollte man nicht unbewaffnet entgegentreten – und mache mich an den Aufstieg. Mein Atem geht schneller, als es die Anstrengung erwarten lässt: Ich bin im Begriff, eine Mörderin zu stellen, eine Frau, die nichts mehr zu verlieren hat und raffiniert genug war, die Polizei von Birmingham hinters Licht zu führen. »Aber nicht meine Rosy«, murmle ich und fasse die

Stahlstange mit beiden Händen. »Für Rosy.« Das soll mein Kampfruf sein.

Als Miss Hoffman knapp unter der Schlosspforte angelangt ist, sieht sie sich nach mir um. In scheinbarer Gelassenheit komme ich näher. Sie nimmt die letzten Stufen und rüttelt an der Tür.

»Ohne Schlüssel kommen Sie da nicht rein!« Englische Ulme, sechshundert Jahre alt, steinhart, die Frau hat keine Chance.

Wie ein gehetztes Tier sieht sie sich um und trifft eine folgenschwere Entscheidung. Miss Hoffman tritt auf das schmale Band hinaus, das sich am Fuß der Burg entlangzieht. Es ist der Fels, auf dem das Gemäuer erbaut wurde. Das Steinband wirkt wie ein Pfad, doch es ist keiner.

»Nicht dort! Seien Sie vorsichtig!« Mit der Stange winke ich ihr zu.

Miss Hoffman klettert. Nach zwanzig Yards zieht sich das Felsband in die Höhe und wird schmaler. Man mag glauben, dass man von dort zum kleinen Westturm hochklettern könnte. Als Kind habe ich die Route manchmal ausprobiert. Am Ende der Felsnase müsste man einen Sprung von mindestens vier Yards tun, um wieder festen Grund zu erreichen. Mein Vater hat es mir verboten, ich hätte es wohl auch nicht gewagt.

»Das schaffen Sie nicht! Schauen Sie runter, Sie würden den Sturz nicht überleben.« Während ich schreie, ahne ich, dass diese Frau nichts abhalten wird. Diese Frau dreht niemals um, sie gibt nicht auf.

Mit großen Sprüngen haste ich die Treppe hoch, betrete selbst das Felsband und will ihr nach.

Miss Hoffman sieht mich kommen. Weder Panik noch Verzweiflung stehen in ihrem Gesicht, nur diese Kälte, die mir seit unserer ersten Begegnung entgegenschlug. Selbst in Bedrängnis trifft sie kühl die Wahl zwischen den beiden Alternativen, die ihr geblieben sind. Sie rennt drei Schritte zurück, zieht ihre engen Jeans hoch, damit sie besser springen kann, nimmt Anlauf und tut es.

Es ist ein akrobatisches Meisterstück. Sie erreicht das untere Gesims des Turmes mit dem Fuß, reißt den Oberkörper nach vorn und will sich an dem Vorsprung festkrallen. Doch der Schwung, mit dem sie ankam, reicht nicht aus. Ihre Hand fasst ins Leere, ein kurzer, harter Schrei, als sie begreift, was ihr bevorsteht. Sie rudert mit den Armen, dann fällt sie, fällt in den Abgrund.

Man stirbt nicht so leicht. Es ist ein hartes Stück Arbeit, einen perfekten Organismus wie den menschlichen Körper zum Stillstand zu bringen. Keira Hoffman stürzt vom Absatz des Westturmes senkrecht in die Tiefe. Ihr Körper schlägt auf einem Felsvorsprung auf, sie wird durch Geröll hinabgeschleudert, dreht und überschlägt sich, stürzt weiter und landet tief unten im Dickicht der Ginsterhecken. Ihr Körper ist zerschlagen, aber Miss Hoffman ist nicht tot. Eine quälende halbe Stunde später seilen sich Feuerwehrmänner zu ihr ab. Am Fuß des Abgrunds meines Schlosses wird sie geborgen und abtransportiert.

Sie wird den Sturz überleben. Sie wird danach eine andere sein. Breiten wir den Schleier des Erbarmens darüber, wie sich ihr weiteres Leben abspielen mag.

30

Weiteratmen

»Ach herrje, nicht gleich beim Heimkommen«, seufze ich.

»Was ist es?«

»Ein Schreiben von der Bank aus Stratford.« Ich halte den Brief ein wenig von mir weg, weil ein winziger Arm danach greifen will.

»Was können die wollen?«

»Es wird mit der zweiten Rate zu tun haben.« Ich nähere das Kuvert vorsichtig der Babyhand, die danach grapscht. »Willst du das haben, Philipp? Willst du den Brief von der Bank für mich lesen? Ich hätte nichts dagegen.«

Als er das Papier nicht zu fassen kriegt, protestiert er. Auf der Unterseite des Tragegurtes spüre ich, wie die Beinchen ausschlagen. »Wer hätte gedacht, dass er so energisch ist?«

»Ich«, antwortet Rosy und betritt das Schloss vor uns. »Mach den Brief auf. Ich möchte wissen, was uns da bevorsteht.«

»Später. Lass uns erst nach Hause kommen.«

Das ist natürlich nicht unser erster Familienauftritt auf Sutherly Castle. Seit zwei Wochen sind die Escroynes wieder zu Hause. Zwei Wochen mit neuen Erfahrungen und Schwierigkeiten, auch mit Zank des Elternpaares. Gleichzeitig waren es zwei Wochen voller Sonnenschein, im buchstäblichen Sinne. Es ist ein herrlicher Herbst geworden, ein schwerer, warmer, weicher Herbst, am liebsten möchte man ihn nur in der Natur verbringen. Wenn Rosy und der Kleine nicht bei mir im Garten sind, wo eine Menge Arbeit liegen geblieben ist, machen wir Ausflüge in die Cotswolds. Das Farbenmeer ist überwältigend und wenn ich unseren Sohn in dem robusten Stroller, den ich gebraucht erworben habe, über die felsigen Wege schiebe, könnte mein Glück kaum größer sein. Längere Strecken zu laufen fällt Rosy noch schwer, trotzdem hält sie tapfer mit.

Über Krankheit, Behinderung und Rekonvaleszenz wurde genug gesagt, wichtig ist eigentlich nur, dass Philipp John eines Tages aufwachte. Sein Brutkasten stand zu dieser Zeit bereits im Krankenhaus von Gloucester, wo es keine Apricot-Suite gibt, kein Drei-Gänge-Menü und kein Gästebett, wo wir uns aber erheblich wohler fühlten. Eines Dienstagmorgens trat Dr. Rogers bei Rosy ein und meldete: »Ihr Sohn möchte Sie sehen, Mrs Escroyne.« Damit war das Trauma, dass ich mein Kind in die Bewusstlosigkeit zurückgestoßen hätte, ausgestanden. Weitere zwei Wochen später wurden Rosy und Philipp entlassen.

Wie ein aufgeregter junger Liebhaber hatte ich

das Schloss auf Hochglanz gebracht und dem vor sich hin gammelnden Kasten einen Hauch von Luxus verliehen. Die Steinfliesen aus elisabethanischer Zeit waren geschrubbt worden, der Schornsteinfeger hatte den Westkamin instand gesetzt, ein zierliches Feuer brannte darin, ich hatte sogar die Sofakissen vom Staub der Jahrzehnte befreit.

Rosy brauchte für ihren ersten Aufstieg volle zwanzig Minuten. Ich eilte mit dem Kleinen im Tragegeschirr voraus; wenn sie rasten wollte, lief ich zurück und stützte sie, so erreichten wir Stufe für Stufe unser Zuhause. Voll Stolz und Rührung trug ich meinen Sohn über die Schwelle, doch damit war das heilige Ritual auch schon beendet. Wir befassten uns von nun an mit den elterlichen Fragen des Alltags. Steht das Babybett richtig? Ist der Gang auf die Toilette für Rosy nicht zu weit? Sind genügend Windeln im Schloss? Für den Gartenbesuch meines Jungen habe ich einen zweiten Kinderwagen gekauft, darin fahre ich ihn vom Lorbeerspalier im Süden bis zum Birkenhain im Norden und erkläre ihm die Pflanzen mit ihren englischen und lateinischen Namen: Man kann eine Gärtnerseele nicht früh genug zu inspirieren beginnen.

An eines unserer Gartengespräche erinnere ich mich gut. Rosy hatte an diesem Tag von Detective Dougall die Nachricht erhalten, dass Timmy Stratham aus der Psychiatrie entlassen worden sei und seine Arbeit am Theater wieder aufgenommen habe.

»Und was ist mit Miss Vandam?«, fragte ich.

»Die hat ihrem Chauffeur gekündigt«, antwortete Rosy, während sie Philipp auf der Gartenbank die Brust gab.

»Das war zu erwarten.« Inmitten des Beetes kniend, schnitt ich die langstieligen Rosen; jedes Jahr schmerzt es mich aufs Neue, die meterhohen Stiele bis knapp über dem Boden zurückzustutzen. »Hast du mir eigentlich erzählt, warum Derek Bowles in der Nacht des Mordes nach Birmingham gefahren war?«

»Aber ja, Arthur. Ich habe es dir schon erklärt, noch bevor wir nach Gloucester überstellt wurden.«

»Und was war der Grund? Ich meine, ich weiß es natürlich, aber im Augenblick...« Gewisse Dinge kann ich mir einfach nicht merken, mörderische Details gehören dazu.

»Arthur, die Antwort ist so simpel.«

»Gib mir einen Tipp.«

»Ich mag an die ganze Sache nicht mehr denken.«

»Recht hast du. Entschuldige, dass ich davon angefangen habe.« Ich setze die Rosenschere an und schneide den Trieb bis knapp über der Veredelung zurück. Derek Bowles fuhr zu LeMarque, weil er ihn warnen wollte. Er wollte seinem Arbeitgeber die Begegnung mit Dr. Brendergast ersparen. Er kam zu spät und wurde nicht rechtzeitig eingelassen. Das alles fällt mir erst später ein, irgendwann in den darauffolgenden Tagen. Ist es noch von Bedeutung? Was Derek Bowles oder Miss Vandam, Lynne Brendergast und Timmy Stratham in Zukunft machen werden, ist unabhängig von den Abenteuern der Familie Escroyne. Einige werden noch zu bestehen sein, bevor wir wissen, ob unser Kind auf Sutherly Castle großgezogen werden kann. Doch in diesem wunderschönen Herbst sieht es so aus, als ob das Vorhaben beste Chancen hätte.

»Warum legst du dich nicht ein paar Minuten hin?«, frage ich, während ich Baby Philipp ins Bad bringe.

»Ich könnte wirklich ein bisschen die Füße hochlegen«, kommt es von draußen.

Ich lasse das Badewasser für den Jungen natürlich nicht in die Wanne, sondern in einen kleinen Plastikbehälter laufen, der neben der Heizung steht. Behutsam ziehe ich Philipp aus, entsorge, was er auf dem Spaziergang an Duftendem produziert hat, und hebe den zarten Körper in das Becken. Aus großen blauen Augen sieht er mich an und hält die Luft an, das Wasser mag zu heiß sein.

»Einfach weiteratmen, Philipp. Schau, ich lass dir ein bisschen kaltes dazu.« Während ich das tue, hat er sich mit dem Nass schon angefreundet. Dieses Element war ihm von Anfang an vertraut. Ich freue mich schon darauf, wenn ich ihm in unserem guten alten River Severn das Schwimmen beibringen werde.

»Arthur?«

»Ja?«

»Kommst du mal?«

»Ich kann hier nicht weg, ich muss Philipps Köpfchen halten.«

»Komm einfach an die Tür.«

»Na schön.« Mit einer stützenden Hand bei dem Planscher werfe ich einen Blick ins Schlafzimmer.

Rosy liegt angezogen auf dem Bett. »Ich habe den Brief aufgemacht.«

»Den von Anstruther & Son? Ich will es gar nicht hören. Zumindest nicht vor dem Essen.«

»Doch, das willst du.« Rosy wedelt mit dem Blatt.

»Wieso?«

»Sie schreiben dir, dass keinerlei Verbindlichkeiten für die Behandlung deiner Frau in der Klinik Brendergast angefallen seien. Als Beweis dafür schickte das Krankenhaus der Bank eine Rechnung, die sich auf null Komma null Pfund Sterling beläuft. Auf Bitte von Doktor Brendergast bietet das Bankhaus dir nun an, die Hypothek, die auf dein Anwesen aufgenommen wurde, zu löschen. Die damit verbundene Verwaltungsgebühr beläuft sich auf sechzehn Pfund und vierunddreißig Pence.«

Rosys Gesicht taucht hinter dem Schreiben auf, eine Mischung aus Verblüffung und Hochgefühl spielt darauf.

Da ich in diesem Augenblick Probleme mit dem Gleichgewicht habe, sinke ich mit der Schulter an den Türrahmen. »Hast du das gehört, Philipp John?«, sage ich mit belegter Stimme. »Papa, Mama und du, wir dürfen auf unserem Schloss wohnen bleiben. Da haben wir Glück gehabt.«

»Ja, das haben wir«, bestätigt die Kommissarin.

Der Junge in dem Plastikzuber spritzt eine Fontäne hoch und wundert sich, dass ihm Wasser in die Augen kommt. Er blinzelt und quiekt – vor Vergnügen, wie man sieht.